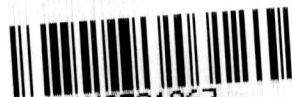

静听冷雨

陈思和
宋炳辉
主编

四川人民出版社

图书在版编目（CIP）数据

静听冷雨/陈思和，宋炳辉主编 . —成都：四川
人民出版社，2024.1
ISBN 978－7－220－13430－2

Ⅰ．①静… Ⅱ．①陈… ②宋… Ⅲ．①中国文学－现
代文学－作品综合集②中国文学－当代文学－作品综合集
Ⅳ．①I216.1

中国国家版本馆 CIP 数据核字（2023）第 154309 号

JINGTING LENGYU

静听冷雨

陈思和　　宋炳辉　主编

出 版 人	黄立新
选题策划	李淑云
责任编辑	李淑云
封面设计	叶　茂
内文设计	李其飞
责任校对	舒晓利
责任印制	周　奇
出版发行	四川人民出版社（成都三色路 238 号）
网　　址	http://www.scpph.com
E-mail	scrmcbs@sina.com
新浪微博	@四川人民出版社
微信公众号	四川人民出版社
发行部业务电话	（028）86361653　86361656
防盗版举报电话	（028）86361653
照　　排	四川胜翔数码印务设计有限公司
印　　刷	成都兴怡包装装潢有限公司
成品尺寸	155mm×230mm
印　　张	16
字　　数	185 千
版　　次	2024 年 1 月第 1 版
印　　次	2024 年 1 月第 1 次印刷
书　　号	ISBN 978－7－220－13430－2
定　　价	79.00 元

编选说明

一、本书编选宗旨：站在新世纪回眸百年中国文学，以其艺术精品展示后人，为未来中国保留一份 20 世纪中国文学的"古文观止"。

二、本书编选性质：既为广大中文专业的本科和专科学生提供一部篇幅不大、内容精要、适合阅读学习的 20 世纪中国文学作品选，也为一般文学爱好者提供一部艺术性强，并且凝聚了现代中国知识分子美好精神境界的美文选，值得读者欣赏和珍藏。

三、本书编选范围：20 世纪文学中的优秀作品，以现代汉语创作为主，包括小说、诗歌、散文、戏剧。长篇小说和篇幅过长的中篇小说选取其最能体现作家艺术成就的精彩片段；但一般的中篇小说、短篇小说均收录全篇。篇幅过长的诗歌和多幕戏剧也采取选其精彩片段的方法。散文包括抒情性散文、议论性散文、杂文和其他相关文体，但不包括篇幅较大的报告文学和理论批评文章。一般不选入旧体诗词。

四、本书编选体例：其顺序为 [1] 篇名；[2] 作家简介；[3] 作品正文；[4] 作家的话；[5] 评论家的话。其中 [4] 选取作家本人有关的创作谈。如一时找不到的，则空缺。[5] 选取较权威的评论家已发表的对所选作品的批评或就作家整体风格的批评意见。通常选一到两则。如一时找不到的，由参与本书编辑工作的有关人员撰写，但不标"评论家的话"，而标"推荐者的话"，以示区别。

五、本书编选原则：本书强调感人的语言艺术和知识分子人格力量相融合的审美标准，强调真正的艺术创造是超越时间和空间限制而永存于世的文学观念，一般不考虑文学史的需要，不考虑思潮流派的代表性，也不考虑作家在现实社会中的地位和影响。

六、本书编选方式：本书所选作品，要求选其最好的版本。若有作家多次修改的作品，应在比较各种版本的基础上，以其艺术表现最成熟的版本为准，也会参考其他版本稍作修改。

七、本书编排顺序：基本按作品写作时间的前后排列，若无从考其写作年月，则以其初刊年月为准。相同作家的作品，也按其写作或发表时间的前后排列。

八、本书初版由复旦大学中文系现代文学教研室与中央广播电视大学等单位共同编辑，陈思和与李平担任主编，邓逸群与宋炳辉担任副主编，共同负责全书的策划、协调、审读、定稿等工作。参加工作的具体人员是：王东明、苏兴良、李平、钱旭初、韩鲁华、陈利群（主要负责小说编选）；李振声、张新颖、宋炳辉、梁永安（主要负责诗歌与散文作品的编选）；杨竞人、邓逸群（负责戏剧作品的编选）。另外，张业松也参加过部分工作。本书初版由上海学林出版社1999年出版。

本次修订，主要由宋炳辉负责，参与者有：郜元宝、张新颖、王光东、宋明炜、段怀清、金理等。陈思和最后审定。此次修订，对当代部分做了一些调整，新增了韩松、王小波、迟子建、阎连科等作家的相关篇目。

九、我们必须声明的是，这并不是十全十美的选本，更不是唯一的经典的选本，它只是一个能够比较自由地表达编者的文学审美观念的选本，希望读者能够从中获得人格的影响和美的熏陶。对于有些地区的作品（如香港、台湾地区等），因为资料的缺乏和信息的不敏，我们并无十分的把握，难免有遗珠之憾。"作家的话"和"评论家的话"两部分，因为不能翻阅所有的资料，肯定有许多选得不甚到位。我们希望读者能给以认真的批评和建议，以便以后再版时能有所修订增补，使其尽可能地接近于完美。

主编：陈思和　宋炳辉

目 录
CONTENTS

苏 童

桑园留念

　　苏童，原名童忠贵，1963 年出生于江苏苏州，1984 年毕业于北京师范大学中文系。出版有多卷本的《苏童文集》。早期创作了一组以香椿树街为背景的少年故事和一批以枫杨树作为地名的乡村历史传奇，多以主体心理体验性的回忆为支点，多元的叙述视角，时空的自由超越，由情绪体验统摄的故事演进，构成了独特的艺术魅力。此后创作的《妻妾成群》等小说，因与影视传媒的联系而拥有广泛的读者。

到桑园去要路过一座石拱桥，我们那个城市有许多古老或者并不古老的石拱桥，傻乎乎地趴在内河上，但是，桑园却只有一个。

我十五岁的时候，发现自己长大了。男孩子长大的第一件事是独立去澡堂洗澡，这样每星期六的傍晚，我腋下夹着毛巾、肥皂和裤头走过那座桥，澡堂在桑园的东边。我记得第一次看见桑园里那些黑漆漆的房子和榆树、桂花树时，我在那站了几秒钟，不知怎么我觉得这地方有那么点神秘感。好像在那些黑房子里曾经发生过什么大事情。

第一次，我是在桥头上碰到肖弟毛头他们的，整个夏天他们都站在那里。我走过他们面前的时候使劲抽了下鼻子，这并非因为感冒，我好像是怕自己刚洗干净的脸蛋无缘无故挨肖弟一巴掌，因为我知道肖弟是条好汉子，他会突然对别人恨得要死，然后轻轻溜到你身边，给你一个大嘴巴。但肖弟那天只是堵住了我，他朝毛头他们怪叫了一声说："喏，丹玉的弟弟，看他的眼睛也是凹下去的！"

我那时候不认识丹玉。我姐姐也不叫丹玉。我使劲抽着鼻子往后退。他们朝我围过来了，认真盯着我的眼睛看，没准他们都认为我是那女人的弟弟了。我当时后悔起来，怎么想起来一个人出门洗澡的？我注意着肖弟，要是他抬手，我就像滚铁筒一样从桥上滚下去。这样受伤没什么，反正我情愿摔伤也不挨肖弟的巴掌。这时我的毛巾掉在地上了。可肖弟很奇怪地拽着我的胳膊，不让我去拾。是毛头弯下腰替我拾的毛巾，而且他还说了一句很伟大的话："扯他妈的蛋，丹玉没有弟弟，她是独生女儿。"

毛头这小伙不错。我对他的印象就是从那时留下的。我想他们这就放我走了，但肖弟从衣兜里掏出了一张字条让我送给丹玉。他告诉我丹玉家住在桑园最大的门洞里，就是长着一棵桂花树的那个门洞。

拐到街角的时候我好奇地打开那张折成鹤形的字条，看见上面用红墨水歪歪扭扭写着一排字："丹玉今天夜里到桥顶不来明天踏鸟窝。"

我觉得给别人写这种字条挺有趣，但我看完后再也不会把它叠成鹤形了。跑到桑园的时候，我心里嘀咕，要是丹玉告诉肖弟我偷看了字条会怎么样呢？

我不认识丹玉。但我总听到在早晨或夜晚的大街上，有人在喊这个名字。我开始把丹玉当成一个很特别的女人，她喜欢紧挨着别人家的墙壁走路，有时候用手莫名其妙地摸摸墙。我记得她走过我们家门前的时候，我的两个姊姊曾经争论过她的走路姿势，一个说很好看，一个说丑死了。

肖弟想跟丹玉干点什么。我明白这意思，当时我已把男女约会看得很简单了。街东的石老头养了一条狼狗，老头天天牵着它在铁路线两侧打让火车惊飞的呆鸟，但是有那么几个下午我路过石码头时，发现狼狗和另外一条又脏又丑的母狗撸在一起，我在那里琢磨了老半天。凡事我不喜欢问别人，因为我相信自己都能弄明白。直到现在我还认为，以我当时的年纪，能把那两类画面相对比相联系，真是太伟大了。

我敲开丹玉的窗户，把字条扔进去。这全是照着肖弟的吩咐干的。这时我看见丹玉了，其实是看见一双乌黑深陷的眼睛了。我不知道她一个人把窗户大门关紧了待在屋里干什么。我姐姐把她的房门插上时，我总要狠狠踹几脚的。

桑园里已经有一棵桂花树开花了。我走出桑园的时候想，丹玉的眼睛跟我真差不多，从此我便意识到我的脸蛋上长了一双漂亮的眼睛。

那一段时期我没去澡堂。有一天我哥哥闻到我头上的气味，把我推下了床，他是个喜欢假装干净的家伙。于是我又卷起那套家什去澡堂，我知道我会在桥顶上碰到肖弟他们的，那时我有点明白他们为什么天天喜欢站到桥上去了。

"你那事办得不坏。"肖弟给了我一支烟，然后很友好地拍我的肩膀。那是平生第一次有人给我递烟，我感动极了。当时我脑子里飞快闪出一个念头，要是爹妈都去哈尔滨出差，我就可以从他们留下的伙食费里扣下钱，买一包牡丹，请肖弟、毛头他们抽。没准就是由于这根烟，第二天我又到石桥上去了，他们没有撵我的意思，他们同意我这个高中生跟着他们了。后来，整整一个秋天，我也老是在桥顶上站着。

几个小伙子站在一起肯定要拿过路人开心，尤其是趾高气扬的小伙子和挺胸凸肚的大姑娘。开他们的玩笑需要非凡的想象力，这一点我们谁也不缺乏。现在我能编一些像模像样的小说，就得益于那时想象力的培养。肖弟差点，他老是反复地问走过桥顶的姑娘："你吃饱啦？"姑娘们一愣，自认为纯洁无邪的姑娘碰到这时都要气愤地嘟囔几句，但她们听不懂这话。我记得曾有一个高个子穿花格子短裙的姑娘听懂了，她回头朝肖弟白一眼，"痒啦？痒了到电线杆上去擦擦。"其实这样的回答很让人高兴，至少让人哈哈笑了一阵，很有意思。我就是这样学坏的，一个男孩要是整天骨碌碌转着眼睛去注意女人浅色衣服里露出来的乳罩，那他就有点变坏了。肖弟老带着我摸到桑园去敲丹玉的窗户，当涂过桐油的窗子悄没声打开，肖弟弓着身子钻进去后，我真是寂寞得要死，但是我愿意站在桑园里黑黝黝的树影里，想一些很让人神往的事情。我知道桑园里有六棵桂花树，长在丹玉家院里的是棵迟桂花，就是开花最晚的那棵树。

以后世界上发生了一件不大不小的事。这要说到一个邻居女孩辛辛。辛辛家住石码头隔壁，她家沿河的石阶和我家后门正对着。我小时候培养了朝河里撒尿的习惯，好几次在撒尿时回头看见辛辛蹲在石阶上洗衣服，要命的是她一点不害臊，还是把小嘴噘得像个喇叭筒，拼命揉搓着她那些花花绿绿的衣服。她老要做出一副很勤快很懂事的样子。有一个傍晚我看见辛辛站在她家门口看着河水发呆，那样子显得优美自然。我朝她打了个口哨，做了个鬼脸，没想她竟回应了一个甜甜的微笑，我马上就意识到我应该跟辛辛发生点什么事情啦。于是我向她招起手，让她上我家来，她向我摇着头，我又招手，她溜进院子里去了。我离开河边回屋，正琢磨辛辛是怎么回事呢，木板门"吱呀"响了一下，辛辛缩着肩膀站在我面前，她一只手扶着摇晃的门，好像怕门又合上。我把她领到小房间去。我先让她欣赏一下屋里漂亮的陈设，可辛辛的心思不在这儿，她急急忙忙地把她的脑袋靠在我的肩膀上。女孩子一长大就懂这一套了。我觉得这么做并不说明什么，就让她坐在沙发上，然后转身过去关门。但就在这时我听见辛辛尖厉的喊声："别关门!"这声音听来很恐怖，辛辛的两只樱桃一样的圆眼睛直直地瞪着那扇摇摇晃晃的木板门。我很失望，原来她紧张万分地跑来就为了把脑袋靠在我肩膀上，而且只靠两秒钟。后来我又让她坐在屋角的藤椅上，她还是不愿意，那个角落在她看来充满危险。辛辛几乎是僵立着站在屋子中央，后来我哥哥放在床头柜上的小闹钟"丁零零"响起来了，把我和辛辛都吓了一跳。本来小闹钟应该在早晨五点钟响的，可它竟在下午五点钟响了。小闹钟也和我哥哥一样老发"神经"，我死也忘不了这个过错。辛辛逃走的时候说了一句很让人泄气的话："你们家里人要来了。"

隔天我和肖弟、毛头他们站在桥头，我老想着昨天那事，憋了半天才忍住没跟他们提。毛头严肃地说，他喜欢一个女人的话一定要在她脸上咬一口，让她留着他的牙齿印。我觉得有点道理，但我发现辛辛的眉心那儿最可爱，有点青黛色的，微微隆起，要让我干首先得在眉心那亲一亲。不过我不会去咬辛辛那张红扑扑的脸蛋的。

那一阵我以为跟辛辛搞上了，但辛辛睡了一觉后好像把什么都忘了，她不再一个人到石阶上去了，我没法跟她联络。她爷爷武功挺棒，不知听得什么风声，开始保护他的孙女儿了。我想要是夏天我可以游过河去敲她的窗子，但那时天渐渐凉了，人们都开始套上流行的黑色毛线衣了。终于有一天我看见辛辛端着盆衣服，一步一步走下台阶。当她噘起嘴洗衣服的时候，我拾起河边的瓦片扔过去，水花溅了她一身，可她只是抬起手臂擦擦脸，一副忍辱负重的样子。这一招气得我两眼直冒金星。

我认识丹玉后，注意过丹玉的眉心，她跟辛辛不一样，她那儿长了一颗黑痣。我想这颗痣怎么不长到看不见的丹玉后背上去呢。但毛头说尼泊尔王后和《流浪者》中的丽达眉心也都有这颗痣，推断丹玉的眉心长得不错。但说来说去，丹玉的漂亮在她的眼睛，深深陷下去的眼睛。我记得，丹玉第一次教我跳探戈的时候，我老看着她的眼睛。我们的眼睛是一样的，我内心充满幸福感。丹玉的舞跳得绝了，据说她跳舞的时候大腿老擦着小伙子的敏感部位，因为她的腿比一般小伙子还要长。那天她和我跳舞的时候，我眼睛时不时往下溜，发现事情并不像别人说的那样，也许因为我和她长着一样的眼睛，也许是因为我的年龄比她小三岁，我有点茫然。丹玉注视我的目光总像我姊姊，我很恼怒这点，所以跳舞的时候使劲拽她的胳膊，她不喊不叫，只是用眼睛制止我。这个女人就是有非凡的本事。我想肖弟使她受孕时她大概也是那么看着肖弟的，"那丫头真行，我在门外听，就是听不到她喊。"肖弟把丹玉带到医院三次，每次都这么跟我说。这肯定是真的，丹玉从来不喊，因为她没有什么怨恨。说这事时毛头坐在桥栏上，他喜欢用右手托着他方方正正的脸，后来他就托着脸对我说："丹玉完了，以后生孩子麻烦了。"他怕我不相信，又说，"真的，我懂得这个，丹玉完了。"

就是那年秋天，桑园那儿热闹了一阵。长影为了拍部什么片子到石桥上选了个外景。我记得有一个跳芭蕾舞的男演员在里面混主角。纠察队把围观的人堵在两侧桥口，把我和肖弟他们也堵住了。肖弟说等一会儿要把那个跳舞的骗进桑园揍一顿，我点点头，倒不觉得他目光太傲，我主要是不喜欢让他演电影。演电影跳芭蕾根本不是一回事。电影开拍了。我看见桥上走来几个穿长衫马褂的人，一开始我以为是演员，走近了才发现是街上的。辛辛也在那堆人里，她穿着月白色的小褂和黑长裙，很认真地扭着屁股走下桥。这是在拍电影，丫头片子乐开了花。

拍电影时候丹玉躺在桑园她家里。我听说她把窗户戳了个小洞，从里面往外张望。她大概想看到点什么，我想导演要是知道窗户纸后面有丹玉她的一双眼睛，他会给镇住的。问题在于他不会知道。永远也不会知道。

我跟肖弟闹翻是以后的事。现在想起来我的潜意识里早就跳跃着我跟肖弟格斗的画面了，原因很可能是当初在桥上的初遇。那时我跟肖弟处得很好了，但我知道我厉害起来后非跟他打一架不可，一定要赢。否则我会老在心里痛骂自己是脓包。我想我要是打赢了内心就会变一变的。那天夜里我突然从桑园的一棵树上跳下来，站到肖弟和丹玉面前，肖弟醒过神后说："打就打吧。"我和他开拳时候，丹玉倚着树干看，一声不吭，后来肖弟趴在地上起不来时，她一转身跑回家去了。她连扶都没扶肖弟，有点出乎意料。

那是我最后一次看到丹玉。一开始街上传说丹玉失踪了，我不相信。我肯定她不会被人拐走，她很明白自己该往哪里走。我还肯定她不会独自出走，我想丹玉清楚自己走不到哪里去。几天后我才听说丹玉是和毛头在一起的，死了。我蹬着车找到北郊那片幽深的竹林，人群围着他们。我看见丹玉和毛头抱在一起。我撞进去把他们分开了，然后抱起毛头，毛头的脑袋垂了下去，他是真死啦。我不敢去抱丹玉，是真的不敢。我注意到她脸上有一圈明显的牙印，我想那应该是毛头咬的。没想到他们是这么死的。我觉得事情前前后后发生了差错。他们为什么要死呢？他们不会害怕谁，因为谁都用不着害怕。也许他们就是害怕这个"差错"。

以后的几天里我想着一件事，我要在桑园的石桥上刻下毛头和丹玉的名字。我带去一把小刀和一把斧子，"叮叮当当"干了起来。

但名字还没出来，街道里的几个老头老太跑来夺下我的刀。他们没有闹明白我在干什么，所以他们不让我在好端端的石桥上刻字。

那年我从北方回去探家时，曾经特意跑到桑园去。经过石桥时我看见毛头和丹玉的名字不知让谁刻在石栏上了。那名字刻在那儿跟"某某某到此一游"不太一样。我正要下桥的时候，碰到一个腆着大肚子的女人。我一眼认出那是辛辛，我盯着辛辛隆起的肚子看，顿时觉得世界上发生的差错越来越多越来越大啦。我看着辛辛上桥、下桥。我想辛辛也会看我几眼或者对我笑笑的，但是没有。她目不斜视，我没弄明白这狗女人是怎么回事。

1984 年 4 月

选自《苏童文集——少年血》

江苏文艺出版社 1993 年 9 月版

作家的话 ◈

我之所以经常谈及《桑园留念》，并非因为它令人满意，只是由于它在我的创作生活中有很重要的意义。重读这篇旧作似有美好的怀旧之感，想起在单身宿舍里挑灯夜战，激情澎湃，蚊虫叮咬，饥肠辘辘。更重要的是我后来的短篇创作的脉络从中初见端倪，一条狭窄的南方老街（后来我定名为香椿树街），一群处于青春发育期的南方少年，不安定的情感因素，突然降临于黑暗街头的血腥气味，一些在潮湿的空气中发芽溃烂的年轻生命，一些徘徊在青石板路上的扭曲的灵魂。从《桑园留念》开始，我记录了他们的故事以及他们摇晃不定的生存状态，如此创作使我津津有味并且心满意足。

我从小生长在类似"香椿树街"的一条街道上，我知道少年血是黏稠而富有文学意味的，我知道少年血在混乱无序的年月里如何流淌，凡是流淌的事物必有它的轨迹。

《苏童文集——少年血·自序》

推荐者的话 ◈

推荐这篇写于 1984 年、发表于 1987 年的小说，基本理由与作者本人对这篇作品的感情、认识是一致的。在苏童至今数量可观的作品中，文学界（包括作家和批评家）多看重他的"枫杨树"系列，更广泛的读者则为此后的《妻妾成群》等作品所吸引。推荐者倒是更愿意能有更多一些的读者回头读苏童早期写下的一组南方少年故事，除了故事本身之外，像人们通常所说的那样，还可以浸染于短篇小说的艺术之中。至于《桑园留念》这篇作品，我们选录的苏童自己的话已经说得非常好了。

张新颖

周　涛

巩乃斯的马

　　周涛，1946 年生，原名周小涛。祖籍山西，9 岁时随父母工作调动由北京迁居新疆。1965 年考入新疆大学中文系。1972 年分配至喀什从事共青团工作，1979 年参加中国人民解放军，长期在新疆军区政治部创作组专事创作。初以诗作名世，是"新边塞诗派"主要代表之一，著有诗集《牧人集》《神山》《鹰笛》《野马群》《云游》，长诗《八月的果园》《山岳山岳·丛林丛林》等。20 世纪 80 年代中期之后，更投注于散文创作，散文集《稀世之鸟》《游牧长城》《中华散文珍藏本·周涛卷》《高榻》《红嘴鸦》等引起文坛注目。

我一直对不爱马的人怀有一点偏见，认为那是由于生气不足和对美的感觉迟钝所造成的，而且这种缺陷很难弥补。有时候读传记，看到有些了不起的人物以牛或骆驼自喻，就有点替他们惋惜，他们一定是没见过真正的马。

　　在我眼里，牛总是有点落后的象征的意思，一副安贫知命的样子，这大概是由于过分提倡"老黄牛"精神引起的生理反感。骆驼却是沙漠的怪胎，为了适应严酷的环境，把自己改造得那么丑陋畸形。至于毛驴，顶多是个黑色幽默派的小丑，难当大用。它们的特性和模样，都清清楚楚地写着人类对动物的征服，生命对强者的屈服，所以我不喜欢。它们不是作为人类朋友的形象出现的，而是俘虏，是仆役。有时候，看到小孩子鞭打牛，高大的骆驼在妇人面前下跪，发情的毛驴被缚在车套里龇牙大鸣，我心里便产生一种悲哀和怜悯。

　　那卧在盐车之下哀哀嘶鸣的骏马和诗人臧克家笔下的"老马"，不也是可悲的吗？但是不同。那可悲里含有一种不公，这一层含义在别的畜生中是没有的。在南方，我也见到过矮小的马，样子有些滑稽，但那不是它的过错。既然橘树有自己的土壤，马当然有它的故乡了。自古好马生塞北。在伊犁，在巩乃斯大草原，马作为茫茫天地之间的一种尤物，便呈现了它的全部魅力。

　　那是一九七〇年，我在一个农场接受"再教育"，第一次触摸到了冷酷、丑恶、冰凉的生活实体，不正常的政治气候像潮闷险恶的黑云一样压在头顶上，使人压抑到不能忍受的地步。强度的体力劳动并不能打击我对生活的热爱，精神上的压抑却有可能摧毁我的信念。

终于，有一天夜晚，我和一个外号叫"蓝毛"的长着古希腊人脸型的上士一起爬起来，偷偷摸进马棚，解下两匹喉咙里滚动着咴咴低鸣的骏马，在冬夜旷野的雪地上奔驰开了。

天低云暗，雪地一片模糊，但是马不会跑进巩乃斯河里去。雪原右侧是巩乃斯河，形成了沿河的一道陡直的不规则的土壁；光背的马儿驮着我们在土壁顶上的雪原轻快地小跑，喷着鼻息，四蹄发出嚓嚓的有节奏的声音，最后大颠着狂奔起来。随着马的奔驰、起伏、跳跃和喘息，我们的心情变得开朗、舒展，压抑消失，豪兴顿起，在空旷的雪野上打着唿哨乱喊，在颠簸的马背上感受自由的亲切和驾驭自己命运的能力，是何等的痛快舒畅啊！我们高兴得大笑，笑得从马背上栽下来，躺在深雪里还是止不住地狂笑，直到笑得眼睛里流出了泪水……

那两匹可爱的光背马，这时已在近处缓缓停住，低垂着脖颈，一副歉疚得想说"对不起"的神态，它们温柔的眼睛里仿佛充满了怜悯和抱怨，还有一点诧异，弄不懂我们这两个究竟是怎么了。我拍拍马的脖颈，抚摸一会儿它的鼻梁和嘴唇，它会意了，抖抖鬃毛像抖掉疑虑，跟着我们慢慢走回去。一路上，我们谈着马，闻着身后热烘烘的马汗味和四围里新鲜刺鼻的气息，觉得好像不是走在冬夜的雪原上。

马能给人以勇气，给人以幻想，这也不是笨拙的动物所能有的。在巩乃斯后来的那些日子里，观察马渐渐成了我的一种艺术享受。

我喜欢看一群马，那是一个马的家族在夏牧场上游移，散乱而有秩序，首领就是那里面一眼就望得出的种公马，它是马群的灵魂。作为这群马的首领当之无愧，因为它的确是无与伦比的强壮和美丽，匀称高大，毛色闪闪发光，最明显的特征是颈上披散着垂地的长鬃。有的浓黑，流泻着力与威严；有的金红，燃烧着火焰般的光彩。它管理着保护着这群牝马和顽皮的长腿短身子马驹儿，眼光里保持着父爱般的尊严。

　　马的这种社会结构中，首领的地位是由强者在竞争中确立的，任何一匹马都可以争群，通过追逐、撕咬、拼斗，使最强的马成为公认的首领。为了保证这群马的品种不至于退化，就不能搞"指定"，也不能看谁和种公马的关系好，也不能凭血缘关系接班。

　　生存竞争的规律使一切生物把生存下去作为第一意识，而人却有时候忘记，造成许多误会。

　　唉，天似穹庐，笼盖四野，在巩乃斯草原度过的那些日子里，我与世界隔绝，生活单调；人与人互相警惕，唯恐失一言而遭灭顶之祸，心灵寂寞。只有一个乐趣，看马。好在巩乃斯草原马多，不像书可以被焚，画可以被禁，知识可以被践踏，马总不至于被驱逐出境吧？这样，我就从马的世界里找到了奔驰的诗韵，辽阔草原的油画，夕阳落照中兀立于荒原的群雕，大规模转场时铺散在山坡上的好文章，熊熊篝火边的通宵马经，毡房里悠长喑哑的长歌在烈马苍凉的嘶鸣中展开，醉酒的青年哈萨克在群犬的追逐中纵马狂奔，东倒西歪地俯身鞭打猛犬，使我蓦然感受到生活不朽的壮美和那时潜藏在我们心里的共同忧郁……

　　哦，巩乃斯的马，给了我一个多么完整的世界！凡是那时被取消的，你都重新又给予了我！弄得我直到今天听到马蹄踏过大地的有力声响时，就在屋子里坐卧不宁，总想出去看看，是一匹什么样儿的马走过去了。而且我还听不得马嘶，一听到那铜号般高亢，鹰啼般苍凉的声音，我就热血陡涌，热泪盈眶，大有战士出征走上古战场，"风萧萧兮易水寒"的悲壮之慨。

有一次我碰上巩乃斯草原夏日迅疾猛烈的暴雨，那雨来势之快，可以使悠然在晴空盘旋的孤鹰来不及躲避而被击落，雨脚之猛，竟能把牧草覆盖的原野一瞬间打得烟尘滚滚。就在那场短暂暴雨的吆打下，我见到了最壮阔的马群奔跑的场面。仿佛分散在所有山谷里的马都被赶到这儿来了，好家伙，被暴雨的长鞭抽打着，被低沉的怒雷恐吓着，被刺进大地倏忽消逝的闪电激奋着，马，这不肯安分的牲灵从无数谷口、山坡涌出来，山洪奔泻似的在这原野上汇聚了，小群汇成大群，大群在运动中扩展，成为一片喧叫、纷乱、快速移动的集团冲锋场面！争先恐后，前呼后应，披头散发，淋漓尽致！有的疯狂地向前奔驰，像一队尖兵，要去踏住那闪电；有的来回奔跑，忙乱得像临危不惧、收拾残局的大将；小马跟着母马认真而紧张地跑，不再顽皮、撒欢，一下子变得老练了许多；牧人在不可收拾的潮水中被携裹，他大喊大叫，却毫无声响，他的喊声像一块小石片扔进奔腾喧嚣的大河。

雄浑的马蹄声在大地奏出的鼓点，悲怆苍劲的嘶鸣、叫喊在拥挤的空间碰撞、飞溅，划出一条条不规则的曲线，扭住、缠住漫天雨网，和雷声雨声交织成惊心动魄的大舞台。而这一切，得在飞速移动中展现，几分钟后，马群消失，暴雨停歇，你再看不见了。

我久久地站在那里，发愣、发痴、发呆。我见到了，见过了，这世间罕见的奇景，这无可替代的伟大的马群，这古战场的再现，这交响乐伴奏下的复活的雕塑群和油画长卷！我把这几分钟间见到的记在脑子里，相信，它所给予我的将使我终身受用不尽……

马就是这样，它奔放有力却不让人畏惧，毫无凶暴之相；它优美柔顺却不任人随意欺凌，并不懦弱。我说它是进取精神的象征，是崇高感情的化身，是力与美的巧妙结合恐怕也并不过分。屠格涅夫有一次在他的庄园里说托尔斯泰"大概您在什么时候当过马"，因为托尔斯泰不仅爱马，写马，并且坚信"这匹马能思考并且是有感情的"。它们和历史上的那些伟大的人物、民族的英雄一起被铸成铜像屹立在最醒目的地方。

过去我只认为，只有《静静的顿河》才是马的史诗；离开巩乃斯之后，我不这么看了。瞧瞧我们巩乃斯的良种马吧，这些古人称之为骐骥、称之为汗血马的英气勃勃的后裔们，日出而撒欢，日入而哀鸣。它们好像永远是这样散漫而又有所期待，这样原始而又有感知，这样不假雕饰而又优美，这样我行我素而不会被世界所淘汰。成吉思汗的铁骑作为一个兵种已经消失，六根棍马车作为一种代步工具已被淘汰，但是马却不会被什么新玩意儿取代，它有它的价值。

牛从轭用变为食用，仍然是实用物；毛驴和骆驼将会成为动物园里的展览品，因为它们只会越来越稀少；而马，车辆只是在实用意义上取代了它，解放了它，它从实用物进化为一种艺术品的时候恰恰开始了。

值得自豪的是我们中国有好马。从秦始皇的兵马俑、铜车马到唐太宗的六骏，从马踏飞燕的奇妙构想到大宛汗血马的美妙传说，从关云长的赤兔马到朱德总司令的长征坐骑……纵览马的历史，还会发现它和我们民族的历史紧密相连着。这也难怪，骏马与武士与英雄本有着难以割舍的亲缘关系呢，彼此作用的相互发挥、彼此气质的相互补益，曾创造出多少叱咤风云的壮美形象？纵使有一天马终于脱离了征战这一辉煌事业，人们也随时会从军人的身上发现马的神韵和遗风的。我们有多少关于马的故事呵，我们是十分爱马的民族呢。至今，如同我们的一切美好传统都像黄河之水似的遗传下来那样，我们的历代名马的筋骨、血脉、气韵、精神也都遗传下来了。那种"龙马精神"，就在巩乃斯的良种马身上——

此马非凡马，

房星是本星；

向前敲瘦骨，

犹自带铜声。

我想，即便我一直固执地对不爱马的人怀一点偏见，恐怕也是可以得到谅解了吧。

1984 年 5 月 20 日于乌鲁木齐

选自《解放军文艺》1984 年第 8 期

作家的话 ◈

我毫无疑问地崇尚豪放派，我只能被它感动、击中，并且坚信这一脉精神乃是我们民族精神中最可贵、最伟大、最值得发扬的东西，这也许就是我的文学性格。

《我已经寻找过我自己》

评论家的话 ◈

    归纳起来看，正是异域"文化——自然——历史"三个支点撑开了周涛宏大的审美时空。首先，静穆而神秘的伊斯兰文明和奔放热烈的草原生活气息带着一股原始的野性的强力，冲击和改组了他的文化构成，丰富和补充了中原文明的圆熟和精致。其次，两种文化之间的隔阂与差异保证他始终有一个感觉新鲜敏于发现的独特视角，而视野的辽阔与幽深又使他站得高看得远，锻造了他的大胸怀、大襟抱，因此而笔力粗犷，气流恢宏。同时，自然风情与如烟世事又不断抵御和销蚀他的入世心理，帮助他一次一次从世俗中超拔出来，变得洒脱与豁达。再加上僻居一隅的"地偏心自远"的客观效应也减少了浮躁与喧嚣的尘世干扰，有利于他沉入深度的孤独之中，从而保护了审美眼光的纯洁与艺术感觉的锐利。

朱向前：《新军旅作家"三剑客"

——莫言、周涛、朱苏进平行比较论纲》

阿 城

棋 王

阿城，原名钟阿城，祖籍福建，1949 年生于北京。中学时便逢"文化大革命"，于是去山西、内蒙古插队，后又去云南林场当了十年林业工人。1979 年回北京，曾在中国图书进出口公司工作，后任《世界图书》编辑。1984 年以处女作《棋王》崛起于文坛，被认为是"寻根文学"最成功的作品之一而引人注目。著有中短篇小说集《棋王》等。其小说创作浸透了民族传统文化的氛围而融入了一定的现代意识，在对普通人事的描述中，流露出入世近俗的人生趣旨，也寄寓了关于宇宙、自然、生命和人的哲学玄思。选材立意，每见异彩与深味，写人状物，纯用白描而自成一格，简洁、传神，在许多方面均可见出中国古典白话小说的影响。

一

车站是乱得不能再乱，成千上万的人都在说话。谁也不去注意那条临时挂起来的大红布标语。这标语大约挂了不少次，字纸都折得有些坏。喇叭里放着一首又一首的语录歌儿，唱得大家心更慌。

我的几个朋友，都已被我送走插队，现在轮到我了，竟没有人来送。我虽无父无母，孤身一人，却算不得独子，不在留城政策之内。父母生前颇有些污点，运动一开始即被打翻死去。家具上都有机关的铝牌编号，于是统统收走，倒也名正言顺。我野狼似的转悠一年多，终于还是决定要走。此去的地方按月有二十几元工资，我便很向往，争了要去，居然就批了。因为所去之地与别国相邻，斗争之中除了阶级，尚有国际，出身孬一些，组织上不太放心。我争得这个信任和权利，欢喜是不用说的，更重要的是，每月二十几元，一个人如何用得完？只是没人来送，就有些不耐烦，于是先钻进车厢，想找个地方坐下，任凭站台上千万人话别。

车厢里靠站台一面的窗子已经挤满各校的知青，都探出身去说笑哭泣。另一面的窗子朝南，冬日的阳光斜射进来，冷清清地照在北边儿众多的屁股上。两边儿行李架上塞满了东西，令人担心。我走动着找我的座位号，却发现还有一个精瘦的学生孤坐着，手拢在袖管儿里，隔窗望着车站南边儿的空车皮。

我的座位恰与他在一个格儿里，是斜对面儿，于是就坐下了，也把手拢在袖里。那个学生瞄了我一下，眼里突然放出光来，问：

"下棋吗?"倒吓了我一跳,急忙摆手说:"不会!"他不相信地看着我说:"这么细长的手指头,就是个捏棋子儿的,你肯定会。来一盘吧,我带着家伙呢。"说着就抬身从窗钩上取下书包,往里掏着。我说:"我只会马走日,象走田。你没人送吗?"他已把棋盒拿出来,放在茶几上。塑料棋盘却搁不下,他想了想,就横摆了,说:"不碍事,一样下。来来来,你先走。要不,让你车、马、炮?"我笑起来,说:"你没人送吗?这么乱,下什么棋?"他一边码好最后一个棋子,一边说:"我他妈要谁送?去的是有饭吃的地方,闹得这么哭哭啼啼的。来,你先走。"我奇怪了,可还是拈起炮,往当头上一移。我的棋还没移到,他的马却"啪"的一声跳好,比我还快。我就故意将炮移过当头的地方停下。他很快地看了一眼我的下巴,说:"你还说不会?这炮二平六的开局,我在郑州遇见一个高人,就是这么走,险些输给他。炮二平五当头炮,是老开局,可有气势,而且是最稳的。嗯?你走。"我倒不知怎么走了,手在棋盘上游移着。他不动声色地看着整个棋盘,又把手袖起来。

就在这时,车厢乱了起来。好多人拥进来,隔着玻璃往外招手。我就站起身,也隔着玻璃往北看月台上。站上的人都拥到车厢前,都在叫,乱成一片。车身忽地一动,人群"嗡"地一下,哭声四起。我的背被谁捅了一下,回头一看,他一手护着棋盘,说:"没你这么下棋的,走哇!"我实在没心思下棋,而且心里有些酸,就硬硬地说:"我不下了。这是什么时候!"他很惊愕地看着我,忽然像明白了,身子软下去,不再说话。

车开了一会儿,车厢开始平静下来。有水送过来,大家就掏出缸子要水。我旁边的人打了水,说:"谁的棋?收了放缸子。"他很可怜的样子，问："下棋吗？"要放缸子的人说："反正没意思，来一盘吧。"他就很高兴，连忙码好棋子。对手说："这横着算怎么回事儿？没法儿看。"他搓着手说："凑合了。平常看棋的时候，棋盘不等于是横着的？你先走。"对手很老练地拿起棋子儿，嘴里叫着："当头炮。"他跟着跳上马。对手马上把他的卒吃了，他也立刻用马吃了对方的炮。我看这种简单的开局没有大意思，又实在对象棋不感兴趣，就转了头。

这时一个同学走过来，像在找什么人，一眼望到我，就说："来来来，四缺一，就差你了。"我知道他们是在打牌，就摇摇头。同学走到我们这一格，正待伸手拉我，忽然大叫："棋呆子，你怎么在这儿？你妹妹刚才把你找苦了，我说没见啊。没想到你在我们学校这节车厢里，气儿都不吭一声儿。你瞧你瞧，又下上了。"

棋呆子红了脸，没好气儿地说："你管天管地，还管我下棋？走，该你走了。"就又催促我身边的对手。我这时听出点音儿来，就问同学："他就是王一生？"同学睁了眼，说："你不认识他？哎呀，你白活了。你不知道棋呆子？"我说："我知道棋呆子就是王一生，可不知道王一生就是他。"说着，就仔细看着这个精瘦的学生。王一生勉强笑一笑，只看着棋盘。

王一生简直大名鼎鼎。我们学校与旁边几个中学常常有学生之间的象棋厮杀，后来拼出几个高手。几个高手之间常摆擂台，渐渐地，几乎每次冠军就都是王一生了。我因为不喜欢象棋，也就不去关心什么象棋冠军，但王一生的大名，却常被班上几个棋篓子供在嘴上，我也就对其事迹略闻一二，知道王一生外号棋呆子，棋下得很神不用说，而且在他们学校那一年级里数理成绩总是前数名。我想棋下得好而有个数学脑子，这很合情理，可我又不信人们说的那些王一生的呆事，觉得不过是大家"寻逸闻鄙事，以快言论"罢了。后来运动起来，忽然有一天大家传说棋呆子在串联时犯了事儿，被人押回学校了。我对棋呆子能出去串联表示怀疑，因为以前大家对他的描述说明他不可能解决串联时的吃喝问题。可大家说呆子确实去串联了，因为老下棋，被人瞄中，就同他各处走，常常送他一点儿钱，他也不问，只是收下。后来才知道，每到一处，呆子必要挤地头看下棋。看上一盘，必要把输家挤开，与赢家杀一盘。初时大家看他其貌不扬，不与他下。他执意要杀，于是就杀。几步下来，对方出了小汗，嘴却不软。呆子也不说话，只是出手极快，像是连想都不想。待到对方终于闭了嘴，连一圈儿观棋的人也要慢慢思索棋路而不再支招儿的时候，与呆子同行的人就开始摸包儿。大家正看得紧张，哪里想到钱包已经易主？待三盘下来，众人都摸头。这时呆子倒成了棋主，连问可有谁还要杀？有哪位不服，就坐下来杀，最后仍是无一盘得利。后来常常是众人齐坐一方，七嘴八舌与呆子对手。呆子也不忙，反倒促众人快走，因为师傅多了，常为一步棋如何走自家争吵起来。就这样，在一处呆子可以连杀上一天。后来有那观棋的人发觉钱包丢了，闹嚷起来。慢慢有几个有心计的人暗中观察，看见有人掏包，也不响，之后见那人晚上来邀呆子走，就发一声喊，将扒手与呆子一齐绑了，由造反队审。呆子糊糊涂涂，只说别人常给他钱，大约是可怜他，也不知钱如何来，自己只是喜欢下棋。审主看他呆相，就命人押了回来，一时各校传为逸事。后来听说呆子认为外省马路棋手高手不多，不能长进，就托人找城里名手近战。有个同学就带他去见自己的父亲，据说是国内名手。名手见了呆子，也不多说，只摆一副据说是宋时留下的残局，要呆子走。呆子看了半晌，一五一十道来，替古人赢了。名手很惊奇，要收呆子为徒。不料呆子却问："这残局你可走通了？"名手没反应过来，就说："还未通。"呆子说："那我为什么要做你的徒弟？"名手只好请呆子开路，事后对自己的儿子说："你这个同学倨傲不逊，棋品连着人品，照这样下去，棋品必劣。"又举了一些最新指示，说若能好好学习，棋锋必健。后来呆子认识了一个捡烂纸的老头儿，被老头儿连杀三天而仅赢一盘。呆子就执意要替老头儿去撕大字报纸，不要老头儿劳动。不料有一天撕了某造反团刚贴的"檄文"，被人拿获，又被这造反团栽诬于对立派，说对方"施阴谋，弄诡计"，必讨之，而且是可忍，孰不可忍！对立派又阴使人偷出呆子，用了呆子的名义，对先前的造反团反戈一击。一时呆子的大名"王一生"贴得满街都是，许多外省来取经的革命战士许久才明白王一生原来是个棋呆子，就有人请了去外省会一些江湖名手。交手之后，各有胜负，不过呆子的棋据说是越下越精了。只可惜全国忙于革命，否则呆子不知会有什么造就。

这时我旁边的人也明白对手是王一生，连说不下了。王一生便很沮丧。我说："你妹妹来送你，你也不知道和家里人说说话儿，倒拉着我下棋！"王一生看着我说："你哪儿知道我们这些人是怎么回事儿？你们这些人好日子过惯了，世上不明白的事儿多着呢！你家父母大约是舍不得你走了？"我怔了怔，看着手说："哪儿来父母，都死球了。"我的同学就添油加醋地叙了我一番，我有些不耐烦，说："我家死人，你倒有了故事了。"王一生想了想，对我说："那你这两年靠什么活着？"我说："混一天算一天。"王一生就看定了我问："怎么混?"我不答。呆了一会儿,王一生叹一声,说:"混可不易。一天不吃饭,棋路都乱。不管怎么说,你父母在时,你家日子还好过。"我不服气,说:"你父母在,当然要说风凉话。"我的同学见话不投机,就岔开说:"呆子,这里没有你的对手,走,和我们打牌去吧。"呆子笑一笑,说:"牌算什么,瞌睡着也能赢你们。"我旁边儿的人说:"据说你下棋可以不吃饭?"我说:"人一迷上什么,吃饭倒是不重要的事。大约能干出什么事儿的人,总免不了有这种傻事。"王一生想一想,又摇摇头,说:"我可不是这样。"说完就去看窗外。

一路下去,慢慢我发觉我和王一生之间,既开始有互相的信任和基于经验的同情,又各自的疑问。他总是问我与他认识之前是怎么生活的,尤其是父母死后的两年是怎么混的。我大略地告诉了他,可他又特别在一些细节上详细地打听,主要是关于吃。例如讲到有一次我一天没有吃到东西,他就问:"一点儿也没吃到吗?"我说:"一点儿也没有。"他又问:"那你后来吃到东西是在什么时候?"我说:"后来碰到一个同学。他要用书包装很多东西,就把书包翻倒过来腾干净,里面有一个干馒头,掉在桌上就碎了。我一边儿和他说话,一边儿就把这些碎馒头吃下去。不过,说老实话,干烧饼比干馒头解饱得多,而且顶时候儿。"他同意我关于干烧饼的见解,可马上又问:"我是说,你吃到这个干馒头的时候是几点?过了当天夜里十二点吗?"我说:"噢,不。是晚上十点吧。"他又问:"那第二天你吃了什么?"我有点儿不耐烦。讲老实话,我不太愿意复述这些事情,尤其是细节。我觉得这些事情总在腐蚀我,它们与我以前对生活的认识太不合辙,总好像是在嘲笑我的理想。我说:"当天晚上我睡在那个同学家。第二天早上，同学买了两个油饼，我吃了一个。上午我随他去跑一些事，中午他请我在街上吃。晚上嘛，我不好意思再在他那儿吃，可另一个同学来了，知道我没什么着落，硬拉了我去他家，当然吃得还可以。怎么样？还有什么不清楚？"他笑了，说："你才不是你刚才说的什么'一天没吃东西'，你十二点以前吃了一个馒头，没有超过二十四小时。更何况第二天你的伙食水平不低，平均下来，你两天的热量还是可以的。"我说："你恐怕还是有些呆！要知道，人吃饭，不但是肚子的需要，而且是一种精神需要。不知道下一顿在什么地方，人就特别想到吃，而且，饿得快。"他说："你家道尚好的时候，有这种精神压力吗？恐怕没有什么精神需求吧？有，也只不过是想好上再好，那是馋。馋是你们这些人的特点。"我承认他说得有些道理，禁不住问他："你总在说你们、你们，可你是什么人？"他迅速看着其他地方，只是不看我，说："我当然不同了。我主要是对吃要求得比较实在。唉，不说这些了，你真的不喜欢下棋？'何以解忧？唯有象棋'。"我瞧着他说："你有什么忧？"他仍然不看我，"没有什么忧，没有。'忧'这玩意儿，是他妈文人的佐料儿。我们这种人，没有什么忧，顶多有些不痛快。何以解不痛快？唯有象棋。"

　　我看他对吃很感兴趣，就注意他吃的时候。列车上给我们这几节知青车厢送饭时，他若心思不在下棋上，就稍稍有些不安。听见前面大家拿饭时铝盒的碰撞声，他常常闭上眼，嘴巴紧紧收着，倒好像有些恶心。拿到饭后，马上就开始吃，吃得很快，喉结一缩一缩的，脸上绷满了筋。常常突然停下来，很小心地将嘴边或下巴上的饭粒儿和汤水油花儿用整个儿食指抹进嘴里。若饭粒儿落在衣服上，就马上一按，拈进嘴里。若一个没按住，饭粒儿由衣服上掉下地，他也立刻双脚不再移动，转了上身找。这时候他若碰上我的目光，就放慢速度。吃完以后，他把两根筷子吮净，拿水把饭盒冲满，先将上面一层油花吸净，然后就带着安全到达彼岸的神色小口小口地呷。有一次，他在下棋，左手轻轻地叩茶几。一粒干缩了的饭粒儿也轻轻地小声跳着。他一下注意到了，就迅速将那个干饭粒儿放进嘴里，腮上立刻显出筋络。我知道这种干饭粒儿很容易嵌到槽牙里，巴在那儿，舌头是赶它不出的。果然，待了一会儿，他就伸手到嘴里去抠。终于嚼完，和着一大股口水，"咕"的一声儿咽下去，喉结慢慢移下来，眼睛里有了泪花。他对吃是虔诚的，而且很精细。有时你会可怜那些饭被他吃得一个渣儿都不剩，真有点儿惨无人道。我在火车上一直看他下棋，发现他同样是精细的，但就有气度得多。他常常在我们还根本看不出已是败局时就开始重码棋子，说："再来一盘吧。"有的人不服输，非要下完，总觉得被他那样暗示死刑存些侥幸。他也奉陪，用四五步棋逼死对方，略带嘲讽地说："给你棋脸，非要听'将'，有瘾？"

　　我每看到他吃饭，就回想起杰克·伦敦的《热爱生命》，终于在一次饭后他小口呷汤时讲了这个故事。我因为有过饥饿的经验，所以特别渲染了故事中的饥饿感觉。他不再喝汤，只是把饭盒端在嘴边儿，一动不动地听我讲。我讲完了，他呆了许久，凝视着饭盒里的水，轻轻吸了一口，才很严肃地看着我说："这个人是对的。他当然要把饼干藏在褥子底下。照你讲，他是对失去食物发生精神上的恐惧，是精神病？不，他有道理，太有道理了。写书的人怎么可以这么理解这个人呢？杰……杰什么？嗯，杰克·伦敦，这个小子他妈真是饱汉子不知饿汉子饥。"我马上指出杰克·伦敦是一个如何如何的人。他说："是呀，不管怎么样，像你说的，杰克·伦敦后来出了名，肯定不愁吃的，他当然会叼着根烟，写些嘲笑饥饿的故事。"我说："杰克·伦敦丝毫也没有嘲笑饥饿，他是……"他不耐烦地打断我说："怎么不是嘲笑？把一个特别清楚饥饿是怎么回事儿的人写成发了神经，我不喜欢。"我只好苦笑，不再说什么。可是一没人和他下棋了，他就又问我："嗯？再讲个吃的故事？其实杰克·伦敦那个故事挺好。"我有些不高兴地说："那根本不是个吃的故事，那是一个讲生命的故事。你不愧为棋呆子。"大约是我脸上有种表情，他于是不知怎么办才好。我心里有一种东西升上来，我还是喜欢他的，就说："好吧，巴尔扎克的《邦斯舅舅》听过吗？"他摇摇头。我就又好好儿描述了一下邦斯这个老饕。不料他听完，马上就说："这个故事不好，这是一个馋的故事，不是吃的故事。邦斯这个老头儿若只是吃而不馋，不会死。我不喜欢这个故事。"他马上意识到这最后一句话，就急忙说："倒也不是不喜欢。不过洋人总和咱们不一样，隔着一层。我给你讲个故事吧。"我马上感了兴趣：棋呆子居然也有故事！他把身体靠得舒服一些，说："从前哪，"笑了笑，又说："老是他妈从前，可这个故事是我们院儿的五奶讲的。嗯——老辈子的时候，有这么一家子，吃喝不愁。粮食一囤一囤的，顿顿想吃多少吃多少，嘿，可美气了。后来呢，娶了个儿媳妇。那真能干，就没说把饭做煳过，不干不稀，特解饱。可这媳妇，每做一顿饭，必抓出一把米藏好……"听到这儿，我忍不住插嘴："老掉牙的故事了，还不是后来遇了荒年，大家没饭吃，媳妇把每日攒下的米拿出来，不但自家有了，还分给穷人？"他很惊奇地坐直了，看着我说："你知道这个故事？可那米没有分给别人，五奶没有说分给别人。"我笑了，说："这是教育小孩儿要节约的故事，你还拿来有滋有味儿地讲，你真是呆子。这不是一个吃的故事。"他摇摇头，说："这太是吃的故事了。首先得有饭，才能吃，这家子有一囤一囤的粮食。可光穷吃不行，得记着断顿儿的时候，每顿都要欠一点儿。老话儿说'半饥半饱日子长'嘛。"我想笑但没笑出来，似乎明白了一些什么。为了打消这种异样的感触，就说："呆子，我跟你下棋吧。"他一下高兴起来，紧一紧手脸，啪啪啪就把棋码好，说："对，说什么吃的故事，还是下棋。下棋最好。何以解不痛快？唯有下象棋。啊？哈哈哈！你先走。"我又是当头炮，他随后把马跳好。我随便动了一个子儿，他很快地把兵移前一格儿。我并不真心下棋，心想他念到中学，大约是读过不少书的，就问："你读过曹操的《短歌行》？"他说："什么《短歌行》？"我说："那你怎么知道'何以解忧，唯有杜康'？"他愣了，问："杜康是什么？"我说："杜康是一个造酒的人，后来也就代表酒，你把杜康换成象棋，倒也风趣。"他摆了一下头，说："啊，不是。这句话是一个老头儿说的，我每回和他下棋，他总说这句。"我想起了传闻中的捡烂纸的老头儿，就问："是捡烂纸的老头儿吗？"他看了我一眼，说："不是。不过，捡烂纸的老头儿棋下得好，我在他那儿学到不少东西。"我很感兴趣地问："这老头儿是个什么人？怎么下得一手儿好棋还捡烂纸？"他很轻地笑了一下，说："下棋不当饭。老头儿要吃饭，还得捡烂纸。可不知他以前是什么人。有一回，我抄的几张棋谱不知怎么找不到了，以为当垃圾倒出去了，就到垃圾站去翻。正翻着，这个老头儿推着筐过来了，指着我说：'你个大小伙子，怎么抢我的买卖？'我说不是，是找丢了的东西，他问什么东西，我没搭理他。可他问个不停：'钱？存折儿？结婚帖子？'我只好说是棋谱，正说着，就找着了。他说叫他看看。他在路灯底下挺快就看完了，说：'这棋没根哪。'我说这是以前市里的象棋比赛。可他说：'哪儿的比赛也没用，你瞧这，这叫棋路？狗脑子。'我心想怕是遇上异人了，就问他当怎么走。老头儿哗哗说了一通谱儿，我一听，真的不凡，就提出要跟他下一盘。老头儿让我先说。我俩就在垃圾站下盲棋，我是连输五盘。老头儿棋路猛听头几步，没什么，可着子真阴真狠，打闪一般，网得开，收得又紧又快。后来我们见天儿在垃圾站下盲棋，每天回去我就琢磨他的棋路，以后居然跟他平过一盘，还赢过一盘。其实赢的那盘我们一共才走了十几步。老头儿用铅丝扒子敲了半天地面，叹一声：'你赢了。'我高兴了，直说要到他那儿去看看。老头儿白了我一眼，说：'撑的?!'告诉我明天晚上再在这儿等他。第二天我去了，见他推着筐远远来了。到了跟前，从筐里取出一个小布包，递到我手上，说这也是谱儿，让我拿回去，看瞧得懂不。又说哪天有走不动的棋，让我到这儿来说给他听听，兴许他就走动了。我赶紧回到家里，打开一看，还真他妈看不懂。这是本异书，也不知是哪朝哪代的，手抄，边边角角儿，补了又补。上面写的东西，不像是说象棋，好像是说另外的什么事儿。我第二天又去找老头儿，说我看不懂，他哈哈一笑，说他先给我说一段儿，提个醒儿。他一开说，把我吓了一跳。原来开宗明义，是讲男女的事儿。我说这是四旧。老头儿叹了，说什么是旧？我这每天捡烂纸是不是在捡旧？可我回去把它们分门别类，卖了钱，养活自己，不是新？又说咱们中国道家讲阴阳，这开篇是借男女讲阴阳之气。阴阳之气相游相交，初不可太胜，太胜

030

则折，折就是'折断'的'折'。"我点点头。"'太胜则折，太弱则泻。'老头儿说我的毛病是太胜。又说，若对手胜，则以柔化之。可要在化的同时，造成克势。柔不是弱，是容，是收，是含。含而化之，让对手入你的势。这势要你造，需无为而无不为。无为即是道，也就是棋运之大不可变，你想变，就不是象棋，输不用说了，连棋边儿都沾不上。棋运不可悖，但每局的势要自己造。棋运和势既有，那可就无所不为了。玄是真玄，可细琢磨，是那么个理儿。我说，这么讲是真提气，可这下棋，千变万化，怎么才能准赢呢？老头儿说这就是造势的学问了。造势妙在契机。谁也不走子儿，这棋没法儿下。可只要对方一动，势就可入，就可导。高手你入他很难，这就要损。损他一个子儿，损自己一个子儿，先导开，或找眼钉下，止住他的入势，铺排下自己的入势。这时你万不可死损，势势要相机而变。势势有相因之气，势套势，小势导开，大势含而化之，根连根，别人就奈何不得。老头儿说我只有套，势不太明。套可以算出百步之远，但无势，不成气候。又说我脑子好，有琢磨劲儿，后来输我的那一盘，就是大势已破，再下，就是玩了。老头儿说他日子不多了，无儿无女，遇见我，就传给我吧。我说你老人家棋道这么好，怎么还干这种营生呢？老头儿叹了一口气，说这棋是祖上传下来的，但有训——'为棋不为生'，为棋是养性，生会坏性，所以生不可太胜。又说他从小没学过什么谋生本事，现在想来，倒是训坏了他。"我似乎听明白了一些棋道，可很奇怪，就问："棋道与生道难道有什么不同么？"王一生说："我也是这么说，而且魔怔起来，问他天下大势。老头儿说，棋就是这么几个子儿，棋盘就这么大，无非是道同势不同，可这子儿你全能看在眼底。天下的事，不知道的太多。这每天的大字报，张张都新鲜，虽看出点道儿，可不能究底。子儿不全摆上，这棋就没法儿下。"

我就又问那本棋谱。王一生很沮丧地说："我每天带在身上，反复地看。后来你知道，我撕大字报被造反团捉住，书就被他们搜了去，说是四旧，给毁了，而且是当着我的面儿毁的。好在书已在我脑子里，不怕他们。"我就又和王一生感叹了许久。

火车终于到了。所有的知识青年都又被用卡车运到农场。在总场，各分场的人上来领我们。我找到王一生，说："呆子，要分手了，别忘了交情，有事儿没事儿，互相走动。"他说当然。

二

这个农场在大山林里，活计就是砍树，烧山，挖坑，再栽树。不栽树的时候，就种点儿粮食。交通不便，运输不够，常常就买不到煤油点灯。晚上黑灯瞎火，大家凑在一起臭聊，天南地北。又因为常割资本主义尾巴，生活就清苦得很，常常一个月每人只有五钱油，吃饭钟一敲，大家就疾跑如飞。落在后边，常常就只能吃清水南瓜或清水茄子。大锅菜是先煮后搁油，油又少，只在汤上浮几个大花儿。米倒是不缺，国家供应商品粮，每人每月四十二斤。可没油水，挖山又不是轻松活，肚子就越吃越大。我倒是没什么，毕竟强似讨吃。每月又有二十几元工薪，家里没有人惦记着，又没有找女朋友，就买了烟学抽，不料越抽越凶。

山上活儿紧时，常常累翻，就想：呆子不知怎么干？那么精瘦的一个人。晚上大家闲聊，多是精神会餐。我又想，呆子的吃相可能更恶了。我父亲在时，炒得一手好菜，母亲都比不上他。星期天常邀了同事，专事品尝，我自然精于此道。因此聊起来，常常是主角，说得大家个个儿腮胀，常常发一声喊，将我按倒在地上，说像我这样儿的人实在是祸害，不如宰了炒吃。下雨时节，大家都慌忙上山去挖笋，又到沟里捉田鸡，无奈没有油，常常吃得胃酸。山上总要放火，野兽们都惊走了，极难打到。即使打到，野物们走惯了，没有膘，熬不得油。尺把长的老鼠也捉来吃，因鼠是吃粮的，大家说鼠肉就是人肉，也算吃人吧。我又常想，呆子难道不馋？好上加好，固然是馋，其实饿时更馋。不馋，吃的本能不能发挥，也不得寄托。又想，呆子不知还下不下棋。我们分场与他们分场隔着近百里，来去一趟不容易，也就见不着。

转眼到了夏季。有一天，我正在山上干活儿，远远望见山下小路上有一个人。大家觉得影儿生，就议论是什么人。有人说是小毛的男的吧。小毛是队里一个女知青，新近在外场找了一个朋友，可谁也没见过。大家就议论可能是这个人来找小毛，于是满山喊小毛，说她的汉子来了。小毛丢了锄，跌跌撞撞跑过来，伸了脖子看。还没等小毛看好，我却认出来人是王一生——棋呆子。于是大叫，别人倒吓了一跳，都问："找你的？"我很得意。我们这个队有四个省市的知青，与我同来的不多，自然他们不认识王一生。我这时正代理一个管三四个人的小组长，于是对大家说："散了，不干了。大家也别回去，帮我看看山上可有什么吃的弄点儿。到钟点儿再下山，拿到我那儿去烧。你们打了饭，都过来一起吃。"大家于是就钻进乱草里去寻了。

我跳着跑下山，王一生已经站住，一脸高兴的样子，远远地问："你怎么知道是我？"我到了他跟前说："远远就看你呆头呆脑，还真是你。你怎么老也不来看我？"他跟我并排走着，说："你也老不来看我呀！"我见他背上的汗浸出衣衫，头发已是一绺一绺的，一脸的灰土，只有眼睛和牙齿放光，嘴上也是一层土，干得起皱，就说："你怎么摸来的？"他说："搭一段儿车，走一段儿路，出来半个月了。"我吓了一跳，问："不到百里，怎么走这么多天？"他说："回去细说。"

说话间已经到了沟底队里。场上几只猪跑来跑去，个个儿瘦得赛狗。还不到下班时间，冷冷清清的，只有队上伙房隐隐传来叮叮当当的声音。

到了我的宿舍，就直进去。这里并不锁门，都没有多余东西可拿，不必防谁。我放了盆，叫他等着，就提桶打热水来给他洗。到了伙房，与炊事员讲，我这个月的五钱油全数领出来，以后就领生菜，不再打熟菜。炊事员问："来客了？"我说："可不！"炊事员就打开锁了的柜子，舀一小匙油找了个碗盛给我，又拿了三只长茄子，说："明天还来打菜吧，从后天算起，方便。"我从锅里舀了热水，提回宿舍。

王一生把衣裳脱了，只剩一条裤衩，呼噜呼噜地洗。洗完后，将脏衣服按在水里泡着，然后一件一件搓，洗好涮好，拧干晾在门口绳上。我说："你还挺麻利的。"他说："从小自己干，惯了。几件衣服，也不费事。"说着就在床上坐下，弯过手臂，去挠后背，肋骨一根根动着。我拿出烟来请他抽。他很老练地敲出一支，舔了一头儿，倒过来叼着。我先给他点了，自己也点上。他支起肩深吸进去，慢慢地吐出来，浑身荡一下，笑了，说："真不错。"我说："怎么样？也抽上了？日子过得不错呀。"他看看草顶，又看看在门口转来转去的猪，低下头，轻轻拍着尽是绿筋的瘦腿，半晌才说："不错，真的不错。还说什么呢？粮？钱？还要什么呢？不错，真不错。你怎么样？"他透过烟雾问我。我也感叹了，说："钱是不少，粮也多，没错儿，可没油哇。大锅菜吃得胃酸。主要是没什么玩儿的，没书，没电，没电影儿。去哪儿也不容易，老在这个沟儿里转，闷得无聊。"他看看我，摇一下头，说："你们这些人哪！没法儿说，想的尽是锦上添花。我挺知足，还要什么呢？你呀，你就是叫书害了。你在车上给我讲的两个故事，我琢磨了，后来挺喜欢的。你不错，读了不少书。可是，归到底，解决什么呢？是呀，一个人拼命想活着，最后都神经了，后来好了，活下来了，可接着怎么活呢？像邦斯那样？有吃，有喝，好收藏个什么，可有个馋的毛病，人家不请吃就活得不痛快。人要知足，顿顿饱就是福。"他不说了，看着自己的脚趾动来动去，又用后脚跟去擦另一只脚的背，吐出一口烟，用手在腿上掸了掸。

　　我很后悔用油来表示我对生活的不满意，还用书和电影儿这种可有可无的东西表示我对生活的不满足，因为这些在他看来，实在是超出基准线之上的东西，他不会为这些烦闷。我突然觉得很泄气，有些同意他的说法。是呀，还要什么呢？我不是也感到挺好了吗？不用吃了上顿惦记着下顿，床不管怎么烂，也还是自己的，不用窜来窜去找宿夜的地方。可我常常烦闷的是什么呢？为什么就那么想看看随便什么一本书呢？电影儿这种东西，灯一亮就全醒过来了，图个什么呢？可我隐隐有一种欲望在心里，说不清楚，但我大致觉出是关于活着的什么东西。

我问他："你还下棋吗？"他就像走棋那么快地说："当然，还用说？"我说："是呀，你觉得一切都好，干吗还要下棋呢？下棋不多余吗？"他把烟卷儿停在半空，摸了一下脸，说："我迷象棋。一下棋，就什么都忘了。待在棋里舒服。就是没有棋盘、棋子儿，我在心里就能下，碍谁的事儿啦？"我说："假如有一天不让你下棋，也不许你想走棋的事儿，你觉得怎么样？"他挺奇怪地看着我说："不可能，那怎么可能？我能在心里下呀！还能把我脑子挖了？你净说些不可能的事儿。"我叹了一口气，说："下棋这事儿看来是不错。看了一本儿书，你不能老在脑子里过篇儿，老想看看新的。可棋不一样了，自己能变着花样儿玩。"他笑着对我说："怎么样，学棋吧？咱们现在吃喝不愁了，顶多是照你说的，不够好，又活不出个大意思来。书你哪儿找去？下棋吧，有忧下棋解。"我想了想，说："我实在对棋不感兴趣。我们队倒有个人，据说下得不错。"他把烟屁股使劲儿扔出门外，眼睛又放出光来："真的？有下棋的？嘿，我真还来对了。他在哪儿？"我说："还没下班呢。看你急的，你还是来看我的吗？"他双手抱着脖子仰在我的被子上，看着自己松松的肚皮，说："我这半年，就找不到下棋的。后来想，天下异人多得很，这野林子里我就不信找不到个下棋下得好的。现在我请了事假，一路找人下棋，就找到你这儿来了。"我说："你不挣钱了？怎么活着呢？"他说："你不知道，我妹妹在城里分了工矿，挣钱啦，我也就不用给家寄那么多钱了。我就想，趁这工夫，会会棋手。怎么样？你一会儿把你说的那人找来下一盘？"我说当然，心里一动，就又问他："你家里到底是怎么个情况呢？"他叹了一口气，望着屋顶，很久才说："穷。困难啊！我们家三口儿人，母亲死了，只有父亲、妹妹和我。我父亲嘛，挣得少，按平均生活费的说法儿，我们一人才不到十块。我母亲死后，父亲就喝酒，而且越喝越多，手里有俩钱儿就喝，就骂人。邻居劝，他不是不听，就是一把鼻涕一把泪，弄得人家也挺难过。我有一回跟我父亲说：'你不喝就不行？有什么好处呢？'他说：'你不知道酒是什么玩意儿，它是老爷们儿的觉啊！咱们这日子挺不易，你妈去了，你们又小。我烦哪，我没文化，这把年纪，一辈子这点子钱算是到头儿了。你妈死的时候，嘱咐了，怎么着也要供你念完初中再挣钱。你们让我喝口酒，啊？对老人有什么过不去的，下辈子算吧。'"他看了看我，又说："不瞒你说，我母亲解放前是窑子里的。后来大概是有人看上了，做了人家的小，也算从良。有烟吗？"我扔过一根烟给他，他点上了，把烟头儿吹得红红的，两眼不错眼珠儿地盯着，许久才说："后来，我妈又跟人跑了，据说买她的那家欺负她，当老妈子不说，还打。后来跟的这个是什么人，我不知道，我只知道我是我妈跟这个人生的。刚一解放，我妈跟的那个人就不见了。当时我妈怀着我，吃穿无着，就跟了我现在这个父亲。我这个后爹是卖力气的，可临到解放的时候儿，身子骨儿不行了，又没文化，钱就挣得少。和我妈过了以后，原指着相帮着好一点儿，可没想到添了我妹妹后，我妈一天不如一天。那时候我才上小学，我脑筋好，老师都喜欢我。可学校春游、看电影我都不去，给家里省一点儿是一点儿。我妈怕委屈了我，拖累着个身子，到处找活。有一回，我和我母亲给印刷厂叠书页子，是一本讲象棋的书。叠好了，我妈还没送去，我就一篇一篇对着看。不承想，就看出点儿意思来。于是有空儿就到街上看人家下棋。看了有些日子，就手痒痒，没敢跟家里要钱，自己用硬纸剪了一副棋，拿到学校去下。下着下着就熟了。于是又到街上和别人下。原先我看人家下得挺好，可我这一跟他们真下，还就赢了。一家伙就下了一晚上，饭也没吃。我妈找了来，把我打回去。唉，我妈身子弱，都打不疼我。到了家，她竟给我跪下了，说：'小祖宗，我就指望你了！你若不好好儿念书，妈就死在这儿。'我一听这话吓坏了，忙说：'妈，我没不好好儿念书。您起来，我不下棋了。'我把我妈扶起来坐着。那天晚上，我跟我妈叠页子，叠着叠着，就走了神儿，想着一路棋。我妈叹一口气说：'你也是，看不上电影儿，也不去公园，就玩儿这么个棋。唉，下吧。可妈的话你得记着，不许玩儿疯了。功课要是拉下了，我不饶你。我和你爹都不识字儿，可我们会问老师。老师若说你功课跟不上，你再说什么也不行。'我答应了。我怎么会把功课拉下呢？学校的算术，我跟玩儿似的。这以后，我放了学，先做功课，完了就下棋，吃完饭，就帮我妈干活儿，一直到睡觉。因为叠页子不用动脑筋，所以就在脑子里走棋，有的时候，魔怔了，会突然一拍书页，喊棋步，把家里人都吓一跳。"我说："怨不得你棋下得这么好，小时候棋就都在你脑子里呢！"他苦笑笑说："是呀，后来老师就让我去少年宫象棋组，说好好儿学，将来能拿大冠军呢！可我妈说：'咱们不去什么象棋组，要学，就学有用的本事。下棋下得好，还当饭吃了？有那点儿工夫，在学校多学点儿东西比什么不好？你跟你们老师说，不去象棋组，要是你们老师还有没教你的本事，你就跟老师说，你教了我，将来有大用呢。啊？专学下棋？这以前都是有钱人干的！妈以前见过这种人，那都是身份，他们不指着下棋吃饭。妈以前待过的地方，也有女的会下棋，可要的钱也多。唉，你不知道，你不懂。下下玩儿可以，别专学，啊？'我跟老师说了，老师想了想，没说什么。后来老师买了一副棋送我，我拿给妈看，妈说：'唉，这是善心人哪！可你记住，先说吃，再说下棋。等你挣了钱，养活家了，爱怎么下就怎么下，随你。'"我感叹了，说："这下儿好了，你挣钱了，你就能撒着欢儿地下了，你妈也就放心了。"王一生把脚搬上床，盘了坐，两只手互相捏着腕子，看着地上说："我妈看不见我挣钱了。家里供我念到初一，我妈就死了。死之前，特别跟我说，'这一条街都说你棋下得好，妈信。可妈在棋上疼不了你。你在棋上怎么出息，到底不是饭碗。妈不能看你念完初中，跟你爹说了，怎么着困难，也要念完。高中，妈打听了，那是为上大学。咱们家用不着上大学，你爹也不行了，你妹妹还小，等你初中念完了就挣钱，家里就靠你了。妈要走了，一辈子也没给你留下什么，只捡人家的牙刷把，给你磨了一副棋。'说着，就叫我从枕头底下拿出一个小布包来，打开一看，都是一小点儿大的子儿，磨得是光了又光，赛象牙，可上头没字儿。妈说，'我不识字，怕刻不对。你拿了去，自己刻吧，也算妈疼你好下棋。'我们家多困难，我没哭过，哭管什么呢？可看着这副没字儿的棋，我绷不住了。"

我鼻子有些酸，就低了眼，叹道："唉，当母亲的。"王一生不再说话，只是抽烟。

山上的人下来了，打到两条蛇。大家见了王一生，都很客气，问是几分场的，那边儿伙食怎么样。王一生答了，就过去摸一摸晾着的衣裤，还没有干。我让他先穿我的，他说吃饭要出汗，先光着吧。大家见他很随和，也就随便聊起来。我自然将王一生的棋道吹了一番，以示来者不凡。大家就都说让队里的高手"脚卵"来与王一生下。一个人跑去喊，不一刻，脚卵来了。脚卵是南方大城市的知识青年，个子非常高，又非常瘦。动作起来颇有些文气，衣服总要穿得整整齐齐，有时候走在山间小路上，看到这样一个高个儿纤尘不染，衣冠楚楚，真令人生疑。脚卵弯腰进来，很远就伸出手来要握，王一生糊涂了一下，马上明白了，也伸出手去，脸却红了。握过手，脚卵把双手捏在一起端在肚子前面，说："我叫倪斌，人儿倪，文武斌。因为腿长，大家叫我脚卵。卵是很粗俗的话，请不要介意，这里的人文化水平是很低的。贵姓?"王一生比倪斌矮下去两个头，就仰着头说："我姓王，叫王一生。"倪斌说："王一生?蛮好，蛮好，名字蛮好的。一生是哪两个字?"王一生一直仰着脖子，说："一二三的一，生活的生。"倪斌说："蛮好，蛮好。"就把长臂曲着往外一摆，说："请坐。听说你钻研象棋?蛮好，蛮好，象棋是很高级的文化。我父亲是下得很好的，有些名气，喏，他们都知道的。我会走一点点，很爱好，不过在这里没有对手。你请坐。"王一生坐回床上，很尴尬地笑着，不知说什么好。倪斌并不坐下，只把手虚放在胸前，微微向前侧了一下身子，说："对不起，我刚刚下班，还没有梳洗，你候一下好了，我马上就来。噢，问一下，家父也是棋道里的人么?"王一生很快地摇头，刚要说什么，但只是喘了一口气。倪斌说："蛮好，蛮好。好，一会儿我再来。"我说："脚卵，洗了澡，来吃蛇肉。"倪斌一边退出去，一边说："不必了，不必了。好的，好的。"大家笑起来，向外嚷："你到底来是不来?什么'不必了，好的'!"倪斌在门外说："蛇肉当然是要吃的，一会儿下棋是要动脑筋的。"

大家笑着脚卵，关了门，三四个人精着屁股，上上下下地洗，互相开着身体的玩笑。王一生不知在想什么，坐在床里边，让开擦身的人。我一边将蛇头撕下来，一边对王一生说："别理脚卵，他就是这么神神道道的一个人。"有一个人对我说："你的这个朋友要真是有两下子，今天有一场好杀。脚卵的父亲在我们市里，真是很有名气哩。"另外的人说："爹是爹，儿是儿，棋还遗传了？"王一生说："家传的棋，有厉害的。几代沉下的棋路，不可小看。一会儿下起来看吧。"说着就紧一紧手脸。我把蛇挂起来，将皮剥下，不洗，放在案板上，用竹刀把肉划开，并不切断，盘在一个大碗内，放进一个大锅里，锅底蓄上水，叫："洗完了没有？我可开门了！"大家慌忙穿上短裤。我到外边地上摆三块土坯，中间架起柴引着，就将锅放在土坯上，把猪吆喝远了，说："谁来看着？别叫猪拱了。开锅后十分钟端下来。"就进屋收拾茄子。

有人把脸盆洗干净，到伙房打了四五斤饭和一小盆清水茄子，捎回来一棵葱和两瓣野蒜、一小块姜，我说还缺盐，就又有人跑去拿来一块，捣碎在纸上放着。

脚卵远远地来了，手里抓着一个黑木盒子。我问："脚卵，可有酱油膏？"脚卵迟疑了一下，又返身回去。我又大叫："有醋精拿点儿来！"

蛇肉到了时间，端进屋里，掀开锅，一大团蒸气冒出来，大家并不缩头，慢慢看清了，都叫一声好。两大条蛇肉亮晶晶地盘在碗里，粉粉地冒鲜气。我嗖地一下将碗端出来，吹吹手指，说："开始准备胃液吧！"王一生也挤过来看，问："整着怎么吃？"我说："蛇肉碰不得铁，碰铁就腥，所以不切，用筷子撕着蘸料吃。"我又将切好的茄块儿放进锅里蒸。

脚卵来了，用纸包了一小块儿酱油膏，又用一张小纸包了几颗白色的小粒儿，我问是什么，脚卵说："这是草酸，去污用的，不过可以代替醋。我没有醋精，酱油膏也没有了，就这一点点。"我说："凑合了。"脚卵把盒子放在床上，打开，原来是一副棋，乌木做的棋子，暗暗地发亮。字用刀刻出来，笔画很细，却是篆字，用金丝银丝嵌了，古色古香。棋盘是一幅绢，中间亦是篆字：楚河汉界。大家凑过去看，脚卵就很得意，说："这是古董，明朝的，很值钱。我来的时候，我父亲给我的。以前和你们下棋，用不着这么好的棋。今天王一生来嘛，我们好好下。"王一生大约从来没有见过这么精彩的棋具，很小心地摸，又紧一紧手脸。

我将酱油膏和草酸冲好水，把葱末、姜末和蒜末投进去，叫声："吃起来！"大家就乒乒乓乓地盛饭，伸筷撕那蛇肉蘸料，刚入嘴嚼，纷纷嚷鲜。

我问王一生是不是有些像蟹肉，王一生一边儿嚼着，一边儿说："我没吃过螃蟹，不知道。"脚卵伸过头去问："你没吃过螃蟹？怎么会呢？"王一生也不答话，只顾吃。脚卵就放下碗筷，说："年年中秋节，我父亲就约一些名人到家里来，吃螃蟹，下棋，品酒，作诗。都是些很高雅的人，诗做得很好的，还要互相写在扇子上。这些扇子过多少年也是很值钱的。"大家并不理会他，只顾吃。脚卵眼看蛇肉渐少，也急忙捏起筷子夹，不再说什么。

不一刻，蛇肉吃完，只剩两副蛇骨在碗里。我又把蒸熟的茄块儿端上来，放少许蒜和盐拌了。再将锅里热水倒掉，续上新水，把蛇骨放进去熬汤。大家喘一口气，接着伸筷，不一刻，茄子也吃净。

我便把汤端上来，蛇骨已经煮散，在锅底刷拉刷拉地响。这里屋外常有一二处小丛的野茴香，我就拔来几棵，揪在汤里，立刻屋里异香扑鼻。大家这时饭已吃净，纷纷舀了汤在碗里，热热的小口呷，不似刚才紧张，话也多起来了。

脚卵抹一抹头发，说："蛮好，蛮好的。"就拿出一支烟，先让了王一生，又自己叼了一支，烟包正待放回衣袋里，想了想，便放在小饭桌上，摆一摆手说："今天吃的，都是山珍，海味是吃不到了。我家里常吃海味的，非常讲究。据我父亲讲，我爷爷在时，专雇一个老太婆，整天就是从燕窝里拨脏东西。燕窝这种东西，是海鸟叼来小鱼小虾，用口水粘起来的，所以里面各种脏东西多得很，要很细心地一点一点清理，一天也就能搞清一个，再用小火慢慢地蒸。每天吃一点，对身体非常好。"王一生听呆了，问："一个人每天就专门是管做燕窝的？好家伙！自己买来鱼虾，熬在一起，不等于燕窝吗？"脚卵微微一笑，说："要不怎么燕窝贵呢？第一，这燕窝长在海中峭壁上，要舍命去挖。第二，这海鸟的口水是很珍贵的东西，是温补的。因此，舍命，费工时，又是补品；能吃燕窝，也是说明家里有钱和有身份。"大家就说这燕窝一定非常好吃。脚卵又微微一笑，说："我吃过的，很腥。"大家就感叹了，说费这么多钱，吃一口腥，太划不来。

天黑下来，早升在半空的月亮渐渐亮了。我点起油灯，立刻四壁都是人影子。脚卵就说："王一生，我们下一盘？"王一生大概还没有从燕窝里醒过来，听见脚卵问，只微微点一点头。脚卵出去了。王一生奇怪了，问："嗯？"大家笑而不答。一会儿，脚卵又来了，穿得笔挺，身后随来许多人，进屋都看看王一生。脚卵慢慢摆好棋，问："你先走?"王一生说："你吧。"大家就上上下下围了看。

走出十多步，王一生有些不安，但也只是暗暗捻一下手指。走过三十几步，王一生很快地说："重摆吧。"大家奇怪，看看王一生，又看看脚卵，不知是谁赢了。脚卵微微一笑，说："一赢不算胜。"就伸手抽一根烟点上。王一生没有表情，默默地把棋重新码好。两人又走。又走到十多步，脚卵半天不动，直到把一根烟吸完，又走了几步，脚卵慢慢地说："再来一盘。"大家又奇怪是谁赢了，纷纷问。王一生很快地将棋码成一个方堆，看着脚卵问："走盲棋?"脚卵沉吟了一下，点点头。两人就口述棋步。好几个人摸摸头，摸摸脖子，说下得好没意思，不知谁是赢家。就有几个人离开走出去，把油灯带得一明一暗。

我觉出有点儿冷，就问王一生："你不穿点儿衣裳?"王一生没有理我。我感到没有意思，就坐在床里，看大家也是一会儿看看脚卵，一会儿看看王一生，像是瞧从来没见过的两个怪物。油灯下，王一生抱了双膝，锁骨后陷下两个深窝，盯着油灯，时不时拍一下身上的蚊虫。脚卵两条长腿抵在胸口，一只大手将整个儿脸遮了，另一只大手飞快地将指头捏来弄去。说了好久，脚卵放下手，很快地笑一笑，说："我乱了，记不得。"就又摆了棋再下。不久，脚卵抬起头，看着王一生说："天下是你的。"抽出一支烟给王一生，又说："你的棋是跟谁学的?"王一生也看着脚卵，说："跟天下人。"脚卵说："蛮好，蛮好，你的棋蛮好。"大家看出是谁赢了，都高兴松动起来，盯着王一生看。

脚卵把手搓来搓去，说："我们这里没有会下棋的人，我的棋路生了。今天碰到你，蛮高兴的，我们做个朋友。"王一生说："将来有机会，一定见见你父亲。"脚卵很高兴，说："那好，好极了，有机会一定去见见他。我不过是玩玩棋。"停了一会儿，又说："你参加地区的比赛，没有问题。"王一生问："什么比赛？"脚卵说："咱们地区，要组织一个运动会，其中有棋类。地区管文教的书记我认得，他早年在我们市里，与我父亲认识。我到农场来，我父亲给他带过信，请他照顾。我找过他，他说我不如打篮球。我怎么会打篮球呢？那是很野蛮的运动，要伤身体的。这次运动会，他来信告诉我，让我争取参加农场的棋类队到地区比赛，赢了，调动自然好说。你棋下到这个地步，参加农场队，不成问题。你回你们场，去报名就可以了。将来总场选拔，肯定会有你。"王一生很高兴，起来把衣裳穿上，显得更瘦。大家又聊了很久。

　　将近午夜，大家都散去，只剩下宿舍里同住的四个人与王一生、脚卵。脚卵站起来，说："我去拿些东西来吃。"大家都很兴奋，等着他。一会儿，脚卵弯腰进来，把东西放在床上，摆出六颗巧克力，半袋麦乳精，纸包的一斤精白挂面。巧克力大家都一口咽了，来回舔着嘴唇。麦乳精冲得稀稀的六碗，喝得满屋喉咙响。王一生笑嘻嘻地说："世界上还有这种东西？苦甜苦甜的。"我又把火生起来，开了锅，把面下了，说："可惜没有调料。"脚卵说："我还有酱油膏。"我说："你不是只有一小块儿了吗？"脚卵不好意思地说："咳，今天不容易，王一生来了，我再贡献一些。"就又拿了来。

　　大家吃了，纷纷点起烟，打着哈欠，说想不到脚卵还有如许存货，藏得倒严实。脚卵急忙申辩这是剩下的全部了。大家吵着要去翻，王一生说："不要闹，人家的是人家的，从来农场存到现在，说明人家会过日子。倪斌，你说，这比赛什么时候开始呢？"脚卵说：

"起码还有半年。"王一生不再说话。我说:"好了,休息吧。王一生,你和我睡在我的床上。脚卵,明天再聊。"大家就起身收拾床铺,放蚊帐。我和王一生送脚卵到门口,看他高高的个子在青白的月光下远远去了。王一生叹一口气,说:"倪斌是个好人。"

王一生又待了一天,第三天早上,执意要走。脚卵穿了破衣服,肩着锄来送。两人握了手,倪斌说:"后会有期。"大家远远在山坡上招手。我送王一生出了山沟,王一生拦住,说:"回去吧。"我嘱咐他,到了别的分场,有什么困难,托人来告诉我,若回来路过,再来玩儿。王一生整了整书包带儿,就急急地顺公路走了,脚下扬起细土,衣裳晃来晃去,裤管儿前后荡着,像是没有屁股。

三

这以后,大家没事儿,常提起王一生,津津有味儿地回忆王一生光膀子大战脚卵。我说了王一生如何如何不容易,脚卵说:"我父亲说过的,'寒门出高士'。据我父亲讲,我们祖上是元朝的倪云林。倪祖很爱干净,开始的时候,家里有钱,当然是讲究的。后来兵荒马乱,家道败了,倪祖就卖了家产,到处走,常在荒村野店投宿,很遇到一些高士。后来与一个会下棋的村野之人相识,学得一手好棋。现在大家只晓得倪云林是元四家里的一个,诗书画绝佳,却不晓得倪云林还会下棋。倪祖后来信佛参禅,将棋炼进禅宗,自成一路。这棋只我们这一宗传下来。王一生赢了我,不晓得他是什么路,总归是高手了。"大家都不知道倪云林是什么人,只听脚卵神吹,将信将疑，可也认定脚卵的棋有些来路，王一生既赢了脚卵，当然更了不起。这里的知青在城里都是平民出身，多是寒苦的，自然更看重王一生。

将近半年，王一生不再露面。只是这里那里传来消息，说有个叫王一生的，外号棋呆子，在某处与某某下棋，赢了某某。大家也很高兴，即使有输的消息，都一致否认，说王一生怎么会输呢？我给王一生所在的分场队里写了信，也不见回音，大家就催我去一趟。我因为这样那样的事，加上农场知青常常斗殴，又输进火药枪互相射击，路途险恶，终于没有去。

一天脚卵在山上对我说，他已经报名参加棋类比赛了，过两天就去总场，问王一生可有消息。我说没有。大家就说王一生肯定会到总场比赛，相约一起请假去总场看看。

过了两天，队里的活儿稀松，大家就纷纷找了各种借口请假到总场，盼着能见着王一生。我也请了假出来。

总场就在地区所在地，大家走了两天才到。这个地区虽是省以下的行政单位，却只有交叉的两条街，沿街有一些商店，货架上不是空的，即是"展品概不出售"。可是大家仍然很兴奋，觉得到了繁华地界，就沿街一个馆子一个馆子地吃，都先只叫净肉，一盘一盘地吞下去，拍拍肚子出来，觉得日光晃眼，竟有些肉醉，就找了一处草地，躺下来抽烟，又纷纷昏睡过去。

醒来后，大家又回到街上细细吃了一些面食，然后到总场去。

一行人高高兴兴到了总场，找到文体干事，问可有一个叫王一生的来报到。干事翻了半天花名册，说没有。大家不信，拿过花名册来七手八脚地找，真的没有，就问干事是不是搞漏掉了。干事说花名册是按各分场报上来的名字编的，都已分好号码，编好组，只等明天开赛。大家你望望我，我望望你，搞不清是怎么回事儿。我说："找脚卵去。"脚卵在运动员们住下的草棚里，见了他，大家就问。脚卵说："我也奇怪呢。这里乱糟糟的，我的号是棋类，可把我分到球类组来住，让我今晚就参加总场联队训练，说了半天也不行，还说主要靠我进球得分。"大家笑起来，说："管他赛什么，你们的伙食差不了。可王一生没来太可惜了。"

直到比赛开始，也没有见王一生的影子。问了他们分场来的人，都说很久没见王一生了。大家有些慌，又没办法，只好去看脚卵赛篮球。脚卵痛苦不堪，规矩一点儿不懂，球也抓不住，投出去总是三不沾，抢得猛一些，他就抽身出来，瞪着大眼看别人争。文体干事急得抓耳挠腮，大家又笑得前仰后合。每场下来，脚卵总是嚷野蛮，埋怨脏。

赛了两天，决出总场各类运动代表队，到地区参加地区决赛。大家看看王一生还没有影子，就都相约要回去了。脚卵要留在地区文教书记家再待一两天，就送我们走一段。快到街口，忽然有人一指："那不是王一生？"大家顺着方向一看，真是他。王一生在街另一面急急地走来，没有看见我们。我们一齐大叫，他猛地站住，看见我们，就横过街向我们跑来。到了跟前，大家纷纷问他怎么不来参加比赛？王一生很着急的样子，说："这半年我总请事假出来下棋，等我知道报名赶回去，分场说我表现不好，不准我出来参加比赛，连名都没报上。我刚找了由头儿，跑上来看看赛得怎么样。怎么样？赛得怎么样？"大家一迭声儿地说早赛完了，现在是参加与各县代表队的比赛，夺地区冠军。王一生愣了半晌，说："也好，夺地区冠军必是各县高手，看看也不赖。"我说："你还没吃东西吧？走，街上随便吃点儿什么去。"脚卵与王一生握过手，也惋惜不已。大家就又拥到一家小馆儿，买了一些饭菜，边吃边叹息。王一生说："我是要看看地区的象棋大赛。你们怎么样？要回去了吗？"大家都说出来的时间太长了，要回去。我说："我再陪你一两天吧。脚卵也在这里。"于是又有两三个人也说留下来再耍一耍。

　　脚卵就领留下的人去文教书记家，说是看看王一生还有没有参加比赛的可能。走不多久，就到了。只见一扇小铁门紧闭着，进去就有人问找谁，见了脚卵，不再说什么，只让等一下。一会儿叫进了，大家一起走进一幢大房子，只见窗台摆了一溜儿花草，伺候得很滋润。大大的一面墙上只一幅毛主席诗词的挂轴儿，绫子黄黄的很浅。屋内只摆几把藤椅，茶几上放着几张大报与油印的简报。不一会儿，书记出来，胖胖的，很快地与每个人握手，又叫人把简报收走，就请大家坐下来。大家没见过管着几个县的人的家，头都转来转去地看。书记待了一下，就问："都是倪斌的同学吗？"大家纷纷回过头看书记，不知该谁回答。脚卵欠一欠身，说："都是我们队上的。这一位就是王一生。"说着用手掌向王一生一倾。书记看着王一生说："噢，你就是王一生？好。这两天，倪斌常提到你。怎么样，选到地区来赛了吗？"王一生正想答话，倪斌马上就说："王一生这次有些事耽误了，没有报上名。现在事情办完了，看看还能不能参加地区比赛。您看呢？"书记用胖手在扶手上轻轻拍了两下，又轻轻用中指很慢地擦着鼻沟儿，说："啊，是这样。不好办。你没有取得县一级的资格，不好办。听说你很有天才，可是没有取得资格去参加比赛，下面要说话的，啊？"王一生低了头，说："我也不是要参加比赛，只是来看看。"书记说："那是可以的，那欢迎。倪斌，你去桌上，左边的那个桌子，上面有一份打印的比赛日程。你拿来看看，象棋类是怎么安排的。"倪斌早一步跨进里屋，马上把材料拿出来，看了一下，说："要赛三天呢!"就递给书记。书记也不看，把它放在茶几上，掸一掸手，说："是啊，几个县嘛。啊？还有什么问题吗？"大家都站起来，说走了。书记与离他近的人很快地握了手，说："倪斌，你晚上来，嗯？"倪斌欠欠身说好的，就和大家一起出来。大家到了街上，舒了一口气，说笑起来。

大家漫无目的地在街上走，讲起还要在这里待三天，恐怕身上的钱支持不住。王一生说他可以找到睡觉的地方，人多一点恐怕还是有办法，这样就能不去住店，省下不少钱。倪斌不好意思地说他可以住在书记家。于是大家一起随王一生去找住的地方。

原来王一生已经来过几次地区，认识了一个文化馆画画儿的。王一生便带了我们投奔这位画家。到了文化馆，一进去，就听见远远有唱的，有拉的，有吹的，便猜是宣传队在演练。只见三四个女的，穿着蓝线衣裤，胸撅得不能再高，一扭一扭地走过来，近了，并不让路，直脖直脸地过去。我们赶紧闪在一边儿，都有点儿脸红。倪斌低低地说："这几位是地区的名角。在小地方，有她们这样的功夫，蛮不容易的。"大家就又回过头去看名角。

画家住在一个小角落里，门口鸡鸭转来转去，沿墙摆了一溜儿各类杂物，草就在杂物中间长出来。门前又被许多晒着的衣裤布单遮住。王一生领我们从衣裤中弯腰过去，叫那画家。马上就乒乒乓乓出来一个人，见了王一生，说："来了？都进来吧。"画家只是一间小屋，里面一张小木床，到处是书、杂志、颜色和纸笔。墙上钉满了画的画儿。大家顺序进去，画家就把东西挪来挪去腾地方，大家挤着坐下，不敢再动。画家又迈过大家出去，一会儿提来一个暖瓶，给大家倒水。大家传着各式的缸子、碗，都有了，捧着喝。画家也坐下来，问王一生："参加运动会了吗？"王一生叹着将事情讲了一遍。画家说："只好这样了。要待几天呢？"王一生就说："正是为这事来找你。这些都是我的朋友。你看能不能找个地方，大家挤一挤睡？"画家沉吟半晌，说："你每次来，在我这里挤还凑合。这么多人，嗯——让我看看。"他忽然眼里放出光来，说："文化馆有个礼堂，舞台倒是很大。今天晚上为运动会的人演出，演出之后，你们就在舞台上睡，怎么样？今天我还可以带你们进去看演出。电工与我很熟的，跟他说一声，进去睡没问题。只不过脏一些。"大家都纷纷说再好不过了。脚卵放下心的样子，小心地站起来，说："那好，诸位，我先走一步。"大家要站起来送，却谁也站不起来。脚卵按住大家，连说不必了，一脚就迈出屋外。画家说："好大的个子！是打球的吧？"大家笑起来，讲了脚卵的笑话。画家听了，说："是啊，你们也都够脏的。走，去洗洗澡，我也去。"大家就一个一个顺序出去，还是碰得叮当乱响。

原来这地区所在地，有一条江远远流过。大家走了许久，方才到了。江面不甚宽阔，水却很急，近岸的地方，有一些小洼儿。四处无人，大家脱了衣裤，都很认真地洗，将画家带来的一块肥皂用完。又把衣裤泡了，在石头上抽打，拧干后铺在石头上晒，除了游水的，其余便纷纷趴在岸上晒。画家早洗完，坐在一边儿，掏出个本子在画。我发觉了，过去站在他身后看。原来他在画我们几个人的裸体速写。经他这一画，我倒发现我们这些每日在山上苦的人，却矫健异常，不禁赞叹起来。大家又围过来看，屁股白白的晃来晃去。画家说："干活儿的人，肌肉线条极有特点，又很分明。虽然各部分发展可能不太平衡，可真的人体，常常是这样，变化万端。我以前在学院画人体，女人体居多，太往标准处靠，男人体也常静在那里，感觉不出肌肉滚动，越画越死。今天真是个难得的机会。"有人说羞处不好看，画家就在纸上用笔把说的人的羞处涂成一个疙瘩，大家就都笑起来。衣裤干了，纷纷穿上。

这时已近傍晚，太阳垂在两山之间，江面上金子一样滚动，岸边石头也如热铁般红起来。有鸟儿在水面上掠来掠去，叫声传得很远。对岸有人在拖长声音吼山歌，却不见影子，只觉声音慢慢小了。大家都凝了神看。许久，王一生长叹一声，却不说什么。

大家又都往回走，在街上拉了画家一起吃些东西，画家倒好酒量。天黑了，画家领我们到礼堂后台入口，与一个人点头说了，招呼大家悄悄进去，缩在边幕上看。时间到了，幕并不开，说是书记还未来。演员们都化了装，在后台走来走去，抻一抻手脚，互相取笑着。忽然外面响动起来，我拨了幕布一看，只见胖书记缓缓进来，在前排坐下，周围空着，后面黑压压一礼堂人。于是开演，演出甚为激烈，尘土四起。演员们在台上泪光闪闪，退下来一过边幕，就喜笑颜开，连说怎么怎么错了。王一生倒很入戏，脸上时阴时晴，嘴一直张着，全没有在棋盘前的镇静。戏一结束，王一生一个人在边幕拍起手来，我连忙止住他，向台下望去，书记不知什么时候已经走了，前两排仍然空着。

大家出来，摸黑拐到画家家里，脚卵已在屋里，见我们来了，就与画家出来和大家在外面站着，画家说："王一生，你可以参加比赛了。"王一生问："怎么回事儿?"脚卵说，晚上他在书记家里，书记跟他叙起家常，说十几年前常去他家，见过不少字画儿，不知运动起来，损失了没有? 脚卵说还有一些，书记就不说话了。过了一会儿书记又说，脚卵的调动大约不成问题，到地区文教部门找个位置，跟下面打个招呼，办起来也快，让脚卵写信回家讲一讲。于是又谈起字画古董，说大家现在都不知道这些东西的价值，书记自己倒是常在心里想着。脚卵就说，他写信给家里，看能不能送书记一两幅，既然书记帮了这么大忙，感谢是应该的。又说，自己在队里有一副明朝的乌木棋，极是考究，书记若是还看得上，下次带上来。书记很高兴，连说带上来看看。又说你的朋友王一生，他倒可以和下面的人说一说，一个地区的比赛，不必那么严格，举贤不避私嘛。就挂了电话，电话里回答说，没有问题，请书记放心，叫王一生明天就参加比赛。

大家听了，都很高兴，称赞脚卵路道粗。王一生却没说话。脚卵走后，画家带了大家找到电工，开了礼堂后门，悄悄进去。电工说天凉了，问要不要把幕布放下来垫盖着? 大家都说好，就七手八脚爬上去摘下幕布铺在台上。一个人走到台边，对着空空的座位一敬礼，尖着嗓子学报幕员，说："下一个节目——睡觉。现在开始。"大家悄悄地笑，纷纷钻进幕布躺下了。

躺下许久，我发觉王一生还没有睡着，就说："睡吧，明天要参加比赛呢!"王一生在黑暗里说："我不赛了，没意思。倪斌是好心，可我不想赛了。"我说："咳，管它! 你能赛棋，脚卵能调上来，一副棋算什么?"王一生说："那是他父亲的棋呀! 东西好坏不说，是个信物。我妈留给我的那副无字棋，我一直性命一样存着，现在生活好了，妈的话，我也忘不了。倪斌怎么就可以送人呢？"我说："脚卵家里有钱，一副棋算什么呢？他家里知道儿子活得好一些了，棋是舍得的。"王一生说："我反正是不赛了，被人做了交易，倒像是我占了便宜。我下得赢下不赢是我自己的事，这样赛，被人戳脊梁骨。"不知是谁也没睡着，大约都听见了，咕噜一声："你真是呆子。"

四

第二天一早儿，大家满身是土地起来，找水擦了擦，又约画家到街上去吃。画家执意不肯，正说着，脚卵来了，很高兴的样子。王一生对他说："我不参加这个比赛。"大家呆了，脚卵问："蛮好的，怎么不赛了呢？省里还下来人视察呢？"王一生说："不赛就不赛了。"我说了说，脚卵叹道："书记是个文化人，蛮喜欢这些的。棋虽然是家里传下的，可我实在受不了农场这个罪，我只想有个干净的地方住一住，不要每天脏兮兮的。棋不能当饭吃的，用它通一些关节，还是值的。家里也不很景气，不会怪我。"画家把双臂抱在胸前，抬起一只手摸了摸脸，看着天说："理想没有了，只剩下目的。倪斌，不能怪你。你没有什么不得了的要求。我这两年，也常常犯糊涂，生活太具体了。幸亏我还会画画儿。何以解忧？唯有——唉。"王一生很惊奇地看着画家，慢慢转了脸对脚卵说："倪斌，谢谢你。这次比赛决出高手，我登门去与他们下。我不参加这次比赛了。"脚卵忽然很兴奋，攥起大手一顿，说："这样，这样！

我呢，去跟书记说一下，组织一个友谊赛。你要是赢了这次的冠军，无疑是真正的冠军。输了呢，也不太失身份。"王一生呆了呆："千万不要跟什么书记说，我自己找他们下。要下，就与前三名都下。"

大家也不好再说什么，就去看各种比赛，倒也热闹。王一生只钻在棋类场地外面，看各局的明棋。第三天，决出前三名。之后是发奖，又是演出，会场乱哄哄的，也听不清谁得的是什么奖。

脚卵让我们在会场等着，过了不久，就领来两个人，都是制服打扮。脚卵作了介绍，原来是象棋比赛的第二、三名。脚卵说："这位是王一生，棋蛮厉害的，想与你们两位高手下一下，大家也是一个互相学习的机会。"两个人看了看王一生，问："那怎么不参加比赛呢？我们在这里待了许多天，要回去了。"王一生说："我不耽误你们，与你们两人同时下。"两人互相看了看，忽然悟到，说："盲棋？"王一生点一点头。两个立刻变了态度，笑着说："我们没下过盲棋。"王一生说："不要紧，你们看着明棋下。来，咱们找个地方儿。"话不知怎么就传了出去，立刻嚷动了，会场上各县的人都说有一个农场的小子没有赛着，不服气，要同时与亚、季军比试。百十个人把我们围了起来，挤来挤去地看，大家觉得有了责任，便站在王一生身边儿。王一生倒低了头，对两个人说："走吧，走吧，太扎眼。"有一个人挤了进来，说："哪个要下棋？就是你吗？我们大爷这次是冠军，听说你不服气，叫我来请你。"王一生慢慢地说："不必。你大爷要是肯下，我和你们三人同下。"众人都轰动了，拥着往棋场走去。到了街上，百十人走成一片。行人见了，纷纷问怎么回事，可是知青打架？待明白了，就都跟着走。走过半条街，竟有上千人跟着跑来跑去。商店里的店员和顾客也都站出来张望。长途车路过这里开不过，乘客们纷纷探出头来，只见一街人头攒动，尘土飞起多高，轰轰的，乱纸踏得嚓嚓响。一个傻子呆呆地在街中心，咿咿呀呀地唱，有人发了善心，把他拖开，傻子就依了墙根儿唱。四五条狗窜来窜去，觉得是它们在引路打狼，汪汪叫着。

到了棋场，竟有数千人围住，土扬在半空，许久落不下来。棋场的标语标志早已摘除，出来一个人，见这么多人，脸都白了。脚卵上去与他交涉，他很快地看着众人，连连点头儿，半天才明白是借场子用，急忙打开门，连说"可以可以"，见众人都要进去，就急了。我们几个，马上到门口守住，放进脚卵、王一生和两个得了荣誉的人。这时有一个人走出来，对我们说："高手既然和三个人下，多我一个不怕，我也算一个。"众人又嚷动了，又有人报名。我不知怎么办好，只得进去告诉王一生。王一生咬一咬嘴说："你们两个怎么样？"那两个人赶紧站起来，连说可以。我出去统计了，连冠军在内，对手共是十人。脚卵说："十人是满数，不吉利的，九个人好了。"于是就九个人。冠军总不见来，有人来报，既是下盲棋，冠军只在家里，命人传棋，王一生想了想，说好吧。九个人就关在场里。墙外一副明棋不够用，于是有人拿来八张整开白纸，很快地画了格儿。又有人用硬纸剪了百十个方棋子儿，用红黑颜色写了，背后粘上细绳，挂在棋格儿的钉子上，风一吹，轻轻地晃成一片，街上人们也嚷成一片。

人是越来越多。后来的人拼命往前挤，挤不进去，就抓住人打听，以为是杀人的告示。妇女们也抱着孩子们，远远围成一片。又有许多人支了自行车，站在后架上伸脖子看，人群一挤，连着倒，喊成一团。半大的孩子们钻来钻去，被大人们用腿拱出去。数千人闹闹嚷嚷，街上像半空响着闷雷。

王一生坐在场当中一个靠背椅上，把手放在两条腿上，眼睛虚望着，一头一脸都是土，像是被传讯的歹人。我不禁笑起来，过去给他拍一拍土。他按住我的手，我觉出他有些抖。王一生低低地说："事情闹大了。你们几个朋友看好，一有动静，一起跑。"我说："不会。只要你赢了，什么都好办。争口气。怎么样？有把握吗？九个人哪！头三名都在这里！"王一生沉吟了一下，说："怕江湖的不怕朝廷的，参加过比赛的人的棋路我都看了，就不知道其他六个人会不会冒出冤家。书包你拿着，不管怎么样，书包不能丢。书包里有……"王一生看了看我，"我妈的无字棋。"他的瘦脸上又干又脏，鼻沟儿也黑了，头发立着，喉咙一动一动的，两眼黑得吓人。我知道他拼了，心里有些醉，只说："保重！"就离了他。他一个人空空地在场中央，谁也不看，静静的像一块铁。

棋开始了。上千人不再出声儿。只有自愿服务的人一会儿紧一会儿慢地用话传出棋步，处边儿自愿服务的人就变动着棋子儿。风吹得八张大纸哗哗地响，棋子儿荡来荡去。太阳斜斜地照在一切上，烧得耀眼。前几十排的人都坐下了，仰起头看，后面的人也挤得紧紧的，一个个土眉土眼，头发长长短短吹得飘，再没人动一下，似乎都把命放在棋里搏。

我心里忽然有一种很古的东西涌上来，喉咙紧紧地往上走。读过的书，有的近了，有的远了，模糊了。平时十分佩服的项羽、刘邦都在目瞪口呆，倒是尸横遍野的那些黑脸士兵，从地上爬起来，哑了喉咙，慢慢移动。一个樵夫，提了斧在野唱。忽然又仿佛见了棋呆子的母亲，用一双弱手一页一页地折书页。

我不由伸手到王一生的书包里去掏摸，捏到一个小布包儿，拽出来一看，是个旧蓝斜纹布的小口袋，上面用线绣了一只蝙蝠，布的四边儿都用线做了圈口，针脚很是细密。取出一个棋子，确实很小，在太阳底下竟是半透明的，像是一只眼睛，正柔和地瞧着。我把它攥在手里。

　　太阳终于落下去，立刻爽快了。人们仍在看着，但议论起来。里边儿传出一句王一生的棋步，外边儿的人就嚷动一下。专有几个人骑车为在家的冠军传送着棋步，大家就不太客气，笑话起来。

　　我又进去，看见脚卵很高兴的样子，心里就松开一些，问："怎么样？我不懂棋。"脚卵抹一抹头发，说："蛮好，蛮好。这种阵势，我从来也没见过，你想想看，九个人与他一个人下，九局连环！车轮大战！我要写信给我的父亲，把这次的棋谱都寄给他。"这时有两个人从各自的棋盘前站起来，朝着王一生一鞠躬，说："甘拜下风。"就捏着手出去了。王一生点点头儿，看了他们的位置一眼。

　　王一生的姿势没有变，仍旧是双手扶膝，眼平视着，像是望着极远极远的远处，又像是盯着极近极近的近处，瘦瘦的肩挑着宽大的衣服，土没拍干净，东一块儿，西一块儿。喉结许久才动一下。我第一次承认象棋也是运动，而且是马拉松，是多一倍的马拉松！我在学校时，参加过长跑，开始后的五百米，确实极累，但过了一个限度，就像不是在用脑子跑，而像一架无人驾驶飞机，又像是一架到了高度的滑翔机，只管滑翔下去。可这象棋，始终是处在一种机敏的运动之中，兜捕对手，逼向死角，不能疏忽。我忽然担心起王一生的身体来。这几天，大家因为钱紧，不敢怎么吃，晚上睡得又晚，谁也没想到会有这么一个场面。看着王一生稳稳地坐在那里，我又替他赌一口气：死顶吧！我们在山上扛木料，两个人一根，不管路不是路，沟不是沟，也得咬牙，死活不能放手。谁若是顶不住软了，自己伤了不说，另一个也得被木头震得吐血。可这回是王一生一个人过沟过坎儿，我们帮不上忙。我找了点儿凉水来，悄悄走近他，在他眼前一挡，他抖了一下，眼睛刀子似的看了我一下，一会儿才认出是我，就干干地笑了一下。我指指水碗，他接过去，正要喝，一个局号报了棋步。他把碗高高地平端着，水纹丝儿不动。他看着碗边儿，回报了棋步，就把碗缓缓凑到嘴边儿。这时下一个局号又报了棋步，他把嘴定在碗边儿，半晌，回报了棋步，才咽一口水下去，"咕"的一声儿，声音大得可怕，眼里有了泪花。他把碗递过来，眼睛望望我，有一种说不出的东西在里面游动，苦甜苦甜的。嘴角儿缓缓流下一滴水，把下巴和脖子上的土冲开一道沟儿。我又把碗递过去，他竖起手掌止住我，回到他的世界里去了。

我出来，天已黑了。有山民打着松枝火把，有人用手电照着，黄乎乎的，一团明亮。大约是地区的各种单位下班了，人更多了。狗也在人前蹲着，看人挂动棋子，不知是懂不懂，只是眼神凄凄的，像是在担忧。几个同来的队上知青，各被人围了打听。不一会儿，"王一生""棋呆子""是个知青""棋是道家的棋"，就在人们嘴上传。我有些发喉，本想到人群里说说，但又止住了，随人们传吧，我开始高兴起来。这时墙上只有三局在下了。

忽然人群发一声喊。我回头一看，原来只剩了一盘，恰是与冠军的那一盘。盘上只有不多几个子儿。王一生的黑子儿远远近近地峙在对方棋营格里，后方老帅稳稳地待着，尚有一"士"伴着，好像帝王与近侍在聊天儿，等着前方将士得胜回朝；又似乎隐隐看见有人在伺候酒宴，点起尺把长的红蜡烛，有人在悄悄地调整管弦，单等有人跪奏捷报，鼓乐齐鸣。我的肚子拖长了音儿在响，脚下觉得软了，就拣个地方坐下，仰头看最后的围猎，生怕有什么差池。

红子儿半天不动，大家不耐烦了，纷纷看骑车的人来没来，嗡嗡地响成一片。忽然人群乱起来，纷纷闪开。只见一老者，精光头皮，由旁人搀着，慢慢走出来，嘴翕动着，上上下下看着八张定局残子。众人纷纷传着，这就是本届地区冠军，是这个山区的一个世家后人，这次"出山"玩玩儿棋，不想就夺了头把交椅，评了这次比赛的大势，直叹棋道不兴。老者看完了棋，轻轻抻一抻衣衫，跺一跺土，昂了头，由人搀进棋场。众人都一拥而起。我急忙抢进了大门，跟在后面。只见老者进了大门，立定，往前看去。

王一生孤身一人坐在大屋子中央，瞪眼看着我们，双手支在膝上，铁铸一个细树桩，似无所见，似无所闻。高高的一盏电灯，暗暗地照在他脸上，眼睛深陷进去，黑黑的似俯视大千世界，茫茫宇宙。那生命像聚在一头乱发中，久久不散，又慢慢弥漫开来，灼得人脸热。

众人都呆了，都不说话。外面传了半天，眼前却是一个瘦小黑魂，静静地坐着，众人都不禁吸了一口凉气。

半晌，老者咳嗽一下，底气很足，十分洪亮，在屋里荡来荡去。王一生忽然目光短了，发觉了众人，轻轻地挣了一下，却动不了。老者推开搀的人，向前迈了几步，立定，双手合在腹前摩挲了一下，朗声叫道："后生，老朽身有不便，不能亲赴沙场。命人传棋，实出无奈。你小小年纪，就有这般棋道，我看了，汇道禅于一炉，神机妙算，先声有势，后发制人，遣龙治水，气贯阴阳，古今儒将，不过如此。老朽有幸与你接手，感触不少，中华棋道，毕竟不颓，愿与你做个忘年之交。老朽这盘棋下到这里，权做赏玩，不知你可愿意平手言和，给老朽一点面子？"

王一生再挣了一下，仍起不来。我和脚卵急忙过去，托住他的腋下，提他起来。他的腿仍然是坐着的样子，直不了，半空悬着。我感到手里好像只有几斤的分量，就示意脚卵把王一生放下，用手去揉他的双腿。大家都拥过来，老者摇头叹息着。脚卵用大手在王一生身上、脸上、脖子上缓缓地用力揉。半晌，王一生的身子软下来，靠在我们手上，喉咙嘶嘶地响着，慢慢把嘴张开，又合上，再张开，"啊啊"着。很久，才呜呜地说："和了吧。"

老者很感动的样子，说："今晚你是不是就在我那儿歇了？养息两天，我们谈谈棋？"王一生摇摇头，轻轻地说："不了，我还有朋友。大家一起出来的，还是大家在一起吧。我们到、到文化馆去，那里有个朋友。"画家就在人群里喊："走吧，到我那里去，我已经买好了吃的，你们几个一起去。真不容易啊。"大家慢慢拥了我们出来，火把一圈儿照着。山民和地区的人层层围了，争睹棋王风采，又都点头叹息。

我挽了王一生慢慢走，光亮一直随着。幼时曾见过荷兰画家伦勃朗名作《夜巡》，恍惚觉得就是这般情景。进了文化馆，到了画家的屋子，虽然有人帮着劝散，窗上还是挤满了人，慌得画家急忙把一些画儿藏了。

人渐渐散了，王一生还有些木。我忽然觉出左手还攥着那个棋子，就张了手给王一生看。王一生呆呆地盯着，似乎不认得，可喉咙里就有了响声，猛然"哇"的一声儿吐出一些黏液，眼泪就流了下来，呜呜地哭着说："妈，儿今天明白事儿了。人还要有点儿东西，才叫活着。妈——"大家都有些酸，扫了地下，打来水，劝了。王一生哭过，滞气调理过来，有了精神，就一起吃饭。画家竟喝得大醉，也不管大家，一个人倒在木床上睡去。电工领了我们，脚卵也跟着，一齐到礼堂台上去睡。

夜黑黑的，伸手不见五指。王一生已经睡死。我却还似乎耳边人声嚷动，眼前火把通明，山民们铁了脸，肩着柴火在林中走，咿咿呀呀地唱。我笑起来，想：不做俗人，哪儿会知道这般乐趣？家破人亡，平了头每日荷锄，却自有真人生在里面，识到了，即是幸，即是福。衣食是本，自有人类，就是每日在忙这个。可围在其中，终于还不太像人。倦意渐渐上来，就拥了幕布，沉沉睡去。

选自《上海文学》1984 年第 7 期

作家的话 ◈

讨饭与残疾，自然有些极端。大而扩之，便是普通人。在我们这样一个国家里，普通人、小人物自然是主题人物。而且，他们之中常有一种英雄行为。他们并不是逞强，但环境、事件造成了，他们便聚了全部能力拼一下，事后自己都有些后怕，别人也会惊异发生过的事。当然更多的是他们日复一日毫无光彩的劳作。地球于是修理得较为整齐，历史也就默默地产生了。

《一些话》

评论家的话 ◈

王一生天生柔弱，在这场浩劫中这样的小人物只能像狂风中的砂粒，要在无定向的行为中获得意义与价值，唯一的力量来自于自身精神的平衡。王一生在生活中无法有具体的目的性，也无法使精神朝外转化，于是便转向内部，下棋不过是人格在外界的生命对立物。阿城津津乐道地写王一生们的吃，固然有社会意义，但更重要的是确定生命的意义。吃为身体之必需，棋为精神之必需，都是对自身的一种修炼，由于缺乏外部世界的目的引诱，内部的力量则在无为之中积蓄起来，它没有了外界的限制，却能适应于外界的各种变异，始终保持精神上的平衡。王一生的徒步旅行，仅仅是与自然交朋友，从生活中获求感受。耗费少吸收多，故能融百归一，外界限制少，能促使以一化百，以不变应万变。这种精神的内化过程看似被动与消极，实际上正是向更大的主动与积极的转化过程。王一生的人生境界，说它孔孟也好，老庄也好，都不重要，有意思的是它反映了现代人对自身所面临的精神困境的自觉超脱。小说最后对王一生下棋景象的描写，完全把一个人的生命之光，借助肉体与精神和盘托出，使之与茫茫宇宙气息贯通。

陈思和：《文学创作中的文化寻根意识》

何立伟

白 色 鸟

何立伟，1954 年生于湖南长沙。1971 年高中肄业，即到长沙肉类联合加工厂做工人，从事生物化学制药。1975 年入湖南师范学院中文系读书。1978 年毕业后回原单位子弟中学教书。1983 年调至长沙市第二十三中学教书。1984 年调至长沙市文联工作至今。初由写诗步入文坛，后转向小说创作。出版有小说集《小城无故事》等。作品多写湖南小城镇封闭的生活，并对此表现出一种忧愤，在不动声色中写出貌似平淡的生活的悲剧性。

夏天到来，

令我回忆。

——外国民歌《夏天的回忆》

设若七月的太阳并非如此热辣，那片河滩就不会这么苍凉这么空旷。唯嘶嘶的蝉鸣充实那天空，因此就有了晴朗的寂寞。又何况还是正午，云和风，统不知趔到哪个角弯里去了。

然而长长河滩上，不久即有了小小两个黑点；又慢慢晃动慢慢放大。在那黑点移动过的地方，就迤逦了两行深深浅浅歪歪趔趔的足印，酒盅似的，盈满了阳光，盈满了从堤上飘逸过来的野花的芳香。

还格格格格盈满清脆如葡萄的笑音。

却是两个少年！一个白皙，一个黝黑。疯疯癫癫走拢来。那白皙的，瘦，着了西装的短裤和短袖海魂衫。皮带上斜斜插得有一把树丫做的弹弓。那黝黑的呢，缺了一颗门牙，偏生却喜欢咧开嘴巴打哈哈；而且赤膊。夏天的太阳，连他脚趾缝都晒黑了，独晒不黑他那剩下的一颗门牙。同时脑壳上还长了一包疖子，红肿如柿子的疖子。

少年边走边弯腰，汗粒晶晶莹莹种在了河滩上。

"哎呀，累。晒死人呐！"

"就歇歇憩吧。城里人没得用。"

在高高的河堤旁，少年坐下来歇憩。鼻翅是一扇一扇。河堤上或红或黄野花开遍了，一盏一盏如歌的灿烂！就把两只竹篮懒懒扔在了足旁。紫色的马齿苋，各各有了大半篮，这马齿苋，乡下人拿来摊在门板上晾晒干了，就炒通红通红的辣椒，嫩得很，爽口得很，城里人大约是难得一尝的。故而那白皙的少年，也就极欢喜外婆喷喷香香炒的马齿苋干菜，咽绿豆稀饭。外婆呢自然淡淡一笑："这伢崽！"

"扯霸王草?"黝黑的少年提议道。

"要得，要得!"

"输了打手板心?"

"打手板心就打手板心!"

便一来一去扯霸王草。输赢并不要紧的，所要的是快活。蝉声嘶嘶嘶嘶叫得紧。太阳好大。

待这游戏玩得腻了，又采马齿苋。满满的一篮子了，再也盛不下一点点了，就又坐下来歇憩。那白皙的少年解下弹弓，捡了颗石子努力一射，咚地在那河心地方，就起了小小一朵洁白水花。

"咦呀好远!"

"我要射过河去。"

"吹牛皮。"

"我才不吹呐。"

而那河水，似乎有了伤痛，就很匆遽地流。粼粼闪闪。这是南方有名的一条河，日夜的流去流来无数美丽抑或忧伤的故事，古老而新鲜。间常一叶白帆，日历一样翻过去了，在陡然剩下的寂寥里，细浪于是轻轻腾起，湿津津地舔着天空舔着岸。有小鱼小虾蹦蹦跳跳。卵石好洁净。

"我现在要考一考你。"白皙的少年忽然说。

"考么子？最不喜欢考试！"

"你看出来左边的岸和右边的岸，有哪样不同?"

"左边有苞谷地。右边没有。"

"不是问这个呐。"

"左边……有个排灌站。右边没有。"

"不是问这个呐！"

到后来那黝黑少年终于摇脑壳了。

"哎呀你，看呐，左岸要平一些，右岸要高一些。还没看出来?"

"呃，呃，真的咧！"

"这里头有道理。你晓得啵?"

就又把那生了疖子的脑壳摇来摇去：

"讲吵，晓得就讲吵。"

"我表哥，他讲这是地球自己转动造成的！"

"啧，啧，你晓得好多道理。"

白皙的少年于是笑了。乌黑眼瞳也就熠熠地亮。然而忘记了，采马齿苋却是那乡下少年教会了他的；还教会了他如何烧苞谷吃，如何钓麻拐（田鸡）……人各有自己的聪明与骄傲，奈何不得的。

蝉声稍稍有了歇止。

"好安静。"

"是咧。"

"采了这样多马齿苋，回去外婆会高兴咧！"

"当然啰。表扬你做得事啰。"

那白皙少年，于默想中便望到外婆高兴的样子了。银发在眼前一闪一闪。怪不得，他是外婆带大的。童年浪漫如月船，泊在了外婆的臂湾里。臂湾是宁静又温暖。

却忽然一天，外婆就打起包袱到乡下来了。竟不晓得为的什么。

方才吃午饭时候，有人隔了田塍喊外婆，声音好大。待外婆回来，就带了这黝黑的少年——他的朋友，叫他们一起去玩，远远地到河边上去玩。采马齿苋，划水，随便。总之要痛快玩它一下午。"听话，莫出事，没断黑不要回来。"一人给了一只大竹篮。其时头上太阳，正如烧红的一柄烙铁。白皙的少年好高兴，同时又讶异。因为平日的下午，外婆一定逼他睡午觉，一定不许他出来玩。然而今日全变了。外婆你几多好！

蝉声又抑扬了起来。一只两只野蜂在头上转，嗡嗡营营。

黝黑的少年于是说："划水好啵？划到对岸去。"

"好的。"眯了眼睛望对面绿色的岸和远远淡青的山。"好的，好的。"

"比赛？"

"比赛。"

"输了是狗变的？"

"狗变的就狗变的。"

黝黑的少年便笑了，缺了门牙的笑很羞涩很动人。

因此扑通地一齐扎到河里头去。河水清凉又温柔。轻轻托起一黑一白赤条条两个少年；轻轻忽开忽谢着一朵一朵漂亮水花。那城里来的少年，几乎呛水了。因为他想要笑；因为他看到他的朋友，游泳的姿势应当叫作"狗爬式"，几多滑稽。又还从那缺了牙的口里，噗噗地朝他喷水。远处一叶白帆，正慢慢慢慢吻过来。真好玩，真快活。

并且这边的岸，景致又不同。是泱泱的一片水草咧。水草几多葳蕤。后面呢则是芦苇林。汪汪的绿着，无涯的绿着，恰如了少年的梦想。

"咦呀！这地方，几多好看。"

"城里来的才讲它好看。"

赤条条的少年站在岸上。一个白皙，一个黝黑。头发湿漉漉的，情绪倒比天空还要晴朗。

然而那白皙的少年，陡然闷声一喊，就朝后面倒退数步，踉踉跄跄。

——水草里头有条蛇！

"莫怕，"黝黑少年说，"莫怕，水蛇。"

同时猫腰下去，极快地捉住蛇尾随手一扬，那蛇便如闪电，倏忽落在了河里头。好吓人！白皙的少年出了大半身汗，立即对他的朋友生出了景仰。

朋友就又问他："你眼睛好不好?"

"右边是一点二。"

"莫怕。明日我捉了金环蛇银环蛇，取了胆来给你吃，包你眼睛就好！"

自然又平添了若干的景仰。看到那缺了的门牙像小小一眼鼠洞，便觉得又亲切，又好笑。

刚刚的还要讲几句话，朋友忽然竖起食指止住了，耳语道："莫作声。快看。"

"什么？"

"那边。"

"——咦呀！"

在那边，白皙的少年看见了两只水鸟。雪白雪白的两只水鸟，在绿生生的水草边，轻轻梳理那晃眼耀目的羽毛。美丽，安详，而且自由自在。

什么时候落下来的呢？

白皙的少年想：哎呀，要是把弹弓带过河来，几多好！然而立即又不敢这么想。因为那美丽和平自由生命，实在整个地征服了他。便连气也不敢大声地喘了。

四野好静。唯河水与岸呢呢喃喃。软泥上有硬壳的甲虫在爬动，闪闪的亮。水草的绿与水鸟的白，于是叫人感动。

"要捉住就好咧。养起它来天天看个饱。"黝黑的少年悄声道。"嗯——"

"你不喜欢？"

"比你喜欢得多咧！"

黝黑的一笑，也就哑默无语了。疖子隐隐地痛。

那鸟恩恩爱爱，在浅水里照自己影子。而且交喙，而且相互地摩擦着长长的颈子。便同这天同这水，同这汪汪一片静静的绿，浑然的简直如一画图了。

赤条条的少年，于是伏到草里头觑。草好痒人，却不敢动，不敢稍稍对这画图有破坏。天蓝蓝地胶着光脊的背。

空气呢在燃烧。无声无息，无边无际。

忽然传来了锣声，哐哐哐哐，从河那边。

"做什么敲锣？"

"呵呀，忘呐，"黝黑的少年，立即皮球似的弹起来，满肚皮都是泥巴。"开斗争会！今天下午开斗争会！"

啪啦啦啦，这锣声这喊声，惊飞了那两只水鸟。从那绿汪汪里，雪白地滑起来，悠悠然悠悠然远逝了。

天好空阔。夏日的太阳陡然一片辉煌。

1984 年 7 月

选自《小城无故事》

作家出版社 1986 年版

评论家的话 ◈

何立伟的不少篇小说都散发着栀子花的香味，栀子花一样的哀愁。……他有意把作品写得很淡。他凝眸看世界，但把自己的深情掩藏着，不露声色。他像一个坐在发紫发黑的小竹凳上看风景的人，虽然在他的心上流过很多东西。有些小说在最易使人动情的节骨眼上往往轻轻带过，甚至写得模模糊糊，使人得琢磨一下才明白是怎么回事。

……立伟的一些小说，是用晚唐绝句的方法写的。晚唐绝句的特点，说穿了，就是重感觉，重意境。"小城无故事"，立伟的小说不重故事，有些篇简直无故事可言，他追求的是一种诗的境界，一种淡雅的，有些朦胧的可以意会的气氛，"烟笼寒水月笼纱"。与其说他用写诗的方法写小说，不如说他用小说的形式写诗。

汪曾祺：《小城无故事·序》

翟永明
女人组诗（选二）

翟永明，1955 年生于四川成都。1974 年高中毕业下乡插队，1976 年抽调回城，1980 年毕业于成都电讯工程学院（今电子科技大学）。1981 年开始发表诗作。1990 年赴美，1992 年回国。1984 年至 1986 年完成《女人》《静安庄》《莉莉和琼》《祖国的时光》《道具与场景的述说》《盲人按摩师的几种方式》等组诗和长诗。先后出版有诗集《女人》《在一切玫瑰之上》《黑夜里的素歌》及散文随笔集《纸上建筑》等。

第二辑

——我目睹了世界

我创造黑夜使人类幸免于难

世　界

一世界的深奥面孔被风残留，一头白隧石

让时间燃烧成暧昧的幻影

太阳用独裁者的目光保持它愤怒的广度

并寻找我的头顶和脚底

虽然那已是很久以前的事。我在梦中目空一切

轻轻地走来，受孕于天空

在那里乌云孵化落日，我的眼眶盛满一个大海

从纵深的喉咙里长出白珊瑚

海浪拍打我

好像产婆在拍打我的脊背，就这样

世界闯进了我的身体

使我惊慌，使我迷惑，使我感到某种程度的狂喜

我仍然珍惜，怀着

那伟大的野兽的心情注视世界，沉思熟虑

我想：历史并不遥远

于是我听到了阵阵潮汐，带着古老的气息

从黄昏，呱呱坠地的世界性死亡之中

白羊星座仍在头顶闪烁

犹如人类的繁殖之门，母性贵重而可怕的光芒

在我诞生之前，我注定了

为那些原始的岩层种下黑色梦想的根。它们

靠我的血液生长

我目睹了世界

因此，我创造黑夜使人类幸免于难

憧憬

我在何处显现？水里认不出

自己的脸，人们一个接一个走过去

夏天此起彼伏地坠落

仿照这无声无响的恐怖

我的爱人　我像露水般扩大我的感觉

所有的天空在冷笑

没有任何女人能逃脱

我已习惯在夜里学习月亮的微笑方式

在此地或者彼地，因为我是

受梦魇憧憬的土壤

我在何处形成？夕阳落下

敲打黑暗，我仍是痛苦的中心

影子在阳光下竖立起各种姿态

没有杀人者，也没有幸免者

这片天空把最初的肋骨

排列成星星的距离

我的爱人，难道我眼中的暴风雨

不能使你为我而流的血返回自身

创造奇迹？

我是这样小，这样依赖于你

但在某一天，我的尺度

将与天上的阴影重合，使你惊讶不已

第三辑

——用人类的唯一手段

你使我沉默不语

独　白

我，一个狂想，充满深渊的魅力

偶然被你诞生。泥土和天空

二者合一，你把我叫作女人

并强化了我的身体

我是软得像水的白色羽毛体

你把我捧在手上，我就容纳这个世界

穿着肉体凡胎，在阳光下

我是如此炫目，使你难以置信

我是最温柔最懂事的女人

看穿一切却愿分担一切

渴望一个冬天，一个巨大的黑夜

以心为界，我想握住你的手

但在你的面前我的姿态就是一种惨败

当你走时，我的痛苦

要把我的心从口中呕出

用爱杀死你，这是谁的禁忌？

人　生

每天是今天的敌人，我们恐惧

罪恶依然升起，多少名字遮盖了

苍白的额头，你们秘密地

快乐并练习谎言的用意

像风一样走着，黑发的女儿

悄无声息，用不可救药的

迷人之处动摇夏天的血液

充满秘密，夜走进你们心里

夜使我们害怕，我们寻求手臂
无限美，无限奇妙
以月的形体，以落叶的痕迹
夜使我们学会忍受或是享受

我是诱惑者。显示虚构的光
与尘土这般完美地结合
路以真实的方式出现
神性留在上方，任你们随心所欲

那是谁？那又是谁？
像没有责任感的影子来了又去
注定消失的泡沫匆忙升腾
活着的手像真理触摸到每个夜晚

路走过无数人
你们却是第一次
外表孱弱的女儿们
当白昼来临时，你们掉头而去

生　命

你要尽量保持平静，窗户落下

一阵呕吐似的情节

把它的弧形光悬在空中

而我一无所求

身体波澜般起伏

仿佛抵抗整个世界的侵入

把它交给你

这样富有危机的生命、不肯放松的生命

对每天的屠杀视而不见

可怕地从哪一颗星球移来？

液体在陆地放纵，不肯消失

什么样的气流吸进了天空？

这样膨胀的礼物，这么小的宇宙

驻扎着阴沉的力量

一切正在消失，一切透明

但我最秘密的血液被公开

是谁威胁我？

比黑夜更有力地总结人们

在我身体内隐藏着的永恒之物？

热烘烘的夜飞翔着泪珠

毫无人性的器皿使空气变冷

死亡盖着我

死亡也经不起贯穿一切的疼痛

但不要打搅那张毫无生气的脸

又害怕，又着迷，而房间正在变黑

白昼曾是我身上的一部分，现在被取走

橙红灯在头顶向我凝视

它正在凝视这世上最恐怖的内容

1984—1986 年

选自《苹果上的豹》

作家的话 ◈

　　女性身体内部总是隐藏着一种与生俱来的毁灭性预感。正是这种预感使我们被各种可能性充满的现实最终纳入某种不可挽回的命定性。正因为如此，女诗人在开拓她的神话世界时，既与诞生的时刻相连，又与死亡的国度沟通，在这越来越模糊的分界线上，保持内心黑夜的真实是你对自己的清醒认识，而透过被本性所包容的痛苦启示去发掘黑夜的意识，才是对自身怯懦的真正的摧毁。因此有人对我说过："女诗人最强大的对手是自己。"我完全相信这一点。对女性来说，在个人与黑夜本体之间有着一种变幻的直觉。我们从一生下来就与黑夜维系着一种神秘的关系，一种从身体到精神都贯穿着的包容在感觉之内和感觉之外的隐形语言，像天体中凝固的云悬挂在内部，随着我们的成长，它也成长着。对于我们来说，它是黑暗，也是无声地燃烧着的欲念，它是人类最初同时也是最后的本性。就是它，周身体现出整个世界的女性美，最终成为全体生命的一个契合。它超过了我们对自己的认识而与另一个高高在上的世界沟通，这最真实也是最直接的冲动本身就体现出诗的力量。必须具有这种发现同时必须创造这个过程方能与自己抗衡，并借此力量达到黑夜中逐渐清晰的一种恐怖的光明。

《黑暗的意识》

评论家的话 ◈

提起翟永明，我们最不能忽略的大概就是她的黑夜意识和女人气质。她的文本世界在黑夜的笼罩下神秘莫测，然而又不可认为这种神秘来自不真实。事实上，极端的真实和个体生命体验恰恰蒙住了理性的眼睛，使得大量关键性细节被引向另一类理解。……至于家园的归宿和流浪意识，则是这位女诗人作为女性和诗人在追索中无可回避的精神漂泊。

白原：《当代青年诗人十家·序》

张承志

残　月

　　张承志，回族，原籍山东济南。1948 年生于北京。1968 年中学毕业后，作为最早一批"插队知青"，到内蒙古东乌珠穆沁旗插队。1972 年考入北京大学历史系考古专业，毕业后到中国历史博物馆考古组工作。1978 年发表处女作《骑手为什么歌唱母亲》，引起文坛注目。同年考入中国社会科学院研究生院，毕业后分配至社科院民族研究所从事北方民族史和蒙古史研究。曾去日本从事中北亚历史研究两年。1987 年调中国人民解放军海军政治部文化部从事专业创作。1989 年退伍，成为自由撰稿人。主要作品有长篇小说《金牧场》，小说集《老桥》《北方的河》等。1991 年出版历史著作《心灵史》，引起文坛的广泛争议。其作品以不断变化的风格，显示出主体精神的游荡与灵魂的皈依，在深沉蕴藉的个体生命体验中容纳了深广的历史人生内容，升腾出令人心神肃然的诗情和哲理。艺术上追求庄严、崇高、博大、深沉的美学风格，追求小说的诗化和象征化。有《张承志集》。

天色已经完全黑透了，可是退了耕的砂石山峦还显出浓浓的一层暗红。杨三老汉推开门出来的时候，先打量了一阵飕飕生风的山影。山沟和山坡一如往旧，可是那山上已经不种庄稼了。不种啦，他摇了摇头，再不用顶着毒日头在那秃山上受苦啦。白天在山顶上侍弄庄稼的时候，远近的梁上沟里，赤裸的红砂石就像红炭火一样烫眼。现在那些大山静息了，黑黝黝地把一条腿泡进河里，使得小河沟在星光下扭了个弯。杨三老汉顺着路走着，用鞋尖探摸着路上的疙瘩石头。河沟冻着肮脏的厚冰，黯淡地浮着片片淡亮。沟深得很，走了一阵就下到了沟底。四下黑乎乎的，头顶上高低不等地点着黄黄的灯火，还能看得见灯火映出糊着报纸的窗格子，还有夯着院墙的庄户。

沿河沟的小道上不见一个人影，冬天黑得早，家家在自己门口的小场院里拾掇麦子，场上干一阵子，夜幕就落下来了。长沟上下，鸦雀无声。

杨三老汉走着路，盘算着退耕养草的事儿。那天吉普车上下来个黄头发绿眼睛的洋女子，县里乡里，公家的人跟了一堆。他昏头昏脑地和那洋女子说了几句，听口气这荒山退耕的事还有她一份。行距株距的挺有章程呢，老汉回想着听来的新词，好像这秃光光的砂石山沟已经满是嫩树细草。算是看了个洋风景。

从天黑时分这腰腿就疼，杨三估计等赶到寺里，晚祷怕是已经念开了。天黑啦，可黑影里的砂石山奇怪地显着一层暗红。他抬头看看天色，低掩的厚云浓黑重蓝，满天只有几粒针尖大的星星。如今真觉得出老了，不中用了。吃了那么结实的麦子酸面，腰腿还是缓不过来。若是以前呢，烤焦一个洋芋，刚咽下一半浑身就又有了力气。山沟还是那个见惯了的山沟，一条红石头山腿歪着伸进河水里。几十年看着这条歪歪的山腿，几十年就快要过完了。天色黑得更浓了，山沟渐渐展开，贫瘠的山影慢慢隐进夜幕。走遍西海固都是这种荒凉的山沟，冬天的夜清冷寂静。年年月月地看着这片山沟，等到腰酸眼花时才突然发现：这辈子的罪快受完了。

沟里的平地收拾得像样得很，黑暗里也能认得清那一块块翻着身子的土壤。走过犁得扭曲的垄沟深深的，蓄着前日落的雪。杨三老汉喜欢打量这些犁沟。他套牛犁出的沟比别人使手扶拖拉机犁得还深，翻起的土块还厚大。就着微微的星光，那伸进黑暗里的犁沟像活物似的，滚滚地起着浪。

这一阵可真静呢，静得人心一摇一荡的，悠悠地像是要想些什么。也许就因为砍了山上的庄稼，换上了树苗草籽的缘故吧，连积着雪的犁沟和暗红的荒山都显出一份不安宁。

他慢慢地走过了犁翻的沟底地，就着星星的光亮过河。若是山上养出好草，闲混的娃们也能吆上几只牛羊上山了，就像自己小时候那样。记得那天他就是这么说给联合国那个洋女子的，他说自己当娃娃时放过两只壮羊，还讲了怎么烧石头煨洋芋吃。那女子听得哈哈大笑，真不知她乐的是个什么。其实以前山沟里也有过草木好的时候。黑夜里一起风，满山遍野都是树叶子和荞麦秆秆的响动。后来就一年年荒凉啦，他想，好像随着人的苦处，这茫茫的大山也荒了。

他在黑地里摸到了河沟旁边，先踏稳了一块光洁的冰，试了试平稳。夜色中的河沟岔子冻得硬邦邦的，表面上蒙着一层土灰。四周黑幢幢的山影围合着，低贴着冰面流着一股逼人的清冷。他踏着冰，小心地迈动着疼痛的腿，从冰河上看，悄悄的山影更透出一层赤褐的石头色。那些沟壑梁峁和满山的石头也像是在等着什么。养草也不容易呢。杨三老汉想，沙石沟背后是月亮沟、老虎沟、王家堡子沟；前面隔着清真寺和一片滩，还有杏树沟、铁驴儿沟、火石沟、石嘴子沟。整个西海固，半个陇东，一直到兰州城跟前都是这种粗碴碴的穷山恶水。都能长出青灵的绿草来么？他摇了摇头。他走得很慢，腰腿疼得迈不动步。晚上的礼拜准已经开始了，他估计老阿訇已经开始领拜。不过，退耕植草的章程像是硬得很，听说联合国还插了手。那个黄头发的丫头子听说捎来了大宗的钱，挨着沟检查去年栽的树活了多少。她叫个布……泼浪？老汉想了一阵，还是记不起那个洋名字。晚上不该贪吃那碗酸汤面，他估计寺里准已经念开了。心不诚哪，他暗暗地责备着自己，竭力拖起伤腿朝前走去。

过了这道冰河汊子，杨三老汉就看见了那块三条山沟汇着的河滩地。那块河滩在黑夜里混沌沌的，像是浮着的黑云，一些树林的高高丫杈刺进夜空，黑黝黝地和蓝墨般的天溶在一起。他睁大了眼睛眺望着，想从暗重的河滩地里头辨出礼拜寺来。可是他什么也看不清，虽然他知道那儿应该有四面汇来的沙山和沟水，有几排笔直湿润的青杨树，还有尖顶浑圆的清真寺。夜深啦，他想道，前方只有一片温暖的黑暗。那些见惯了的景物，那些牢牢长在他心里的东西，此刻都静静地沉入了一片黑暗。

若是在白天或月亮好的夜里，沟水围出的那块河滩就浮在一层水汽上。隔着杨树林的梢尖，能看见新修成的大寺顶上的铜月牙。那青铜的半片月牙熠熠地亮着，使人心里充满欢欣和安慰。杨三喜欢远远地望着那弯月儿，慢慢走着，整座贴着半面绿瓷砖的大寺就会展现在庄稼汉的眼前。在陇东山沟沟的海里，在贫瘠得八方知名的西海固，从来没见过这么排场的建筑。以前哪里有这样的寺呢，青杨林子里只有三间土坯垒下的破屋。除开这里的人，谁敢信那就是寺呢。泥脚土脸的人们就跪在一领烂黑席上念。那三间破屋顶上也插着一柄铁铸的弯月亮，听说是这条沟祖传的宝物。杨三老汉记得那柄铁月牙的刃口上黑黑缺着一块，低低地立在长着乱草的土屋脊上。退耕养草以后，喂养牲口就成了大事。拦上一圈羊也顶不上养个乳牛。他算计着，又走上冰面。河汉子又拐回来了，窄窄的冰面带着一抹暗光。可是买个乳牛娃如今要二百多个元。二百多个元是多少呢？他想，他在青海煎熬了快十年也就掖回来三十个元。忽然鞋底下一滑，接着就听见身子重重地砸着冰层的闷响。冰冷的一股湿凉透过棉裤洇上来，前方暗暗中浮起的河滩地黑影还是迷蒙难辨。

　　他定了定神，才明白自己摔跤了。快三十年喽，他迟钝的脑子里闪着一个回想。那回也是这么一跤摔翻在冰河汊上。摔在冰上平伸着两只手，隔着几根枯草叶子，他看见跑在前面的马五爷后背心上的补丁碎开了，噗地冒出来一股血。他仿佛又看见那一汪子鲜血从马五爷的烂褂子里溅着冒出来。那天他摔得太狠了，他听见自己的身子砸得冰喀嚓一声裂开来，后来冰水泡透了他的烂棉袄。

　　近三十年啦，杨三老汉扶住冰面，缓缓地撑着站起来，身上沾着一层雪粉和灰土。等他再颤巍巍地迈开脚步时，腰板子和腿脚更疼得钻心了。身子骨垮啦，他想，后来在青海蹲着时，该勤快些修修那孔破窑，窑洞漏着风，几年睡下来，人怎能不落下伤病呢。

走上河对岸的砂土地后，他扶住腰先喘了一阵，等着心跳平稳下来。他吁喘了好一阵，然后又继续赶路。想起马五爷使他心思一下子变坏了，摔在那冻冰的河沟上时，他好像这么转了下脑子：这一辈子的事就要完啦。

夜已深沉，斜倚着沟汊的崖上已经看不见庄户的灯光，这荒山里的小村已经歇息了。

现在离新修的大寺不远了。冰河绕着高高的滩地折头向左，眼前变得空阔起来。主啊——他全身颤抖了一下，他忽然又听见了那个声音。近两年他常常听见这个声音，有时并不是在晚祷的路上，而是在山里，在井台上和炕上的被窝里。主啊——杨三老汉浑身战栗起来。

这是哪里的诵圣呢？他真想一把拉住谁听听。村里的人们都笑他，说他是故意编撰，好显着自己心诚，那些个货就是不信么，他气恼地想，心里觉得愤愤的。后来他不再对村里人讲这个了，他知道这些话不是和他们讲的。有个能听他这些话的人，可是那个人已经殁了，那就是跑得比他快一步的马五爷。趴在开裂的冰河上，他眼见着一粒子弹追上了马五爷的快腿。在穿了两辈子的布絮絮般的烂褂子后背上，一汪子鲜血猛地涌了出来。他知道，马五爷已经走了，这个话已经没有个能听听的人了。

原先家里有两头壮羊。一头黑眼圈白绵羊，一头青花头直犄角的瘦大山羊。那年好像他刚满十二，东面过来的红军正在海原预旺那边打仗。他天天精着沟子撵着两头羊进沟，马五爷那阵怕还不满四十岁，给人看望着一帮黄牛。只要上到后沟的砂石梁上，马五爷就爱惜地脱了裤子披着。或者把裤递给他拿着，自己钻进刺棵子草窝子里去割柴。割下了捆柴回来，大腿小肚划烂得血道横竖，再笑嘻嘻地朝他要裤子穿，他那时猴子般坏，抱着裤满山逃跑，跑着笑着马五爷的精沟子相，最后，少不了还是被身大力强的马五爷捉住，挨他连捏带揪的报复。那时山里更秃更荒，没棵像样的树，也没谁进来下种子收拾庄稼，红砂石的洼缝里长满了苦苦菜。马五爷和他两人赤裸着歪在石头上，顺手撕一把嚼一阵，成年地用那晒蔫的苦苦菜填着肚子。他还是个儿娃子呢，听不来马五爷胡说的那些吓人的花故事。他喜欢仰在石头上架个二郎腿，一边让火烫的太阳晒烤着自己的屁股，一边美美地听马五爷扯着嗓子唱。

三天里没寻上尕妹妹……
阿哥的肉呀，
你把好人想成个病汉。

有一回就是正听着唱时，小小年纪的他突然听见了那个声音。主啊——他看见马五爷已经跳了起来，神情唰地变了。一直好久，马五爷还痴痴地呆立在山梁上，呼呼的山风刮过来，卷着砂粒打在他们身上。

村里人要么笑他编谎，要么笑他有病，可惜马五爷离他去了。人活一世原来只是一口气，那么刚强喜人的马五爷给一枪毁掉，也不过是眨眨眼的事。就像他在冰上滑一跤似的。马五爷冤屈着去了，留下来给他的不过是难熬的余年残月。这些事，谁说得清呢。

他默默地走着，不愿再想马五爷的事。村里人们都不愿意再想那些事啦，上头人撂下一张平反证和几百元命钱，也就去忙别的了。可是，那年月的孬娃娃如今都抱着孙子了，眼看快绝了的后的户，数数又有四五十口子人，洋芋舍了换成麦子，坡地退耕再养牛养羊，这山沟里的人命硬呐。心里还有主的念想，再苦也能寻个安慰。比如马五爷扑倒在河对岸时，血把一蓬蒿子草染泡得红红的。可他知道，像马五爷那么心诚的人不怕那个，马五爷扑在那砂石岸上时，心里一定满是天堂的光亮。杨三老汉穿过一块滩地，朝那片黑暗中的树林子走去，星星又露出来了，周围的山影显出了几条刀砍般的褶皱，在墨蓝的天穹下模糊又鲜明。

这块河滩上的台地比沟水高出一块，像是伸来的山脉在这里拱起的一个坡。今晚上实在太迟啦，他想，等到了寺里人怕都散了。他总是不能每天五次礼拜，庄稼人的事太忙，有时连晚上礼一次都顾不上。想到这个他心里就羞愧得慌。住得又太远，他打量着滩里的黑乎乎的房子，尽力走得快些。

河滩里的庄户盖得紧密，夯实的夯土墙在夜里泛着一层白光。突然间狗儿吠叫起来，远近吠得连成一片。他有些慌了，那个神秘的唤声又轻轻响了起来，轻轻的像一缕游丝。记得在山里和马五爷在一起那次，那声音也是这样飘忽。那次马五爷流着泪，一声胡大一声主地唤了起来。才二十岁的他也嗵地跪下，双膝顶着尖利的砂石。杨三老汉的花白胡须颤抖起来，嗓子头上哽住了。真不该呀，他痛苦地责备着自己，真不该只顾着吃那两碗酸汤面。现在晚礼拜一准已经开始，他来得实在太迟了。他心里一片懊悔。密密的青杨林冷冷地拦着路，使他看不见那一牙熠熠闪光的青铜弯月。

十七岁那年远近的回民都反了。他又丢了人：没有找上一件铁器。月牙斧头、铁锹、叉子，连打场的梿枷都让大人扛上走了。沿河长的都是野杏树棵子，他蹲在杏树丛边上，成天盯着通向外头的大道。可是大道上总是不见人影，父亲和一个亲房的叔殁在泾源河的北面。等国民党的兵寻着转到这里，又杀了母亲和一个瘸腿的兄弟。两个哥都是小时候病毁了的。杨家满门剩下了他一人。那时候河滩里的石头蛋都被雪腻住了，牲口过河都止不住地打滑。他学着乡亲们的样，不落泪，讨着饭走到泾源给亡人上了坟。人的命，有九个苦还有一个福，那时到处都是年轻的寡妇。他上坟回来拾上了一个，顶起门户接着过日子。三十三岁那年又赶上了劫难，饥民们剜着野菜又背上了谋反的名。马五爷和他正在山里剥榆皮呢，有人扛着钢枪来捆他们。马五爷推着搡着不叫捆，人家端起钢枪来。马五爷抄起斧子，把那条端枪的手臂剁了下来，转身就朝山外跑。马五爷在前面跑，他在后面紧紧跟。跑过结了冻的河沟汊时，他滑得摔翻在河当中，榆树皮撒了一冰面。

马五爷命定的日子是那一天，血淌在砂土地上的蒿子草丛里。他那时随马五爷学得心硬气强，一声不吭地拾那冰上的榆树皮皮，在这片山沟里长大成人，那种时候他总是心硬得赛铁。那种时候人得较着一口气，不像如今，太平日子白面馍馍，人过得没出息了。有时还莫名其妙的鼻子酸。有一回独个一人在山上刨洋芋，饿了挖个山洼洼，浇红了石头渣子煨洋芋吃。吃着吃着，日鬼的不知怎么落下两颗沉沉的泪来，弄得他又烦又奇怪。

马五爷给枪打毁以后，他给判了个管制分子。那时节正闹饥荒，没有饿毁的人一天到晚寻榆树皮，剜苦苦菜。万物最数野杏树的叶子难吃，可他慢慢地捋光了。他咬咬牙，舍了女人娃娃逃到青海。青海那地方穷人蹲得住，渠水清哗哗的。他寻了口破寒窑一蹲几年。心里冤屈，火气更盛。没想到天气凉伤坏了腰腿。从青海回来他就只能慢吞吞地走路了，一年年地就到了如今。

村里有人耍着说，准是在青海浪得美，把身子骨伤下了，说得他心里不舒坦。几年逃难拿回来三十个元，那三十个元只有胡大知道攒得多难心。那眼漏风的破窑里没有灯盏，一夜夜地，心里就剩下个真主能唤上一唤。人受着那样的屈苦，若是心里没有一个念想，谁能熬得住呢。

杨三老汉还是看不见那闪闪的弯月亮，只见几株粗壮的杨树梢头刺向黑夜，树皮上涂着一抹青光。他使劲迈大步子，想早一点看见那个漂亮的青铜月牙。在青海蹲的时候，夜里铺盖只有一堆烂草。寺里的阿訇夸奖他说，在青海那几年他的心一下子坚了。盖着那堆草，他满怀着诚恳和希望诵圣赞主，日子慢慢地不那么难过了，心也不那么屈得憋堵了。他总是想着三间土坯屋顶上，插在野草里的那个残缺的铁月亮，有时竟一直静静地想到天明。从青海回来那天夜里他就急着去了，在长满杂草的大殿里一直跪到金星升起来。

记得那天透过坍塌的顶棚，他看见了那个锈斑累累、残了一块的镰月。那牙铁月亮漆黑地立在上面，沉重而神圣。

穿过树林子以后，空旷的夜空和巨大的山影又露了出来，山峦的暗影依然呈着一种暗红，在墨一般深邃的天幕前面沉默着。是血浸的，杨三老汉想，这砂石山是给血浸红的。从清朝数下来，已经数不清了，沟里人的血就那么一腔一腔地顺着沟沟壑壑，浇在这片荒山野岭上啦。他扶着腰，小声地喘着，想起那天在寺门口和黄头发洋女人胡扯的话。洋女子说，她觉得这沟里的人有点奇怪，可是她又很喜欢这些人。杨三老汉半天没答上话，但心里想，若是这女子听说了这沟里的故事，她能信是真话么。

狗叫声不知什么时候又消失了。今天的礼拜耽误啦，杨三老汉感到心里有些苍凉。从家里出来时，他以为走快点不会误事，没想到今晚上腰腿疼得这么厉害。此刻像是夜深了，黑暗水一样弥漫着，轻摇着熟睡的山沟。

都睡沉啦，他想道，寺里一准已经念完了晚祷。不能少吃碗酸汤面么？如果换了马五爷——永别再念叨马五爷吧，想起亡人心里更愧。他责怪着自己，心里渐渐充满了痛苦。

自从退耕养草的令一传下来，他知道，自己心里就单想着寻个乳牛娃。寻一个乳牛娃贵得吓人，听说要二百几十个元，你就记着那二百几十个元啦，心再没有个诚味儿。想到这里他害怕了，因为这条沟里瘟牛疯羊的事他见得多了。都是因为心不诚的缘故。等你花净了那二百几十个元，牛娃子牵进门许就烂鼻子烂眼呢！他恶狠狠地咒着自己，踉踉跄跄地走着。慢慢地，心里觉得平静了一点。

这一带的穷山里，人活得不像人样。日子是亡人舍下的一半，心是碎了一半的心。连寺上的弯月也缺着一块。可是，又万般平静。难怪那管林草的洋人女子觉得奇怪，杨三老汉想，确实是奇怪呐。若是这里的人出了外，坐火车，进京城，或者像那洋女人一样跑到外国外邦——外面的人能一眼看出这些人的门道来么？就算是告诉人家自己进寺礼拜，不是一个教门，人家就能明白么？

杨三老汉深深地叹了口气，摇了摇头，扶住路边一株树。岁数大了，剩下的岁月不多了，所以便得算计这些道理。老了老了钻了牛角尖，他嘲笑了自己一句，接着往前走。

就在这里，对面慢慢升起来一座黑黑的山影，夜幕后面那座堂皇的大寺浮现出来了。

杨三老汉感动得站住了。想了想，他又慢慢地坐了下来，出神地望着正对他的那安详的大寺。

漆黑的天上已经看不见那几粒小星，暗红的山影还在左右耸峙。夜幕遮着一切，黑暗中清真寺的拱顶微显着浑圆的曲线。贴瓷的正墙只是浮着一层光滑的感觉，他甚至好久才从蓝黑色的天空里找到那支肃穆的弯月。可是他还是觉得眼前的大寺清洁似水，在均匀的夜色中，棱角清晰而端庄。他觉得这大寺和背后默立的山峦，还有渺茫的冬夜的怀抱都在醒着，一块体验着单纯而神圣的时刻。

老汉悄悄地坐在地上，乏累的腰靠着那株树。他知道晚祷早就开始了，他不能再闯进去。去年沟里盖这座寺时，他卖了家里的鸡，凑了一手扶拖斗砖瓦。

小时在山上拦羊的时候，有一回到了马五爷家亡人的忌日。马五爷和他寻见一只跳着的嘎拉鸡子，想给亡人过一过日子。可是那不会飞的嘎拉鸡子蹦得可欢，顺着秃秃的红砂石山脊，直直地逃进了荒凉的深山，后来那鸡没了踪影，剩下老少两人，听着呼呼的风响，痴痴地盯着山上的红石碴子，按理说那嘎拉鸡逃不了，不会飞么。几天他都怕跟马五爷搭话，那时他年纪虽小，也觉得马五爷真是个前世的罪人。

不管怎样，杨三老汉想道，如今日子好过啦，揭开锅是麦子蒸的馍。您老人家就闭上眼上您的路吧，那一小车砖瓦里算着您老的一份呢，他心里安慰着屈着走了的马五爷。那是自己喂大的家鸡，比瞎扑腾的嘎拉鸡子强得多呢。他又想到父亲、母亲和瘸腿的兄弟，他们都为着那三间破屋和那缺了一块的铁月牙毁了命。走吧，走你们的路吧，他暗暗唤道，如今的寺是绿瓷砖、铜月亮，国民党也喂鱼去啦。他独自想着，念着，不觉得眼里又落下两颗泪水。

那外国的洋女子刚看见这座寺的时候，大惊小怪得又喊又叫，摸了瓷砖摸大门，后来就远远地盯着那支铜月亮。那天刚刚散了礼拜，寺门口挤满了人。若不是一个公家的眼镜人揪住了他，杨三老汉怎么也不敢和那个洋女子乱扯的，眼镜人说："布朗小姐说，这座寺使她激动。她问，为什么你们有这样的诚心呢？"那洋女子真吓人，一把捉住他的手不放。他使劲地抽着手，臊得站立不是。后来总算回过去一句："丫头，慢慢地你就明白了啦，人得有个念想。"眼镜人比画着与洋女子说了好一阵，又来问他："念想，就是希望吗？"他觉得不太对，又回道："说不清，这个念想，人可是能为了它舍命呐。"

现在想起来，那拨浪小姐惊奇得有理，她管着退耕种草的事呢，天天盘算着退耕一亩山地她掏多少支援。她知道这沟里长多少粮食，能换多少钱，知道这沟里的穷汉修这么漂亮的寺有多不易。不过，自己那回话也还行，等她有了儿孙，经得多了，也许再有些三磨两难，心也缺上一块，她或许也能明白：人活着还是得有个珍珍贵贵的念想。

这时，那座暗夜中的大寺突然敞开了一扇门。一块方方的灿烂耀眼的灯光一下子涌了出来，深沉的黑夜无声地打开了一个辉煌的入口。黄黄的温暖柔和的灯火在那扇方方的门里满盛洋溢，把那茫茫的黑夜点缀得活泼可亲了。门外光芒洒上台阶，门里灯火里人影摇曳。一直深埋在冬夜里的贫瘠山峦浮了出来，暗红色的山体雄壮而悲凉，山腰里沟棱鲜明，积雪斑斑，小心地环绕着中间的夜寺。

杨三老汉吃惊地张大了嘴，目不转睛地看着这陌生的景色。这时那大门又敞开了一扇，明亮欲流的黄色灯光随着一涌而出，使整座大寺都在背后现出了棱角，瓷装的墙面闪烁着光点，浑圆的尖塔高高举着镰月。

杨三老汉紧紧地抓住了身旁的树，树叶子在他头上颤抖着簌簌摇动。他意识到自己余生的日子不会太久了，他没有想到自己此生还能看到如此辉煌的景色。从他十二岁那年心中第一次有了那个念想，第一次跪在山上尖利的石头上以来，他一直盼着的是什么呢？是眼前这灿烂的夜寺吗？他费力地想着。不知怎么心里觉得一片沉静。

他望望四周，苍莽的山沟仍在缄默不语。河沟的冰在远处环绕，犁沟翻起的土壤又重又厚，黑暗中的村庄还在沉沉酣睡，为明天的辛苦积攒着力气。他久久地坐在那里，望着那神秘的夜寺，一直坐到深夜。

1985 年 2 月

选自《张承志回族题材小说选》

青海人民出版社 1993 年版

作家的话 ◈

如果艺术也是一种宗教，也许它首先应该拒绝那些肮脏而不信神的异教徒。应当忍受一种扭曲，应当坚定地转弯，应当以拒绝为外壳，应当经过形式。必须强调中介、解读和翻译，必须变形带上一层硬壳。要相信神秘的感受会奇异地升起，如果对方腔子里长着湿润的人心。要信仰艺术的本质。

《语言憧憬》

真正的美常常只在底层民众的生存中，我感谢生活给了我机会和能力去感受这种美，庆幸自己生在一个深藏着美的国度。青年时代，草原给了我美的启蒙，那时我并不知道，美已经连同一种淳朴的自由意识进入了我的血脉。后来，以新疆为中心的中亚之美用它的天然浪漫彻底粉碎了中庸之道在我心中的价值，使我一辈子无法与之妥协。……如果说作家是一种职业的话，它是一种危险的职业。崇拜美的极至，这样的人生，不是闲适、淡泊，而是危险的生命。

《美则生，失美则死》

评论家的话 ◈

崇尚信仰是张承志的人生追求，在世俗信仰失去应有的稳靠感和信任度时，他看到了伊斯兰教信仰的强大力量，也正是这种信仰的力量的吸引，使他放弃了对世俗权威的忠诚而倾心于宗教，实现了他信仰的转变。

"让世人因无信仰而生，我宁愿有信仰而死"，"在中国，只有在现世里绝望的人，只有饥寒交迫的人，才能追求和信仰"。张承志把信仰的归属划定得如此绝对与他坚持的民间立场是分不开的。

信仰是度世的希望，是救苦救难的良方，信仰是人生存价值的依托。《残月》中的杨三老汉，生活在贫瘠荒凉的西海固山沟里，这里到处都是"粗砬砬的穷山恶水""人活得不像人样。日子是亡人舍下的一半，心是碎了一半的心。连寺上弯月也缺着一块"，在"那眼漏风的破窑里没有灯盏，一夜夜地，心里就剩下个真主能唤上一唤。人受着那样的屈苦，若是心里没有一个念想，谁能熬得住呢"。杨三老汉在这种极端艰苦的生存环境中，拖着病体虔诚地祈祷和敬主，只靠心里呼唤"真主"来打发那一个个漫漫长夜，他心里"有个珍珍贵贵的念想"，有了这个"念想"，"日子慢慢地不那么难过了，心也不那么屈得憋堵了"。其实，这里的"念想"就是对真主的信仰，是真主陪他度过一个个贫穷、灾难、绝望的人生关口，也是真主使他有勇气和力量送着自己的"余年残月"。那个在"三间土坯屋顶上"的"残缺的铁月亮"就是真主的象征，就是信仰的一种物化表征，就是他力量的源泉与生命的寄托。每当他感到内心凄惶时，就望着灿烂的夜寺，望着夜色下的一弯镰月，他所有的人生浮动就都归于"沉静"。因为有了信仰，"残月"充满美感，"夜寺"显得灿烂。这是一种超越世俗的审美理想，将精神的东西提到了价值的本位，使其具有终极的意义。

何清：《张承志：残月下的孤旅》

残　雪

山上的小屋

　　残雪，原籍湖南耒阳，1953 年生于长沙。小学毕业后即辍学，四年后进工厂当了十年铣工。后退职在家，以缝纫为业。1985 年发表第一篇作品。出版有中短篇小说集《天堂里的对话》《黄泥街》，长篇小说《突围表演》等。其创作致力于现代寓言式小说的构建，善于以非理性、非逻辑的梦呓、谵语，造成神秘的整体氛围，揭示人类生存的荒诞性和现实的卑俗人生，许多方面可以见出卡夫卡等西方现代派作家的影响。

在我家屋后的荒山上，有一座木板搭起来的小屋。

我每天都在家中清理抽屉。当我不清理抽屉的时候，我坐在围椅里，把双手平放在膝头上，听见呼啸声。是北风在凶猛地抽打小屋杉木皮搭成的屋顶，狼的嗥叫在山谷里回荡。

"抽屉永生永世也清理不好，哼。"妈妈说，朝我做出一个虚伪的笑容。

"所有的人的耳朵都出了毛病。"我憋着一口气说下去，"月光下，有那么多的小偷在我们这栋房子周围徘徊。我打开灯，看见窗子上被人用手指捅出数不清的洞眼。隔壁房里，你和父亲的鼾声格外沉重，震得瓶瓶罐罐在碗柜里跳跃起来。我蹬了一脚床板，侧转肿大的头，听见那个被反锁在小屋里的人暴怒地撞着木板门，声音一直持续到天亮。"

"每次你来我房里找东西，总把我吓得直哆嗦。"妈妈小心翼翼地盯着我，向门边退去，我看见她一边脸上的肉在可笑地惊跳。

有一天，我决定到山上去看个究竟。风一停我就上山，我爬了好久，太阳刺得我头昏眼花，每一块石子都闪动着白色的小火苗。我咳着嗽，在山上辗转。我眉毛上冒出的盐汗滴到眼睛里，我什么也看不见，什么也听不见。我回家时在房门外站了一会，看见镜子里那个人鞋上沾满了湿泥巴，眼圈周围浮着两大团紫晕。

"这是一种病。"听见家人们在黑咕隆咚的地方窃笑。

等我的眼睛适应了屋内的黑暗时，他们已经躲起来了——他们一边笑一边躲。我发现他们趁我不在的时候把我的抽屉翻得乱七八糟，几只死蛾子、死蜻蜓全扔到了地上，他们很清楚那是我心爱的东西。

"他们帮你重新清理了抽屉，你不在的时候。"小妹告诉我，目光直勾勾的，左边的那只眼变成了绿色。

"我听见了狼嗥，"我故意吓唬她，"狼群在外面绕着房子奔来奔去，还把头从门缝里挤进来，天一黑就有这些事。你在睡梦中那么害怕，脚心直出冷汗。这屋里的人睡着了脚心都出冷汗。你看看被子有多么潮就知道了。"

我心里很乱，因为抽屉里的一些东西遗失了。母亲假装什么也不知道，垂着眼。但是她正恶狠狠地盯着我的后脑勺，我感觉得出来。每次她盯着我的后脑勺，我头皮上被她盯的那块地方就发麻，而且肿起来。我知道他们把我的一盒围棋埋在后面的水井边上了，他们已经这样做过无数次，每次都被我在半夜里挖了出来。我挖的时候，他们打开灯，从窗口探出头来。他们对于我的反抗不动声色。

吃饭的时候我对他们说："在山上，有一座小屋。"

他们全都埋着头稀里呼噜地喝汤，大概谁也没听到我的话。

"许多大老鼠在风中狂奔。"我提高了嗓音，放下筷子，"山上的砂石轰隆隆地朝我们屋后的墙倒下来，你们全吓得脚心直出冷汗，你们记不记得？只要看一看被子就知道。天一晴，你们就晒被子，外面的绳子上总被你们晒满了被子。"

父亲用一只眼迅速地盯了我一下，我感觉到那是一只熟悉的狼眼。我恍然大悟。原来父亲每天夜里变为狼群中的一只，绕着这栋房子奔跑，发出凄厉的嗥叫。

"到处都是白色在晃动，"我用一只手抠住母亲的肩头摇晃着，"所有的都那么扎眼，搞得眼泪直流。你什么印象也得不到。但是我一回到屋里，坐在围椅里面，把双手平放在膝头上，就清清楚楚地看见了杉木皮搭成的屋顶。那形象隔得十分近，你一定也看到过，实际上，我们家里的人全看到过。的确有一个人蹲在那里面，他的眼眶下也有两大团紫晕，那是熬夜的结果。"

"每次你在井边挖得那块麻石响，我和你妈就被悬到了半空，我们簌簌发抖，用赤脚蹬来蹬去，踩不到地面。"父亲避开我的目光，把脸向窗口转过去。窗玻璃上沾着密密麻麻的蝇屎。"那井底，有我掉下的一把剪刀。我在梦里暗暗下定决心，要把它打捞上来。一醒来，我总发现自己搞错了，原来并不曾掉下什么剪刀，你母亲断言我是搞错了。我不死心，下一次又记起它。我躺着，会忽然觉得很遗憾，因为剪刀沉在井底生锈，我为什么不去打捞。我为这件事苦恼了几十年，脸上的皱纹如刀刻的一般。终于有一回，我到了井边，试着放下吊桶去，绳子又重又滑，我的手一软，木桶发出轰隆一声巨响，散落在井中。我奔回屋里，朝镜子里一瞥，左边的鬓发全白了。"

"北风真凶，"我缩头缩脑，脸上紫一块蓝一块，"我的胃里面结出了小小的冰块。我坐在围椅里的时候，听见它们叮叮当当响个不停。"

我一直想把抽屉清理好，但妈妈老在暗中与我作对。她在隔壁房里走来走去，弄得踏踏地响，使我胡思乱想。我想忘记那脚步，于是打开一副扑克，口中念着："一二三四五……"脚步却忽然停下了，母亲从门边伸进来墨绿色的小脸，嗡嗡地说话："我做了一个很下流的梦，到现在背上还流冷汗。"

"还有脚板心，"我补充说，"大家的脚板心都出冷汗。昨天你又晒了被子。这种事，很平常。"

小妹偷偷跑来告诉我，母亲一直在打主意要弄断我的胳膊，因为我开关抽屉的声音使她发狂，她一听到那声音就痛苦得将脑袋浸在冷水里，直泡得患上重伤风。

"这样的事，可不是偶然的。"小妹的目光永远是直勾勾的，刺得我脖子上长出红色的小疹子来。"比如说父亲吧，我听他说那把剪刀，怕说了有二十年了？不管什么事，都是由来已久的。"

我在抽屉侧面打上油，轻轻地开关，做到毫无声响。我这样试验了好多天，隔壁的脚步没响，她被我蒙蔽了。可见许多事都是可以蒙混过去的，只要你稍微小心一点儿。我很兴奋，起劲地干起通宵来，抽屉眼看就要清理干净一点儿，但是灯泡忽然坏了，母亲在隔壁房里冷笑。

"被你房里的光亮刺激着，我的血管里发出怦怦的响声，像是在打鼓。你看看这里，"她指着自己的太阳穴，那里爬着一条圆鼓鼓的蚯蚓，"我倒宁愿是坏血症。整天有东西在体内捣鼓，这里那里弄得响，这滋味，你没尝过。为了这样的毛病，你父亲动过自杀的念头。"她伸出一只胖手搭在我的肩上，那只手像被冰镇过一样冷，不停地滴下水来。

有一个人在井边捣鬼。我听见他反复不停地将吊桶放下去，在井壁上碰出轰隆隆的响声。天明的时候，他咚的一声扔下木桶，跑掉了。我打开隔壁的房门，看见父亲正在昏睡，一只暴出青筋的手难受地抠紧了床沿，在梦中发出惨烈的呻吟。母亲披头散发，手持一把笤帚在地上扑来扑去。她告诉我，在天明的那一瞬间，一大群天牛从窗口飞进来，撞在墙上，落得满地皆是。她起床来收拾，把脚伸进拖鞋，脚趾被藏在拖鞋里的天牛咬了一口，整条腿肿得像根铅柱。

"他，"母亲指了指昏睡的父亲，"梦见被咬的是他自己呢。"

"在山上的小屋里，也有一个人正在呻吟。黑风里夹带着一些山葡萄的叶子。"

"你听到了没有？"母亲在半明半暗里将耳朵聚精会神地贴在地板上，"这些个东西，在地板上摔得痛昏了过去。它们是在天明那一瞬间闯进来的。"

那一天，我的确又上了山，我记得十分清楚。起先我坐在藤椅里，把双手平放在膝头上，然后我打开门，走进白光里面去。我爬上山，满眼都是白石子的火焰，没有山葡萄，也没有小屋。

选自《人民文学》1985 年第 3 期

作家的话 ◈

在这一切后面，支撑我的情绪奋起的，是那美丽的南方的夏天，是南方的骄阳，那热烈明朗的意境。在少女时代，我曾无数次光着头、赤着脚，长时间地在烈日下行走，充满了欢欣，和那种漫无边际的遐想。

我敢说在我的作品里，通篇充满了光明的照射，这是字里行间处处透出来的。我再强调一句，激起我的创造的，是美丽的南方的骄阳。正因为心中有光明，黑暗才成其为黑暗，正因为有天堂，才会有对地狱的刻骨体验，正因为充满了博爱，人才能在艺术的境界里超脱、升华。只有庸人和浅薄的人才看不到这一点。

《美丽南方之夏日》

评论家的话 ◈

残雪的作品独放着异彩。这并不是因为她的作品里写有一两件特别奇怪的事，而恰好是因为那里面连一件"平凡的事"都没有写。当然，本质上"平凡的事"本来就不存在。存在的，只有"平凡的解释"而已。那么，在残雪的世界里彻底缺少的，可以说是：一方面令人厌烦，一方面又使人放心的，关于世界的那种平凡的用意，平凡的解释。

使读者受到冲击而战栗起来的，并不是她小说里出现的这一幅或那一幅图案，而是使那图案不断地得以成立的，那画布的部分。如果，人一般并不直接住在叫作"世界"的现象里，而只有住在其通俗的解释里，才能感觉到安心的话，那么，在残雪的小说里彻底缺少的，就是这种安居之地。她丧失了叫作"世俗"的眼罩或容缓地带，直接面临"空空荡荡的世界"，迎着"孤独的风"而站着。形成她作品世界里那种难于描绘的气氛的，就是这"空荡"。

〔日本〕近藤直子：《有"贼"的风景》

残雪的作品在意象和感觉中而不是在情节和文字的描述中发生作用。在她的故事以片断出现的同时，残雪引导着她的角色们经历了发现他们的潜在整体性的过程。这个象征的过程就是作为一个整体的残雪的故事……

一个人想要分析残雪的小说正如一个人想要分析抒情诗。没有通常的情节结构的框架，她的写作集中在抒情发展和神秘引喻上，而不是集中在肉体的行为和正式的对话上。……

正因为在她的自传体和其他故事之间想象和情境明显地并存，残雪的创作才能在一个特殊的历史过程中得到解释。就选择性地读到的她的短篇来说，那是一种叛逆的表达反对着文化规范的限制，她的创作作为一个整体的自由的非逻辑的主观本质甚至比那些特别的意象和内在的主题包含着更多的东西，它是一种反抗的极端的陈述。

〔美国〕林白芷：《一个抒情表达的整体

——残雪短篇阐释》

刘庆邦
走窑汉 ◈

　　刘庆邦，1951 年生于河南沈丘。1967 年初中毕业后，当过农民和矿工，后任《中国煤矿文艺》主编。1978 年开始发表小说，著有长篇小说《断层》及中短篇小说《心疼初恋》《走窑汉》等。

班前，矿工们在布满煤尘的更衣室里换衣服，没人说话，空气沉闷。他们下井之前老是这样。等走出井口才互相骂骂。

"当啷"一声脆响，一把刀子落在地上。众人看去，这是一把中间带槽的尖刀，两面磨刃，刀苗子窄而长，在微弱的灯光下闪着凛凛的寒光。有人一眼看出来，这把刀和几年前看见过的那把刀一模一样，连刀柄都是用血红色的炮线缠就的。

不用说，刀子是从马海州身上跌落的。这位大骨架的汉子正不紧不慢地脱着上身衣服，脸上的表情和往常一样平静，那高眉骨下深藏的眼睛微微塌朦着，谁也不看，刀子也不马上捡起来，任它在地上横躺着。

人们的目光很快集中在副队长张清身上。他已脱光了干净衣服，正弯腰从破木箱里取工作衣，青白的臀部在马海州身旁撅着。当张清从两腿之间看见那把钢刀落在他脚下，认出刀子和几年前刺进他胸膛的那把一样时，眼前一黑，差点一头栽倒在地上。但他猛地车转身："你，干什么！"

"没什么。"马海州把刀子捡在手里，慢慢握紧刀柄——

空气一下紧张起来。屋里所有的人都张大了嘴巴，一个年轻矿工脸色发黄，目不转睛地看着马海州，即将发生的事吓得他直抖。

马海州把刀子往空中轻轻抛了一下，伸手接住，竖在脸前，"嘶"地吹一口刀锋："我的，宰狗用的。"

"少来这一套，量你也不敢！"

说完这句口气很硬的话，张清突然哆嗦起来，他咬了一下牙床镇定自己："妈的，天……真冷。"

"张书记，"马海州还使用他入狱前对张清的称呼，"多心了吧。"

"我再给你说一遍，我不是书记了，连党员也不是，你不要再喊我书记。"

"哪能呢！张书记。"

换好衣服，该开班前会了，门外来了一个女人找马海州。这个女人穿着黑棉袄，黑棉裤，黑棉鞋，头上顶着黑毛巾，一身农村老太太打扮，可是，那张苍白、清秀的小脸儿说明，她还很年轻，不过二十多岁。她站在门外，低眉顺眼，想进来又不敢，从衣裳襟下掏出一个饭盒递进去。饭盒里是精粉面包的薄皮小饺儿，一打开饭盒，白色的热气呼地升起来。

有人跟马海州开玩笑，说他老婆对他不错。马海州冷笑笑，命老婆进去。眼角斜了斜张清。张清正低头抽烟。

年轻女人进来了，一转身脸朝外，倚在门外，看自己的脚尖，看罢脚尖看门外。门外下起了大雪，雪片子上下翻飞。

马海州胡乱吃几个饺子，就把饭盒盖上，放在一边，拿出一盒尚未开封的过滤嘴香烟，对老婆说："小蛾，给师傅们散。"

小蛾把烟一一送到众人面前，唯独没给张清。

"为啥不给张书记？"马海州问。

"不要不要，我有，吸着哩。"张清说。

小蛾看看男人，站着没动。

"听见没有？"马海州提高了嗓门，"为啥不给张书记，他不是要给你迁户口吗！"

小蛾眼里马上涌出了泪水。但她很快擦干,一把揪掉头上的黑毛巾,往张清面前走去:"张书记,吸烟。"

张清刚要接,她一低手,把烟扔在地上,白白的烟卷立时滚上一层煤尘。

张清不开班前会了,站起来,左右裹了裹衣服,先自走向井口。

马海州紧紧跟在他身后。

马海州干活是没说的。几年的监禁生活,他那高超的采煤手艺不但没有生疏,恰恰相反,他所在的劳改场所也是一座煤矿,只不过是用高墙、电网、枪和狗围起来画地为牢罢了。如果眼下这座煤矿曾使他当过胸佩红花的青年突击手的话,那么,电网内的煤矿却把他造就成一架采煤的机器。他一到工作面,就扒掉上衣,露出马熊一样宽阔的脊背,拼命和煤壁过不去。这个班所有的工人都愿意和马海州一个场子干活。而马海州只想在张清身边干,弄得张清每个班都转换几个地方。在这熄灭矿灯就漆黑一团的井下,一双恶狠狠的目光老盯着他,他不能不防备。打马海州突然提前释放(一个偶然的机会,他救出过一个掉进冰窟窿的儿童)回来,并坚决要求回这个队,他就感到一种潜在的危险,时时威胁着他的生命。他开始做噩梦,时常半夜里惊醒。为此,他要求调换一个班,可第二天,马海州就到这个班来了。

马海州那一天到晚紧闭的嘴巴,那神情中严肃的宁静和目光里流露出的不可侵犯的威严,使队里每一个领导都不敢跟他打岔。取代张清的那位党支部书记每次开会都表扬他,并准备让他当失足青年转变的典型,马海州用一个简单而有力的手势拒绝了。

班中休息时,马海州拖着一把尖镐出来了。别的矿工各自找地方坐下，躺下，只有两个人还在游动，似乎找不到合适的落脚处。一个是身影高大的马海州，另一个是张清。张清刚要找一个地方休息一会儿，马海州就一晃一晃过来了，几次都是这样，简直像甩不掉的影子。张清极度烦躁不安，他借一个事情到调车场去了。

马海州瞅着那盏跳荡的灯光在巷道尽头消失，才离开人群，单独找一个地方坐下。他熄灭矿灯，黑暗中摸到一块坚硬的煤，在手里一点一点捻碎。

那边的人见马海州不在跟前，开始讲女人。

他们每个人都装有一肚子关于女人的故事，而且津津乐道。矿工们常年在沉闷、阴暗的坑道里劳作，对于他们来说，最值得珍爱的莫过于女人，而最最可恨的是，当他们在地底下挥洒汗水时，人家在地面勾引他们的老婆，说实在的，谁都有这个担心。因此，他们对这方面的事情特别敏感，特别关注。哪个灯房姑娘品行不端，谁家老婆偷汉，某干部是玩弄女性的老手，镇上那个"白母猪"最近涨价了，等等，每天都有新鲜的话题，而且谈起来兴高采烈，一阵阵发笑。

一记猛烈的金属撞击声，使他们的说笑戛然而止。有人听出来，这是尖利的镐头劈在溜子槽上发出的声响，并很快作出判断，这是那个沉默寡言的人干的，用意不言自明。于是，巷道里静下来了，静得能听见各自的心跳，谁也不再提及女人二字。

如果说这是工友们出于一种对马海州的惧怕心理，也不完全对。不错，他虽然识字很少，但头脑清晰，遇事有独到见解，吐口唾沫一个坑，有一种使人服从的威力。可是，他对每一个工人弟兄都很温和，劳改释放回来更是如此，连一句重话都不说，生怕伤了谁。

一次，一个叫小四的矿工，家里失火，烧得只剩下一口水缸。老婆带着孩子来了，哭哭啼啼，要求矿上救济。救济款还没批下来，马海州来了，一把甩给小四二百块钱。小四不要。马海州说："怎么，看不起我？"

小四愣了一下："马哥，我给你磕头！"他正要下跪，马海州转身走了。

钱，是小蛾从家里带来的。出了那件见不得人的事以后，小蛾本想一死了之，但是，马海州在被戴上手铐、抓进囚车时，大声对藏在一棵树后哭泣的她喊："田小蛾，不许你死！……"

小蛾受的羞辱还用说吗！回到家里，她仿佛成了一只妖魔鬼怪，连三岁的孩子都朝她投瓦块。大年初一，她日上三竿才起床开门，却发现门鼻上挂着一只烂帮漏底的布鞋。她关起门来把布鞋烧了，第二天又被人挂上一只……凡此种种，小蛾都默默地忍受下来了，她耳边时时回响起丈夫在囚车腾起的烟尘中抛过来的那句话。一年四季，风雪雨霜，她向自己的那一份责任田里洒着汗水，一季又一季收获着庄稼。土地不嫌弃她，不辜负她，她打的粮食并不比别人少，然而，人们斜眼看见，这个女人身上的补丁越来越多，人也越来越瘦弱了。

当她接到男人的电报匆匆赶来矿山时，给马海州带来一个砖块似的布包，打开来看，里边全是大大小小的票子。可是，马海州并不稀罕，他冷冷地看了小蛾半天，说："我以为你早不在人世了呢。"

小蛾的嘴角抽搐着，抽搐着，说："我现在就……去……死！"说罢，咬着下唇，一摆头就往外跑。

马海州一下抱住了她，抱得紧紧的。小两口都哭了，泪水滚滚而下。

接下去，人们在井口、电影院、自由市场等地方，时不时地看见这个浑身皂衣的女人。而这个修女似的女人不论到哪里，必定有马海州陪伴。他俩相依相傍，十分亲热，像是要补偿失去的生活，再也不愿分离。

细心的人们还发现，凡是这小两口踪迹所至之处，不远的地方必定还有一个张清。换句话说，张清走到哪里，他俩就出现在哪里。

有人跟张清开玩笑："哎，你这两个保镖不错呀，够忠于你的。"

张清的脸黑了："哼，白看看吧，敢动我一根毫毛试试！"

下班了，工人们急着洗热水澡，三下两下扯光衣服，吸哈着，踮着脚尖，猴子似的往热气腾腾的澡堂里钻。张清出了井口，一闪身躲进调度室去了。每天，那个讨厌的家伙，老是和他在一个池子里洗澡，老是瞅他身上那块地方，他简直烦透了。今天，他要等别人都洗完再进去。

张清走进澡堂时，几乎没人了，黑乎乎的水面上漂浮着缕缕白气，水也不大热了。他左右看看，确认那个人早就走了，才慢慢下进池子里，把整个身子淹到脖子处。靠池边闭上眼睛，长长出了一口气。

忽听有人重重地下水，张清不由得心里一惊，凭感觉，他知道又是那个姓马的，他妈的，太可恶了。尽管他闭着眼睛，仍"看见"了马海州那张开的鼻孔，河马一样的下颌，和深藏在眉骨下面充满敌意的目光。他决计不睁开眼，也坐着不动。

水池里静下来了，连水的波动也感觉不到，怎么回事？张清睁开一点眼缝，看见马海州也像他一样的对面靠着。他心里十分焦躁，恨不得扑过去扼死他。可他明白，自己绝不是马海州的对手。

管澡堂的老工人催他们："哎，该放水了，还泡球哩，再泡就软了！"

张清说："你咋呼啥，老子今天不走了！"

老工人笑了："是张队长呀，我听说人家要做你的活儿，你小子没多少蹦跶了。"

张清站起来，拍了一下胸脯："姓张的拔根汗毛，竖根旗杆，想打我的黑枪，没那么容易！"他瞥了一眼马海州。

马海州也站起来了，水中煤尘的沉淀使他的汗毛变得又粗又长，他漫不经心地擦着，两眼直视张清左胸，那里有一块伤疤。

伤疤又开始痉挛地抽动。那可怕的一幕在张清脑子里重新晃过之后，他不由地打一个寒战，伤疤下面也隐隐作疼。他转过身去。可是，马海州很快又站在他面前了，两眼直直地盯着那块伤疤，像是在欣赏他所创作的一幅杰作。

张清不洗了，他咬着牙，把拳头握起来晃着，做出一种类似疯狂的举动。

马海州也不洗了，他嘴角露出一丝不易察觉的微笑。

门外，正下着雪，一片灰蒙蒙的。张清走出更衣室，见门口立着一团黑影，黑影说：

"张书记……"

"见鬼！"张清逃也似的走了。

马海州喊："小蛾，过来！"

张清身后马上响起宽厚的嘴巴嘬在脸蛋上的啵啵声。

回到家里，小蛾给男人端菜斟酒。男人低头喝起来，她坐床沿往外看着。天黑了，窗外一片清冷的雪光。

这是单身职工宿舍楼四楼的一间屋，门上装的是暗锁，他们的蜜月就是在这间屋度过的。当时，他们幸福得差不多每天都要落泪。是呀，全队的工人谁不夸马海州的小女人长得漂亮，粗腿，胖手，细腰，白脸儿，特别是那一双眼睛，纯洁清澈，露出孩子般的稚气和娇憨，令马海州爱不释手。那些天，不到临下井的前一刻，马海州决不离开妻子，匆匆离去，往往半道上又匆匆返回，推推门看是否真的锁上了，在他下井干活时，不许小蛾出屋，无论谁叫门也不许开，可是，尽管如此，还是出了那件马海州一想起来就心如刀绞的事。出事那天，他们的蜜月刚刚度过半个。

如今，他们又住进了这间屋子。现任党支部书记出于好心，打算给他另调一间屋，以免引起不愉快的回忆。马海州平静地说："这样吧，如果队里住房有困难，我们就睡在这间屋门口的楼道里……"

酒饭一毕，马海州仰在床上，两眼直愣愣地瞅了一阵屋顶，又让小蛾讲那件事的经过。

那件事的始末小蛾已经复述过不知多少遍了。可马海州还让她讲，而且越问越细，连当时那个坏蛋的两只手各放在什么部位都问到了。小蛾不敢不讲。无非是那个狗日的（小蛾语）怎样拿薄铁片捅开了暗锁，怎样谎称马海州把钥匙交给了他，还说每个工人的老婆来了都要做贡献，谁的贡献大就给谁迁户口，等等。

小蛾讲完，马海州大发脾气，质问小蛾："谁让你讲这些的!"……于是，两口子就哭，哭罢就疯狂地亲热，尔后，小屋陷入了沉寂的深井。

可是，过不了多大会儿，两口子就衣着整齐地出来了，像是去走亲戚。他们双双来到二楼张清门口，粗的声音："张书记!"

细的声音："张书记!"

他俩一递一句喊着，节奏把握得很好，显得不急不躁，彬彬有礼。

屋里一点动静也没有。

楼后有人说话："张队长，哎、哎，慢点，怎么从这儿下来啦? 地震啦?"

没人答话。

张清找到矿长，提出回家探亲一个月。矿长不准。他跟矿长发火，无用。

第二天下井，张清自己包一个场子，闷头闷脑地干起来。

马海州要的采煤场子和他紧挨着。

张清往上挖，马海州也往上挖。按井下的说法，一个跑，一个撵。两根矿灯的光柱不时地碰在一起。

张清的场子冒顶了，破碎的天顶突然间倾泻而下。他刚要撤出来，觉得两腿很沉，像陷进了淤泥河，怎么也拔不动。接着，身子也被一些强有力的东西团团挤住，这些东西在迅速上移。眼看要勒紧他的胸口和喉咙，"活埋!"这个可怕的念头在脑子里闪过之后，他把两手举起来，拼命扭动身子。无效。大声呼救。溜子的轰鸣盖过了他的声音。顶板还在冒落，面对这灭顶之灾，他无能为力。只有等死。"天哪! 这……这是怎么啦?"他绝望地闭上了眼睛。

这时，一束灯光照过来，在他那扭曲的脸上停住。他知道，这是马海州的灯。从刚冒顶的那一瞬间起，说不定姓马的就发现了，但这个狠毒的家伙决不会救他，他妈的，可遂了你的心了，盼的不就是这一天吗！想到这些，他睁开眼睛，多少天来第一次朝马海州直视过去，占有了死亡仿佛使他突然得到了优势，闭紧的嘴角露出高傲和蔑视。他看见，马海州的眼皮向下塌蒙着，鳄鱼皮一样粗糙的脸上没有任何表情。装没看见，到时候可以不负任何责任，没那么便宜！他正要大声喊马海州的名字，"噼里啪啦"又一阵碎矸碎煤落下来，压死他的手臂，拥住他的脖子，他喊不出来了。

尘雾中，他见马海州扑上来了，随着一张扒锹在他身旁左右猛扒，碎煤碎矸退下去了，他的胸部和手臂露了出来。当他意识到马海州要干什么，两只手突然抓住扒锹，死死不放："你……别管我……让我……"

"啪！"马海州扫脸扇了他一巴掌。他一愣神，手松开了。马海州又扒了几下，两手握住他的两个胳膊窝，一使劲，把他拽了出来。他的裤子被拽烂了，两只深筒胶靴也留在冒落物里，矸石划破了腿，鲜血流出来。但他的命保住了。就在马海州把他拽出来的一刹那间，一块巨大的磐石落下来，砸在他刚才站立的地方，一声闷响，烟尘腾起，几根钢梁铁柱顿时化为乌有。

张清浑身抖起来了，他双手抱住马海州的一只胳膊，扑通跪倒，声泪俱下地说："海州兄弟，你救了我的命，我……我对不起你，不是人……"

马海州往下看了他一会儿，笑笑，厌恶地把胳膊一甩，转身朝工作面下头走去。

马海州救了张清的事很快在矿上传开了，人们说张清走运，并得出结论，说马海州根本没有害张清的意思，都认为，张清应该重重地感谢马海州，趁这个机会和解和解，说不定还能成为好朋友呢。

这天晚间，张清提了几瓶好酒，请现任支部书记陪同，到马海州屋里致谢。

门开了，马海州堵在门口，问他们有什么事。小蛾正脸朝里坐在床沿上哭，小肩膀一抽一抽的。听见有人来，马上倒在床上，拉开被子蒙住头。这个女人更瘦弱了。

党支部书记说了一大堆表扬马海州的话。马海州说："您弄错了，我谁也没救过。"

支部书记示意张清把酒提进去。张清说："海州兄弟……"

"出去！"马海州往门外一指。

张清硬着头皮把酒放在一个方凳上。

"小蛾！"马海州喊。小蛾没动。

"小蛾，起来，看谁来啦！"

小蛾"呼隆"跳下床，乌发往后一甩，两眼谁也不看，径直走到方凳前，抱起捆在一起的酒瓶子，斜举过肩，使劲朝门外摔去，"嘭！"酒瓶全碎，瓶碴飞溅，酒流了一地。做完这些，小蛾又蒙头躺在床上。

支部书记愣了一下，赶紧上前，双手笼住马海州的两肩，推他坐下，说："小马，你听我说，听我说……"

马海州纹丝不动，两眼盯着张清。

张清低下头，走到门外，他踩着一块瓶碴子，发出了声响，他一惊，打了个前趺。

在同一天晚上，马海州和田小蛾又去叫张清的门。张清怀着一种侥幸心理放他们进去。马海州说："张书记，有个问题请教你一下，听说这玩意能当钥匙用，不知怎么个用法？"他拿出一个薄铁片伸在张清脸前。

这正是张清使用了不知多少次的那个铁片。他的脸黄了，身子不由自主地往后退，退，但他突然站住，拳头握起来说："姓马的，你到底要我怎么样？说吧！"

马海州把低头站着的小蛾轻轻揽在怀里，胳膊搭在她脖子上，大手在鼓起的乳房上抓着，说："我想跟书记学点见识。"

张清抄起一把椅子，举过头顶——

小蛾赶紧转身，张开双臂护住男人，觉得不妥，要冲过去夺椅子。马海州拉住她，闭着嘴巴笑了一下。

张清把椅子打在暖水瓶上了，打在电话机上了，打在柜子上了，他像发了疯一样，抡开椅子，把屋里所有的东西都打得稀烂。尔后一头扑在床上"哞哞"地哭起来。

几天后的一个清早，这班的人在更衣室里换好了衣服，却迟迟不见副队长张清来开班前会。有人猜测，他可能到医院看病去了，因为近日他举止有些不正常，老是犯愣。有人见他刚买回一碗饭，一口未吃就扣在泔水缸里了。还有人在他背后无意中咳嗽了一声，他竟吓得一下跪在地上……

突然，井口方向传来一阵救护车凄厉的尖叫声。一个矿工跑进来报告说："张清跳窑了！"

大家一惊。窑深百丈，摔下去必定粉身碎骨，救护车用不着了。

人们的目光集中在马海州脸上。马海州的表情和往常一样平静，高眉骨下深藏的眼睛微微塌朦着，谁也不看。

矿工们纷纷朝井口跑去，要看个究竟。

马海州坐着没动。

不一会儿，那个叫小四的矿工跑来，脸色煞白地对马海州说，小蛾跳楼了，她是从四楼那间宿舍的窗口跳下去的，已摔得脑浆迸裂。

马海州呼地站起来。……可是，他又坐下了。

1985 年 5 月写完

选自《心疼初恋》

京华出版社 1995 年版

作家的话 ◇◇

别看短篇小说的篇幅不长，体积不大，我却认为它是非常需要想象力的。最是偷不得懒的。因为它从生活中采取的就那么一点点种子，大量的工作是围绕着种子去发展它，完善它，或者说去充实它，提高它。关于这个故事的原貌我知道得非常简单，无非是一个采煤队的干部诱奸了一位矿工的妻子，那位矿工不干，把那个干部从楼上推下去了。这点事情连写一篇社会新闻都不够，我硬是把它写成了一篇八千多字的小说。我站在矿工的立场，设身处地地为矿工着想，展开了前所未有的大胆想象。我把矿工的复仇方法改成灵魂拷问和精神逼迫，从社会性和人性的结合上设置情节和细节，对每一个细节都进行心灵化处理，步步紧逼，层层递进，终于使那个干部精神崩溃无地自容。在这个故事里，矿工的妻子是极为重要的角色，矿工在向干部复仇的同时，把妻子也伤害了，妻子也走上了穷途末路。矿工本人呢，复仇之后也显得很泄气。评论界认为，它表现了诸多人的情与性：爱情、名誉、耻辱、无耻、悲痛、恐惧、心绪的郁结、忏悔、绝望、莫名而又无尽的担忧，希望而又失望的折磨，甚至生与死，在这场灵魂的冲突和较量中什么都有了。想象不是一件信马由缰的轻松事儿，而是异常艰苦的脑力劳动。

《老老实实地写》

评论家的话 ◈

好短篇在很多人都带有偶然性，而对刘庆邦却不是。他特别能出短篇。他的短篇小说几乎都完整独立，它们并不企图去映照一个大世界，却建设了一个个小世界。这世界虽然小，却绝不是鸡毛蒜皮，绝不无聊，而是极其严肃的世界。刘庆邦没有什么野心，要使他的小说成为历史的瞬间，他很甘于平凡地，将他的小世界垒好就是。却能看出他的用心，燕子衔泥似的，一口又一口。你读他的文字，能体会到他对文字的珍爱，这是一个如农民爱惜粮食般爱惜文字的人，从不挥洒浪费，每一个字都用的是地方。他也爱惜他眼睛里的景观和心灵的景观，他爱它们不是因为它们称得上什么名目，挂得上什么大道理，他只为自己的感动而爱它们，因此要好好地安排它们的命运。他不存奢望，要高瞻远瞩，他只是将目力所及范围内的景色看熟，看到至亲至近。他是一个过日子很仔细的人，也是因为他是个感性的人，对日常的细节很能体会。这甚至决定了他看世界的方式。

刘庆邦不是统摄全局的眼光，他只专注于局部。但这不是说他的胸襟狭小，或许正是相反。因他是对全局有了解，便怀有敬畏之心，自知不得超越有限，将目光放平了。而唯有特别温柔丰富的心灵，才可能赋局部以完整而活泼的情感过程。在他的短篇小说里，我们可感觉到一个个情感世界，起承转合，各得其所。刘庆邦的短篇小说是特别不接近寓言的短篇小说，他不巧妙，不机智，他甚至是有些笨的。他真的是像农民种粮食似的，耕作着一方田地。他的短篇不企图告诉什么道理，用它们来说明寓言不是短篇是再好不过的。他的短篇开头的部分甚至是有些散淡。你会担心它收不拢尾，可是到了末了，你却惊异它的完整。它们从来不是有头无尾，也不是故弄玄虚，它们老实本分，不耍滑头，恪守职责。其实这里是需有自信和能力的。如今，半拉拉的故事特别多，有故意不收场的，但至少有一半是收不了场的。刘庆邦从来不做这样的事，是规矩，也是有办法。

刘庆邦天性里头，似乎就有些为短篇小说投合的东西，这是一种谦虚和淳朴的东西，它们忠实于自己的所感所思，在承认有限之中，尽全心全力地发展完善。比较方才所说的灵感与锻炼，这种天性是短篇小说更为本质的东西，可说是短篇小说的心。也大约是这天性使然，刘庆邦一旦要动手去写中篇或者长篇，前景总是不妙，你感觉到他的茫然，无从抓一挠似的。除了在某些局部，流露着他的特别良善温柔的情感，在你心上又轻又重地打击了一下，从总体来说，却是平铺直叙，还显出些杂沓。甚至由于违背天性，还有着些微时尚的痕迹，使人感到，刘庆邦是有些掌握不了局面了。看来，说起来只是体裁的事情，却原来是和我们看世界的方式有关系。刘庆邦眼睛里的世界是微观世界，他的中长篇就有些像一些微观世界的堆垒，这不是可以做加法的事情，而是与生俱来。

这短篇小说的小世界，是独立的，却一定不是孤立的。这也是小说的最重要特质之一，那就是它不是天上掉下来，也不是石头缝里蹦出来，它一定与我们的人生有关。这是小说的人世性质，它不是虚无的产物，这是因它的现实材料所决定的。无论你如何予它以反常的面目，它终是人间的心。要说，小说大约是艺术中最俗的一门，所以，它也是最容易被人忽视其独立性的一门。这两者之间的关系，是可穷我们一生去了解与发现的。而这问题，在短篇小说里，大约是更加显得尖锐和极端。因短篇小说的体积会使它具有较大的封闭性，就好比一些笔记小说或寓言式小说，写一点雅趣和哲理，说是提炼出来的，提炼的也是金丹，没有骨血和活气。好短篇却是有渊源的活水。这又取决于写作者的看世界。就是前边说过的那句话，专注局面，不等于是胸襟狭小，无论我们创造的是怎样的自我的小世界，我们都应当对那巨大的存在抱有热忱和情感。自然是我们每个人的财富，尤其是我们这些也要去创造一些什么的人们，怎么可能不叹服自然的创造力？

刘庆邦的小说中，你可以看见这样的惊喜和热情，它们是以一种特别动人的温存态度表达出来的。而且，很奇怪的是，几乎所有真正的好作者的笔下，都会有这种很柔软的情绪流露。这种情感注入在作品里，使它们的边缘呈现出一种接受而不是拒绝的形态，似乎随时可以融进那恢宏的背景，却始终没有融入，而是一个闪亮的斑点。它们就像一种有生命的，全身都张开呼吸毛孔的活物，那样有弹性，活泼泼，有力量。在刘庆邦的短篇里，你会有这样浑然一体的感受，它们每一篇都很好，是有窗口的小房子，你可以不朝窗外看，可是有窗口和没窗口就是不一样。这就是刘庆邦的世界。短篇小说对于他来得特别重要，是因为它们是最好的体现刘庆邦世界的方式。

王安忆：《我看短篇小说——

为刘庆邦小说选〈心疼初恋〉写》

海　子
麦　地

　　海子，1964 年出生于安徽怀宁，在农村长大。原名查海生。1979 年 15 岁时考入北京大学法律系，大学期间开始写诗。1983 年秋自北大毕业后分配至北京中国政法大学哲学教研室任教。1989 年 3 月 26 日在山海关附近卧轨自杀。在大约七年的短暂时间里，他留下了近二百万字的文学作品。创作轨迹呈现由抒情诗转向"史诗"的迹象，追求激情与理性、个人体验与人类文化精神的融汇一体，尤其是长诗、诗剧和诗体小说，构成一个具有内在精神主题的整体，被称为"《太阳》七部分"。身后由骆一禾、西川等整理编辑出版有长诗《土地》（1990）、《海子的诗》（1995）、《海子诗全编》（1997）等。

吃麦子长大的

在月亮下端着大碗

碗内的月亮

和麦子

一直没有声响

和你俩不一样

在歌颂麦地时

我要歌颂月亮

月亮下

连夜种麦的父亲

身上像流动金子

月亮下

有十二只鸟

飞过麦田

有的衔起一颗麦粒

有的则迎风起舞，矢口否认

看麦子时我睡在地里

月亮照我如照一口井

家乡的风

家乡的云

收聚翅膀

睡在我的双肩

麦浪——

天堂的桌子

摆在田野上

一块麦地

收割季节

麦浪和月光

洗着快镰刀

月亮知道我

有时比泥土还要累

而羞涩的情人

眼前晃动着

麦秸

我们是麦地的心上人

收麦这天我和仇人

握手言和

我们一起干完活

合上眼睛，命中注定的一切

此刻我们心满意足地接受

妻子们兴奋地

不停用白围裙

擦手

这时正当月光普照大地。

我们各自领着

尼罗河　巴比伦或黄河

的孩子　在河流两岸

在群蜂飞舞的岛屿或平原

洗了手

准备吃饭

就让我这样把你们包括进来吧

让我这样说

月亮并不忧伤

月亮下

一共有两个人

穷人和富人

纽约和耶路撒冷

还有我

我们三个人

一同梦到了城市外面的麦地

白杨树围住的

健康的麦地

健康的麦子

养我性命的妻子

1985 年 6 月

选自《海子的诗》

人民文学出版社 1995 年版

作家的话 ◈

　　诗应是一种主体和实体间面对面的解体和重新诞生。诗应是实体强烈的呼唤和一种微微的颤抖。我写了北方，土地的冷酷和繁殖力，种子穿透一切在民族宽厚的手掌上生长。我写了河流。我想触到真正的粗糙的土地。

　　……诗不是诗人的陈述。更多的时候诗是实体在倾诉。你也许会在自己的诗里听到另外一种声音，这就是"他"的声音。这是一种突然的、处于高度亢奋之中的状态，是一种使人目瞪口呆的自发性。诗的超现实平面上的暗示力和穿透力能够传递表达这种状态。这时，生命力的原初面孔显现了。它是无节制的、扭曲的（不如说是正常的），像黑夜里月亮、水、情欲和丧歌的沉痛的声音。这个时候，诗就是在不停地走动着和歌唱着的语言。生命的火舌和舞蹈俯身于每一个躯体之上。火，呼地一下烧了起来。

　　　　　　　　　　　　《寻找对实体的接触》

从荷尔德林我懂得，必须克服诗歌的世纪病——对于表象和修辞的热爱。必须克服诗歌中对于修辞的追求，对于视觉和官能感觉的刺激，对于细节的琐碎的描绘——这样一些疾病的爱好。

《我热爱的诗人——荷尔德林》

评论家的话 ◇◇

令人沮丧的是，一方面个人语境难以单独支撑意义，另一方面它又无力排斥公共理解强加的意义。例如"麦子"一词在已故诗人海子的后期诗作中频繁出现，只要我们细读原作就能发现，海子是在元素和词根的意义上使用这个词的。但后来的情况却表明，"麦子"一词进入公共理解后，因其指涉过度泛滥而成了那种空无所指的"能指剩余"，就像一只魔术袋，可以从中掏出种种稀奇玩意，但又似乎是空无一物。……我们遇到的是一种综合的社会症候，它相当吊诡地同时证明了诗意对公众的强烈感染力以及伴随这种诗意感染力所产生的深刻的无力感，诗意的独特性越是传遍公众的理解，就越不是原有的诗意本身。……海子的不少作品在公众理解中升华后，其可贵的元素般的语言品质要么蒸发为某种与天地精神独自往来的空旷气息，要么变成了流行性的伤感和乡愁。

欧阳江河：《当代诗的升华及其限度》

海子死后，一禾称他为"赤子"——一禾说得对，因为海子那些带有自传性质的诗篇中，我们的确能够发现这样一个海子：单纯，敏锐，富于创造性；同时急躁，易于受到伤害，迷恋于荒凉的泥土，他所关心和坚信的是那些正在消亡而又必将在永恒的高度放射金辉的事物。这种关心和坚信，促成了海子一生的事业，尽管这事业他未及最终完成。他选择我们去接替他。……海子一定看到和听到了许多我不曾看到和听到的东西；而正是这些我不曾看到和听到的东西使他成为我们这个时代的先驱之一。……海子在乡村一共生活了十五年，于是他曾自认为，关于乡村，他至少可以写作十五年，但是他未及写满十五年便过早地离去了。每一个接近他的人，每一个诵读过他的诗篇的人，都能从他身上嗅到四季的轮转、风吹的方向和麦子的成长。泥土的光明与黑暗，温情与严酷化作他生命的本质，化作他出类拔萃、简约、流畅又铿锵的诗歌语言，仿佛沉默的大地为了说话而一把抓住了他，把他变成了大地的嗓子，哦，中国广大贫瘠的乡村有福了！

西川：《怀念》

陈　村

死　◈

　　陈村，原名杨遗华，1954 年生于上海。在上海读小学、初中，1971 年到安徽无为县插队。1975 年因病退回上海，进街道里弄生产组工作。1980 年毕业于上海师范学院政教系专科，分配到上海市政二公司，先后在宣教科工作及在职工学校任教。1983 年起脱产创作，1985 年调上海作协从事专业创作。1979 年发表第一篇小说《两代人》。出版有中短篇小说集《走通大渡河》《屋顶上的脚步》及散文随笔集《弯人自述》等。其创作大致可分为两类：亲历的知青生活的记忆和对普通人生态与心态的勾画。干净利落的富于跳跃感的文体，带有实验意味的叙事方式，使作者在驾驭短篇小说时显得从容不迫。

一

我心事重重地走进狭窄的江苏路，车流和人流曲折奔来。路旁的平房软弱地趴下，废墟瓦砾遍地。

隐隐嗅到死亡之气。

暮春的阳光照着灰色的街，照着服饰斑斓的女人。婴儿的前额泛着金色。行道树挺拔茂盛又不失新绿。路边缺乏肃立的废物箱。

阳光公然将我射穿，将我照射成一个透明体。低头看了一眼自己，我留意到心脏的正中淤积着一块墨黑的污迹。我知道这污迹的由来，知道它的无可避免，知道它的危害与价值，自己只能这样了。我知道，是它引我走向死屋，寻访逝去二十年的那个夜。

二

我打开《傅雷家书》时，便嗅到了死气。它潜伏在书页中，无声地扩散。我曾久久地端详着照片上的先生。照片上，先生握着烟斗。不拿烟斗的右手也握着拳，神情既着力又淡然，目光固执。台灯高悬，照着书桌，照着他浅色衬衫前的深色领带。

我由领带感到不祥。

画面晦暗。

渐渐，挣扎出晦暗的是那对不死的眼睛。

我从没见过你，先生。

我无由与你相识。你我相差四十六岁，在同一轮太阳下，彼此的生命重合了十二个年头。我没能见到你，虽然我们生活在同一座城市，同一条江苏路上，同是一个街道的居民。我无数次走过你的弄口，去市三女中礼堂，去武定公寓，去我的职校。

我没能见到你，还迟迟没能闻到死气。早先，空气腐败得厉害，你的死也就不成为死了。日后，升腾的活气将你的死稀释了，我依然闻而未觉。在你的死由缺乏新闻的新闻纸公布后，我加入了你曾加入的协会，在你当过书记的上海作协的大厅和西厅参加会议。夕阳落在西厅的窗玻璃上，一如当年的瑰丽。作协资料室的书库，藏有楼适夷、柯灵、叶永烈等因你而写的文章，藏有初版和增补版的《傅雷家书》，藏有洋洋十五卷的《傅雷译文集》。花园中，芳草萋萋，端坐着鲁迅。洁白的大理石女郎盘手过顶，芳容依旧。

然而，没有了你。

我曾走进你的弄堂，在那个夜之后，为清理欠租而敲开铁门与木门。洋楼的老住户小心地申诉着积欠房租的缘由，欲语又止，终于在单据上慎重盖印。我们被礼貌地送出门，门重又关得紧紧。夜了，我们在几步之遥的新兴食堂买"蟹壳黄"或喝上杯冰镇绿豆汤，然后在路口的书亭、鞋店、果品店或药店的门外分手。没有任何人提到过你，没有来自你的气息。我在路边的长宁区图书馆借看过老巴尔扎克的《欧也妮·葛朗台》。书丢了封面及扉页，丢了版权页，没你的名字。在这条路上，我曾徒劳地寻找爱。在这路上，我猛然收住脚步，听着毛泽东病故的讣告。

就这样，我走近你却迟迟没能感受到你的死。你的死扩散于

《家书》，扩散于那个叫傅聪的人的归省。

从此，你再也无法安眠。

在那个夜之后，天还阴着，我几次领着一个孩子去找他爷爷。日后我才知道，你曾到过那间小屋。你的老友周煦良寂寞地枯坐着，他是我的一个大朋友的父亲。我把孩子交给他。周煦良说了一些话，但没说到你。一次，他说了巴尔扎克，问我读过什么。我答了，他便不作声了。你还是没有出现。沉默中，他格外苍老、憔悴。

那个夜之后，我常常上你的里弄找我的朋友，当年，我们臭气相投。在那里，我第一次阅读贝多芬这部读不完的大书，第一次知道拉斐尔、米开朗琪罗与维纳斯。尽管印刷粗糙，却不下于你在卢浮宫的兴奋。我们嗅着层层叠叠的瘴气，向往域外的和平。冬夜，那么冷，我们用别人的煤点起自己的壁炉，灭了灯，在炉光中说点昏话。炉光照着墙上梦游般的水粉风景。那时候我总是写诗，我写过"真的，煤是活的，煤也有生命的光焰和热忱，我想它原本是不屈的灵魂，烈火中爆响了爱的歌声"。我们说到你，说到你的死和众多的死，说到苟活的我们和我们的不堪苟活。我们轮流读惠特曼的《自己之歌》，将《约翰·克利斯朵夫》视为《圣经》。

江声浩荡，自屋后上升……

我抄着这部巨著，从"献辞"抄起，从"罗曼·罗兰著，傅雷译"抄起。在这破旧发黄的书上，我第一次看到你的名字。我将破损的书页一一细心修补，愿它永存。

我曾将书中的《黎明》《清顺》《少年》三卷改成电影文学剧本。然而失败了，我没有高于你所传达的罗曼·罗兰的想法。

我一遍遍地读着来之不易的罗曼·罗兰，读着你，然而我忽略了你。我正困惑于自己的生命。

好多年后，我摸黑起身，坐上你家近旁的20路电车，去南京东路新华书店站入读者的洪流，等候你的《高老头》如期而至。以后，你随着嘉尔曼、邦斯舅舅、贝姨、搅水女人、查第格向我们走来。

大师们不死，你也不死。

在这江苏路上，新增的62路车经你家停靠在文艺会堂。你的弄口总是站着越来越多的候车者，等候44路车。它忠实地由北而来，载着过载的乘客经诸安浜菜场，经已故周煦良教授的家驶向徐家汇，一如既往。

在那里，你初识法语。

它是你的发祥之地和受难之源。

三

我走入二八四弄内，混凝土漠漠地伸展着，构成了无生趣的通道。铁门敞开，院内寂静无声。

楼边，细瘦的棕榈指向天空，半黄半绿的叶子古怪地垂落，纹丝不动。后院杂草竞相开放，空气中飘荡着已故月季花的精魂。暮春的阳光照着几株年轻的树，照不透晦涩的墙。墙面死气沉沉。

空无一人。

没有鸟雀。

我用力推着锈蚀的木门，木门呻吟着开了条窄缝。死气暴烈，朝我扑来，将我顿时熏作漆黑的一团。我无意退缩。我就是奔这气息来的。我无法遏制对死屋的向往。

我继续推着，侧身挤进门里，返身去关木门。不能让死气一泄而出。木门变得更为沉重，重得只能跪着，身体前倾，用肩膀扛着门扇。很累很累。

门无可奈何地合上。

我冒着虚汗，无力地倚坐门后。

黑暗中有一双眼睛。

你是谁？

先生，我找你来了。先生！

你是谁？

他的声音苍老，沙哑，供气不足。我正视着他的目光，想微笑然而不成。他固执地看着我，毫不放松。

你是谁？

你不会认识我，先生，有你时我还小。在华园，我见到言慧珠的死，那时我对自杀毫无感觉。你也死了。你的死搅得活人无法平静。

我是从克利斯朵夫，从高龙巴那里来的，从你的家书而来。我读过你的照片，读过你的遗书。你的形容你的字总是那么工整，工整得就像你，工整得就像你的死。我相信你真的死了。你的死比死还沉重地淤积在活人的心中，我已无法被阳光射穿。我只能找你来

134

了，为的是摆脱这经久不衰的死气的纠缠，为的是你经久不死的目光。你死得那么黑暗，那么明亮。

没有回答。

我交出敬意，交出仰慕，但我不为聆听教诲而来，再没有比死更大的教诲了。你咬破织就的蚕茧飞升而去，死得不失时机。然而，被人连根拔起的月季泄露了你，那"生年不满百，常怀千岁忧"的自陈泄露了你，你走入右派之列的激情泄露了你。此外，还有雷、怒安和凌霄、凌云①，还有家书中无尽的叮咛。东方的淡泊，闲适，幽远，平和，超脱，你醉心于此然而并不占有。连恬静的莫扎特都写了《安魂曲》，何况你。

"山高月小，水落石出"，你想以天籁将自己蒙蔽了，用"采菊东篱下"以蒙蔽自己。你终究没能得逞，何似在人间呵！你一次又一次端正自己，可是，终于还是你，还是为你的感情所不取的对抗。徒费心机。你不谐和到读你的人都失去谐和。你活得忧郁，焦躁，柔情，又不乏率真。生当人杰，死亦鬼雄。然而千秋雄鬼死不还家，没有家哪里有你。

没有回答。

我无力将你领出死屋。我休眠得够深够长了。"睡眠是甜蜜的，成为顽石尤为幸福。只要世上还有罪恶与耻辱，不闻不见，无知无觉，是最大的快乐——不要惊醒我吧！"你沉沉睡去。如米开朗琪罗的《夜》一般睡去。

然而你不是夜。

————————

① 分别为傅雷的名、字及其所拟的孙儿孙女的名字。

135

没有回答。

在你家族的血脉中，涌流着奇特的血液。你背靠法兰西文学巨匠，傅聪依傍音乐大师，傅敏教书为乐。父与子在不求创造中创造，在传递中显现。我从没料到，理解与复述同样需要交出心灵的宁和。一份艺术败坏了两个艺术家的生涯。从没有见过这样的译者。你活得太累太累。这样的译者只能去死了。先生你只能去死。

我不期望得到回答。

不要饶舌了！

他被激怒了，两眼的光焰侵人。我发现死气被光焰冲淡，它徘徊着不甘离去。看着这双眼睛，我觉得呼吸稍稍从容。

木门关上之后，死屋就没有了一点光亮。上帝创造的光被死气熏黑了。在黑光的映照下，门里的一切默默无语。

我从门后爬起来，朝他走去。先生消失在我空洞的脚步声中。我摸索着进屋。在被钢琴绊倒前，手抓住了键盘。

共鸣箱里传出铺天盖地的警笛声，锐不可当。我慌忙松手。警笛依然无休无止地响着响着响着响着……

我死命捂住耳朵。血从指缝渗出。

四

黑光黑得那么彻底，它照射着浓烈的死的气息，死气在死屋黏稠得近于固体。我绝望地拍打着死气，分辨通往书房的路径。

警笛仍在无情地鸣叫。

黑光下，一只手握住我的手腕，冷如干冰，瘦得感觉不到肌肤，动作僵硬。我被它像握笔似的握着，不得动弹。我十分坦然。自从心脏正中有了那块墨色浓重的污迹，就没什么能任意左右我了。我坚持着，不叫自己冻住。我不是鱼，我不要被冻住。

警笛声声，音色犀利。

他的手发散着死。我说了，我是为他的死而来的，他死得那么沉，使我由这死感觉到自己的生。我必须坚持着不让自己给冻住了，我是曾有过的死的见证。

松手吧，先生。

我想过死么？

我告诉他，我曾经苦苦想过。人总会被死所纠缠，很难摆脱。

为什么不死？

我没死的理由，先生。死，可是要理由的么？

生，需要理由。

沉默。我听见他极轻微的一声叹息，叹得比警笛更为惊心。

休息吧，先生，你应当休息。黑光是休眠之光，没有别的归宿了，你不是耶稣基督，无以复活，让耶稣去复活吧，你休息，一直休息到末日，到取消末日。

他端端正正地坐到书桌前，黑光下，木雕石刻一般。空空的桌上没有纸笔，没有烟斗。原先放工具书的地方，只留下一个印痕。我用手拂去桌上的积尘。书桌一层层风化，一层层拂去，最终没留下半点成形的东西。他依然端坐着，无动于衷。

我注视着他的脸。他的眼睛似看非看很久都不眨动。镜片上积土很厚。我轻轻叫他，他转过头来，摘下眼镜，大惑不解地望着我。他没认出我来。

我是你的读者。我曾受惠于你。

我不再有读者。

我走近他身旁，向他陈述了我的困惑，一代人的困惑和一代代的困惑。我重复了一遍。我不为拜师而来，我不习惯活生生的教诲。我已被教得够多的了。

请不再饶舌。

他终于将我记起。我为此庆幸。

他朝我摊开双手。我从他手掌纵横交错的手纹中认出童年和青春，认出勤勉，正直，压抑与愤懑，认出不谙世故与洁身自好。一道横纹，由东向西，贯穿掌心，几经分岔后不知所终。我伸出我的手，交到他手里，让他像握笔一般再次握得紧紧的。

我告诉他，我想说点什么。他将我的手握紧，不许我继续饶舌。

手非常疼。

手痉挛着，却挣脱不开。我忍着痛说下去。我说，死终究是可哀的，何况心也死去。他的嘴唇颤动着，似在念着咒语。我被牢牢箍住，手腕一阵剧痛。我立即想到唐僧，那善而弱小的取经人。我否定了这类比。先生善良而远不弱小，那灿烂辉煌的死，使活着的人觉到生的黯淡。

他站直了，显得坚强，苍老的手依然有着很大的握力。手腕疼得像要脱落了。我知道，只要我嘹亮地高唱雄壮的《红卫兵战歌》，他的咒语即刻土崩瓦解。我大张着嘴，发不出声来。让战歌也就此死去吧。我必须忍着，先生已死了二十年，他的精力不多了，不会永远那么有力，那么执着地钳住我。

对视。尽管我们不是敌人。

在他稍稍松懈时，我说得很急很快。我说他不是彻底的隐士，他的心不免为院子外的响动而搏动，哪怕被打入这屋子，流放到这张桌前。他的被唾弃的社会激情化作对后代的叨叨絮语，化作绵延不断的译文。多少没被唾弃的学者作家挥霍了生命，没有唾弃就没有《译文集》。唾弃等于成全。

心在疼痛。

在经历了社会的不公正之后，他无法容忍我的又一次不公正，他不作任何辩驳，只用越来越有力的手以宣示他的恼怒。

我异常沮丧。

我告诉说，我不是夫人，不是傅聪傅敏，无法爱得毫无商榷。他的手突然松开，慈祥地展平，揉着我腕上的伤痕。我立即感到晚辈的委屈，并感到困倦。我将被扼住的话重新续上，我说，在我眼里，一个生命的尊严远远高于一橱最珍贵的书籍。书毕竟只是书。我要完整的司马迁，宁可没有《史记》。没等说完，他已收回轻抚伤痕的手掌，欣喜又鄙夷地望了我一眼，扭过头去，连咒语都不给一句。

我明白，自己无法不得罪他。他受不了对书的不恭。在他心中，书也是有生命的，大的生命。

你还小。你依然太小。

不要被书迷误了，先生，你比谁都更珍视人。书是杀不死的，人却不这样坚强。人不能有书的复活。

你觉得冷，先生，你躲进自缚之茧，对谁都没害心，然而你只能将自己毁了。你一次又一次地毁着自己，先生，毁得如此不近人情。你将自己毁得僵硬而乖戾。唯一没失去的是你的手，那么温柔那么激越地排列出毁而不灭的心声。自己几乎没有了，你托生托言于异邦的大师。

他无言地朝我张开嘴，我见到他的健康的舌头。他将舌头慢慢伸出，置于上下牙床之间。我知道悲剧即将发生。他沉重地闭上嘴，舌头在口外扭动得如蛇之狂舞，掉落地板后仍跳跃不止。除去嘴角极细的一线血丝，我没看见血。他的喉结上下跳动了几下，困难地吞咽着。他没有哭泣，从此不再哭泣。

一群工蚁围上来，在活生生的舌头上注入蚁酸，抢食一净。随着舌头的消失，我闻见升腾而起的死气，芬芳而悠长。

他再次朝我张开嘴。口腔内空空洞洞。

无舌者是无害的。

无舌者分明是异类。

五

我踏进书房的时候，耳边震响着警笛的尖锐的长鸣。那阵阵抽搐的金属声终于击穿了我的鼓膜。我想到，黑光把持下的楼内，没任何一张鼓膜能够幸免。

我肃立着为鼓膜默哀。

它的自我牺牲精神拯救了我的全部身体。自从鼓膜洞穿，手脚的颤抖即刻停止，心脏的狂乱的紧缩也告终结。如今，最为珍贵的是嗅觉，闻着死屋地久天长的死气，我才不至于昏厥。

我不由地想念楼外的暮春的阳光。阳光。风。

我义无反顾地跨入书房。

楼猛地打了个寒战紧接着晃动不止。我被一叠叠纸轻易砸倒，我知道，注定要发生的到底发生了。

楼在大口喘气。

我趴倒在地，困难地抓过纸，扯出几页，就着黑光阅读：

献给

　　各国的受苦、奋斗、而必战胜的自由灵魂。

——罗曼·罗兰

我将手稿揣入怀中。

越来越多的手稿纷纷跌落砸向端坐的他躲避着抵挡着总还是被砸倒在地体无完肤。手稿越堆越高将他埋得只剩头颅苟延残喘。黑光与死气重造了世界的喧嚣与空洞光焰万丈万万丈。

楼在一遍遍起伏飘摇。灭顶之灾就要来了！

手稿上的人物现出原形夺门跳窗而逃踏过我的身躯。窗外是黏稠炽热的岩浆正翻滚着奇艳无匹的猩红色。人们跳入岩浆化为烟气霎时间无影无踪可悲的人们。

浮生如寄浮生如寄……

我见他的叹息重重地将手稿吹散纷纷扬扬。他倔强地从手稿中支撑而起双臂渐长手掌阔大围住手稿死死不放。手稿上的文字已荡然无存。无字的纸发着黄发着脆发出吱吱的叫唤变作一堆灰烬灰飞烟灭。他流淌出滔滔的泪将灰烬冲刷干净不留下半点踪迹。室内空无一物寂无人声只有楼宇的战栗扭摆挣扎无声的哀号。一群老鼠奔出鼠洞游过泪河死命逃窜惶惶不可终日。

这怎么得了怎么得了怎么得了怎么得了！

夫人眼睁睁地一圈又一圈消瘦将身子朝前对折，躲避着老鼠躲避窗外的热焰躲入丈夫的怀中战栗不已。宽大的手掌轻轻轻轻地安抚着夫人的背，迅速突起的骨头硌疼刺伤了他的手迟到的手还在安抚，满含温情歉疚羞惭地一遍遍安抚安抚安抚。手掌缓缓抚过三十五年的岁月一万二千余个日夜将周浦将昆明将租界一一抚去抚去。

岩浆变幻如白云苍狗画虎类犬一道道幕布拉开不再闭合永远有新幕拉开，血光之气无端地散布弥漫天地间一色的腥臭。他抖擞着身子将夫人包裹掩住她双耳双目，可呼吸无法禁止肺腑声声呛咳喷涌出与岩浆等色的猩红。鼠类奔突着呼号着耗尽水分陈尸地板丢出了尾巴，不存一物的死屋空旷如广场置身其中一览无余。钢琴被摧毁之前只来得及发出一声长啸洗刷了充当警笛的耻辱。湿淋淋的空气相互碰撞追击挤出黑红的腥污。

感觉是多余的，他厌恶地闭上眼睛呕吐不出什么东西，归咎西方的狂热对抗终于扫荡东方的悟性摧枯而拉朽双双跌落屎坑宣告一切文明的虚弱。当所有都毅然蜕去人就赤裸着为赤裸而战。没有歌德贝多芬庄周孔丘没有一切的不相干。

岩浆一浪接一浪地涌来楼宇飘摇不堪重压扭曲成圆形棱形与多边之形。猩红的岩浆高高涌起在一霎间定格俯视着广场中的一对侏儒。空气剧烈震荡声波急切奔来没任何声音静如戈壁，而气息中没任何气味舌面被蚀去味蕾眼睛空洞映不进影像大幕般的皮肤空空垂挂。心房心室如鼠洞联通着脑壳中更大的鼠洞。剥夺之后的剥夺再剥夺直到无可剥夺成为负值。躯壳发出定音鼓的空响像汉字一般错位交叉断裂直到被钉死在广场中央。他以鼠洞般的大脑庆幸亲爱的孩子的逃脱死难于是有一丝微弱的松动。他收拾起自己的残骸接合肢体端正头颅又从广场崛起仰面漠然对着高悬于头顶的猩红，将夫人整理成形双双为远方而祈祷不断祈祷。

　　不可遏制的刺痛随之而来。几十年经营几千年积淀束手待毙毁于一旦。理想的世界始终是理想在默默流逝流逝流逝。

六

　　死是不可避免的。

　　他曾以为死已经死去了。

　　死殷切而勤勉地侍奉着，不改初衷。死是鲜花是处女是春水明月是孜孜不倦善解人意的上苍。我看见，黑光被猩红取代猩红得无处不在。他惊愕地望着自己渐变渐黑，黑出猩红的波纹。伸开两手，丢失了手纹，手掌平板如镜反映着红与黑的同盟。

　　他怀疑自己业已死去，然而疼痛顽固地敲打着神经，不遗余力。偷生犹可，不堪寄生，不堪走肉而行尸。他笑自己苟活的不能。他两手交缠，无所事事，惊异手的无所事事。

　　浮生如寄。

　　被废黜的双手扭曲反复撕扯，控诉它的解放。我闻到越来越强的死气由他的双手间放射而来，使猩红蒙上不洁的黑影。死已无可避免不可避免。猩红照耀下，他的手黑如炭精在空气中痉挛着勾画，留不下任何印迹。失去表情的脸收集了所有的表情结晶为历史，庄严凝重而惨不忍睹。

我记起北岛的诗：

卑鄙是卑鄙者的通行证。

高尚是高尚者的墓志铭。

夫人无言偎依着，将一生的信托化为奇艳的笑意，初婚的柔情泛泛而起将一掬坦诚静静地托付。阿聪牵引而至的肖邦如腹中的躁动呈示略念忧郁的甘美，被猩红撕裂的心由丈夫弥合再为儿孙而破碎。肖邦流经伤口，留下不忍卒听的柔板，心血随心声溅落，点点滴滴，舌咽不去。昔日的委曲求全逆来顺受竟然甜蜜无比。她为无处奉献的牺牲而痛不欲生。亲爱的儿子将要失去母亲，永不能见面的孙儿连思念都不能，不会再对着电话哭泣，就像永远期待却永不可能的团聚。

死呵，不要让死死在儿子的心上！遗忘吧，儿子，不要复仇，不要缅想，将你父母连同你的父母之邦一齐忘却。你怎么都不再是你了。迢迢万里，天网恢恢，怎么都不能幸免。

广场上，他竭力躲避着夫人。他将她失神地搂紧然后缓缓推开，将她定在广场的中央。他就要独自远行了。不再是十九岁，不再是法兰西，不再有母亲的目光。他走向归宿。

死，一如出世时的孤独。

夫人静立着，将几十年的跟随卫护化作无尽的泪，像家乡周浦的河，一浪浪地拍击他双足。他在近旁一圈又一圈地来回走着。没人可以商量切磋论争，一切都在自己身上。项羽也曾这样。

连死都丧失了宁静。

不会有什么奇迹发生了。几十年的追随将以彻底的追随告终。我看见，她一再地点着头，不惊不悔。他发觉不断缠绕自己的赴死的决心抵不上她平静的点首。她静立着，带着献身前的美丽和从容。

女人啊！

不必期待任何奇迹。他明白自己必须犯下弥天之罪。他明白自己与她本是同根而生。如同曾收取她的生，他默默地伸出双手，收取了她的死。一个和另一个抱得紧紧。即将陈尸死屋的他为自己沦为如此罪人而肝胆俱裂。见死而无以救助，况且是最亲爱的人！

夫人点了点头。

她一再地微笑，流着泪，鼓励丈夫担负起丈夫的责任。她操持家庭誊抄文稿生儿育女，为他的事业悄悄以一生赞助。索取报偿的时刻到了。

他无言地将一切咽下。

连死都败坏了。

他平静地修饰着自己，不愿苟死。他摘下眼镜，将镜片擦净，端端正正戴上。他将情义和财产留在人间，报恩报德。因为有了死，空旷的广场上不再有弱者。让猩红就这么猩着红着涌着挂着吧，让死屋飘摇坠落成为瓦砾随风而逝。面对妻子，他诚挚地微笑着，将积年的歉疚苦苦咽下。

握笔一生的手将家乡的土布被单撕去漫长的一条。布条如毒蛇一般兴奋地游动。它游过我的脚边，昂起头，带着伊甸园中的体贴左顾右盼。我伸手抚过它印着条纹的身体，冰凉滑腻。蛇柔媚地屈伸着，呵出一股迷人的死气。天国就在近前……我被深深蛊惑了，不能自持。在意志将要迷失时，我突然记起了暮春的阳光，遂将它一掌挥去。

蛇极委屈地游开了。

我知道即将发生的事件。

我不曾救助。我的手伸不到彼岸。我凝视着千钧一发的猩红之浪。只能开始的一切尽快开始呀，应当结束的一切你尽快结束！在红浪的辉映下，丧尽救助的心肠。让人格不再成为代价，成为累赘，成为渣滓。让人的称号不再是奇耻大辱！

你是尘土，必归于尘土。

我看见蛇一般的布条游进广场，看见广场上的一对殉者迎它而去，看见他们目光中的急切与漠然。

没有《弥赛亚》。

它屈伸着挨近，尽心尽力地厮缠着，婀娜多姿，善解人意。它喷吐着死气，芬芳宜人，如泣如诉。亲爱的孩子亲爱的孩子。蛇紧紧厮缠着，温柔而体贴，无限可亲。昨晚一上床，又把你的童年温习了一遍。死气拂面。蛇左转右绕，犹如领带，围成个圈套，儿女般的温存着，割舍不去。那么温暖那么动人。我也永远不能忘记桥上的夜色，尤其是电灯与煤气灯光相互交织，在塞纳河上形成瑰丽的倒影，水中波光粼粼，白色与瑰色相间。死在弥漫。没有天堂，没有地狱，唯有遗传的真实。别了，孩子，我在心中拥抱你！蛇在缠绕，迎合，以邪恶救助，喷洒着无边的死气。吹罢，吹罢！随你把我怎么办罢！把我带走罢！……我知道我要到哪儿去。猩红之浪已扑面而来。你不许回来！

当你见到克利斯朵夫的面容之日，

是你将死而不死于恶死之日。

血液正在变凉。远古联到现在的一切统统消隐，不再有东方西方。没有黑光。没有猩红。一切都远了，同时一切也都近了。

他吐出最后的芬芳的死气，如老约翰·米希尔，在心底叫了声：妈妈！

1986 年 6 月

选自《上海文学》1986 年第 9 期

作家的话 ◈

1986 年是"文化大革命"二十周年。这年的春天，《人民文学》杂志社策划了一个选题，组织作家用小说的形式写那些在运动中被迫害致死的文人。编辑朱伟要我找曹冠龙去写傅雷，曹因故拒绝。我随后应下约稿。

傅雷先生是我十分敬重的老翻译家。在我十多岁的时候，他翻译的《约翰·克利斯朵夫》是我年轻生命的最好营养。其他如《高老头》等书，是我最早读过的西方古典小说。应下约稿后，我找到他的故居，一听说傅雷，现时的住户心烦了，立即毫无通融地将我请出门去。我绕着房子看了很久，最初的构思就是在那里获得的。我找了为傅家写过许多文字的叶永烈先生，他非常慷慨地给我看了很珍贵的材料，其中有先生的遗书和上吊用的土布被单的照片，傅家保姆的陈述笔录。傅雷的文字虽多，但不是他的原创，我做得最多的工作是仔细地读他那不朽的家书。他的人格文心，令人心向往之。为避免记实便于议论，我以梦呓般的文字重新进入当时的情境，以目击者的立场再次重现那场悲剧。文章从平弱处起，经过激动，归于一声回响。随着情节的发展，我相应用了全然不同的句式。在我的感觉中，这些并不是刻意为之，而是非如此不可。为写这一万字，费去漫长的一个月，这在我的写作中是破例的。

文章完成后，《人民文学》当时的主编刘心武先生审稿后和我持不同文见，遂改发在《上海文学》杂志。

编者注：此创作谈应编者之邀写于 1997 年 6 月 29 日，未曾发表。

评论家的话 ◈

死亡的意识死死地缠住他，是因为他对有意义的活着成为过去而惋惜，也为还有没意义的活着而不安。陈村常常受到这种意识的纠缠，以至深深地影响着他对活者的筛选，对陈村这个幻影世界来说，苟活着之所以活着，又是和死者有着那么多的联系。

陈村摆脱不了死，他把死归属于崇高，而且在时间上把它放逐在很远的过去，在空间上又把它放置在高不可攀处……死去的生命自然带走了人的身躯，而留下的手稿、谈话与惨不忍睹的命运则在人们的记忆中活着。从这个意义上讲，陈村笔下的"亡灵"留有的乃是一种精神上的活着，用以照亮另一种苟活者。唯有这样，与死去的傅雷的交流才是同时让生者与死者进入了同一的思维状态，进入平等的对话、交流与促膝谈心。这样看来，陈村所以把死亡看得很高，归根到底还是一个活着的问题，一个怎样活着和怎样看待活着的问题。

程德培：《死亡是一种美——陈村小说中的生与死》

莫 言

红高粱

    莫言，原名管谟业。1956 年出生于山东高密东北乡。小学五年级即辍学，回乡务农近十年。1976 年参加中国人民解放军。1982 年在中国人民解放军总参谋部任宣传干事，1984 年考入解放军艺术学院，1986 年毕业。1981 年起开始创作，1985 年以中篇小说《透明的红萝卜》轰动文坛。出版有小说集《透明的红萝卜》《红高粱家族》，长篇小说《天堂蒜薹之歌》《丰乳肥臀》等。其创作题材广泛，色彩斑斓，手法多变，在对现实世界的感知和表达中，融入了烙有鲜明独特个性纹章的天马行空般的主观灵性，构成了独具魅力的感觉世界和意象世界，塑造了众多神采盎然、精力弥满的人物形象。

一

一九三九年古历八月初九，我父亲这个土匪种十四岁多一点。他跟着后来名满天下的传奇英雄余占鳌司令的队伍去胶平公路伏击日本人的汽车队。奶奶披着夹袄，送他们到村头。余司令说："立住吧。"奶奶就立住了。奶奶对我父亲说："豆官，听你干爹的话。"父亲没吱声，他看着奶奶高大的身躯，嗅着奶奶的夹袄里散出的热烘烘的香味，突然感到凉气逼人，他打了一个颤，肚子咕噜噜响一阵。余司令拍了一下父亲的头，说："走，干儿。"

天地混沌，景物影影绰绰，队伍的杂沓脚步声已响出很远。父亲眼前挂着蓝白色的雾幔，挡住他的视线，只闻队伍脚步声，不见队伍形和影。父亲紧紧扯住余司令的衣角，双腿快速挪动。奶奶像岸愈离愈远，雾像海水愈近愈汹涌，父亲抓住余司令，就像抓住一条船舷。

父亲就这样奔向了耸立在故乡通红的高粱地里属于他的那块无字的青石墓碑。他的坟头上已经枯草瑟瑟，曾经有一个光屁股的男孩牵着一只雪白的山羊来到这里，山羊不紧不忙地啃着坟头上的草，男孩子站在墓碑上，怒气冲冲地撒了一泡尿，然后放声高唱：高粱红了——日本来了——同胞们准备好——开枪开炮——

有人说这个放羊的男孩就是我，我不知道是不是我。我曾经对高密东北乡极端热爱，曾经对高密东北乡极端仇恨，长大后努力学习马克思主义，我终于悟到：高密东北乡无疑是地球上最美丽最丑陋、最超脱最世俗、最圣洁最龌龊、最英雄好汉最王八蛋最能喝酒最能爱的地方。生存在这块土地上的我的父老乡亲们，喜食高粱，每年都大量种植。八月深秋，无边无际的高粱红成汪洋的血海。高粱高密辉煌，高粱凄婉可人，高粱爱情激荡。秋风苍凉，阳光很旺，瓦蓝的天上游荡着一朵朵丰满的白云，高粱上滑动着一朵朵丰满白云的紫红色影子。一队队暗红色的人在高粱棵子里穿梭拉网，几十年如一日。他们杀人越货，精忠报国，他们演出过一幕幕英勇悲壮的舞剧，使我们这些活着的不肖子孙相形见绌，在进步的同时，我真切感到种的退化。

出村之后，队伍在一条狭窄的土路上行进，人的脚步声中夹杂着路边碎草的窸窣声响。雾奇浓，活泼多变。我父亲的脸上，无数密集的小水点凝成大颗粒的水珠，他的一撮头发，粘在头皮上。从路两边高粱地里飘来的幽淡的薄荷气息和成熟高粱苦涩微甘的气味，我父亲早已闻惯，不新不奇。在这次雾中行军里，父亲闻到了那种新奇的、黄红相间的腥甜气息。那味道从薄荷和高粱的味道中隐隐约约地透过来，唤起父亲心灵深处一种非常遥远的回忆。

七天之后，八月十五日，中秋节。一轮明月冉冉升起，遍地高粱肃然默立，高粱穗子浸在月光里，像蘸过水银，汩汩生辉。我父亲在剪破的月影下，闻到了比现在强烈无数倍的腥甜气息。那时候，余司令牵着他的手在高粱地里行走，三百多个乡亲叠股枕臂、陈尸狼藉，流出的鲜血灌溉了一大片高粱，把高粱下的黑土浸泡成稀泥，使他们拔脚迟缓。腥甜的气味令人窒息，一群前来吃人肉的狗，坐在高粱地里，目光炯炯地盯着父亲和余司令。余司令掏出自来得手枪，甩手一响，两只狗眼灭了；又一甩手，灭了两只狗眼。群狗一哄而散，坐得远远的，呜呜地咆哮着，贪婪地望着死尸。腥甜味愈加强烈，余司令大喊一声："日本狗！狗娘养的日本！"他对着那群狗打完了所有的子弹，狗跑得无影无踪。余司令对我父亲说："走吧，儿子！"一老一小，便迎着月光，向高粱深处走去。那股弥漫田野的腥甜味浸透了我父亲的灵魂，在以后更加激烈更加残忍的岁月里，这股腥甜味一直伴随着他。

高粱的茎叶在雾中滋滋乱叫，雾中缓慢地流淌着在这块低洼平原上穿行的墨河水明亮的喧哗，一阵强一阵弱，一阵远一阵近。赶上队伍了，父亲的身前身后响着踢踢踏踏的脚步声和粗重的呼吸。不知谁的枪托撞到另一个谁的枪托上了。不知谁的脚踩破了一个死人的骷髅什么的。父亲前边那个人吭吭地咳嗽起来，这个人的咳嗽声非常熟悉。父亲听着他咳嗽就想起他那两扇一激动就充血的大耳朵。透明单薄布满细密血管的大耳朵是王文义头上引人注目的器官。他个子很小，一颗大头缩在耸起的双肩中。父亲努力看去，目光刺破浓雾，看到了王文义那颗一边咳一边颤动的大头。父亲想起王文义在演练场上挨打时，那颗大头颤成那般可怜模样。那时他刚参加余司令的队伍，任副官在演练场上对他也对其他队员喊：向右转——，王文义欢欢喜喜地跺着脚，不知转到哪里去了。任副官在他腚上打了一鞭子，他嘴咧开叫一声：孩子他娘！脸上表情不知是哭还是笑。围在短墙外看光景的孩子们都哈哈大笑。

余司令飞去一脚，踢到王文义的屁股上。

"咳什么？"

"司令……"王文义忍着咳嗽说，"嗓子眼发痒……"

"痒也别咳！暴露了目标我要你的脑袋！"

"是，司令。"王文义答应着，又有一阵咳嗽冲口而出。

父亲觉出余司令前跨了一大步，只手捺住了王文义的后颈皮。王文义口里咝咝地响着，随即不咳了。

父亲觉得余司令的手从王文义的后颈皮上松开了，父亲还觉得王文义的脖子上留下两个熟葡萄一样的紫手印，王文义幽蓝色的惊惧不安的眼睛里，飞进出几点感激与委屈。

很快，队伍钻进了高粱地。我父亲本能地感觉到队伍是向着东南方向开进的。适才走过的这段土路是由村庄直接通向墨水河边的唯一的道路。这条狭窄的土路在白天颜色青白，路原是由乌油油的黑土筑成，但久经践踏，黑色都沉淀到底层，路上叠印过多少牛羊的花瓣蹄印和骡马毛驴的半圆蹄印，马骡驴粪像干萎的苹果，牛粪像虫蛀过的薄饼，羊粪稀拉拉像振落的黑豆。父亲常走这条路，后来他在日本炭窑中苦熬岁月时，眼前常常闪过这条路。父亲不知道我的奶奶在这条土路上主演过多少风流悲喜剧，我知道。父亲也不知道在高粱阴影遮掩着的黑土上，曾经躺过奶奶洁白如玉的光滑肉体，我也知道。

拐进高粱地后，雾更显凝滞，质量加大，流动感少，在人的身体与人负载的物体碰撞高粱秸秆后，随着高粱嚓嚓啦啦的幽怨鸣声，一大滴一大滴的沉重水珠扑簌簌落下。水珠冰凉清爽，味道鲜美，我父亲仰脸时，一滴大水珠准确地打进他的嘴里。父亲看到舒缓的雾团里，晃动着高粱沉甸甸的头颅。高粱沾满了露水的柔韧叶片，锯着父亲的衣衫和面颊。高粱晃动激起的小风在父亲头顶上短促出击，墨水河的流水声愈来愈响。

父亲在墨水河里玩过水，他的水性好像是天生的，奶奶说他见了水比见了亲娘还急。父亲五岁时，就像小鸭子一样潜水，粉红的屁眼儿朝着天，双脚高举。父亲知道，墨水河底的淤泥乌黑发亮，柔软得像油脂一样。河边潮湿的滩涂上，丛生着灰绿色的芦苇和鹅绿色车前草，还有贴地爬生的野葛蔓、支支直立的接骨草。滩涂的淤泥上，印满螃蟹纤细的爪迹。秋风起，天气凉，一群群大雁往南飞，一会儿排成个"十"字，一会儿排成个"人"字，等等。高粱红了，成群结队的、马蹄大小的螃蟹都在夜间爬上河滩，到草丛中觅食。螃蟹喜食新鲜牛屎和腐烂的动物的尸体。父亲听着河声，想着从前的秋天夜晚，跟着我家的老伙计刘罗汉大爷去河边捉螃蟹的情景。夜色灰葡萄，金风串河道，宝蓝色的天空深邃无边，绿色的星辰格外明亮。北斗勺子星——北斗主死，南斗簸箕星——南斗司生，八角玻璃井——缺了一块砖，焦灼的牛郎要上吊，忧愁的织女要跳河……都在头上悬着。刘罗汉大爷在我家工作了几十年，负责着我家烧酒作坊的全面工作，父亲跟着罗汉大爷脚前脚后地跑，就像跟着自己的爷爷一样。

父亲被迷雾扰乱的心头亮起了一盏四块玻璃插成的罩子灯，洋油烟子从罩子灯上盖的铁皮、钻眼的铁皮上钻出来。灯光微弱，只能照亮五六米方圆的黑暗。河里的水流到灯影里，黄得像熟透的杏子一样可爱，但可爱一霎霎，就流过去了，黑暗中的河水倒映着一天星斗。父亲和罗汉大爷披着大蓑衣，坐在罩子灯旁，听着河水的低沉呜咽——非常低沉的呜咽。河道两边无穷的高粱地不时响起寻偶狐狸的兴奋鸣叫。螃蟹趋光，正向灯影聚拢。父亲和罗汉大爷静坐着，恭听着天下的窃窃秘语，河底下淤泥的腥味，一股股泛上来。成群结队的螃蟹团团围上来，形成一个躁动不安的圆圈。父亲心里惶惶，跃跃欲起，被罗汉大爷按住了肩头。"别急！"大爷说，"心急喝不得热粘粥。"父亲强压住激动，不动。螃蟹爬到灯光里就停下来，首尾相衔，把地皮都盖住了。一片青色的蟹壳闪亮，一对对圆杆状的眼睛从凹陷的眼窝里打出来。隐在倾斜的脸面下的嘴里，吐出一串一串的五彩泡沫。螃蟹吐着彩沫向人类挑战，父亲身上披着的大蓑衣长毛乍起。罗汉大爷说："抓！"父亲应声弹起，与罗汉大爷抢过去，每人抓住一面早就铺在地上的密眼罗网的两角，把一网螃蟹抬起来，露出了螃蟹下的河滩涂地。父亲和罗汉大爷把网角系起扔在一边，又用同样的迅速和熟练抬起网片。每一网都是那么沉重，不知网住了几百几千只螃蟹。

父亲跟着队伍进了高粱地后，由于心随螃蟹横行斜走，脚与腿不择空隙，撞得高粱棵子东倒西歪。他的手始终紧扯着余司令的衣角，一半是自己行走，一半是余司令牵拉着前进，他竟觉得有些瞌睡上来，脖子僵硬，眼珠子生涩呆板。父亲想，只要跟着罗汉大爷去墨水河，就没有空手回来的道理。父亲吃螃蟹吃腻了，奶奶也吃腻了。食之无味，弃之可惜，罗汉大爷就用快刀把螃蟹斩成碎块，放到豆腐磨里研碎，加盐，装缸，制成蟹酱，成年累月地吃，吃不完就臭，臭了就喂罂粟。我听说奶奶会吸大烟但不上瘾，所以始终面如桃花，神清气爽。用蟹酱喂过的罂粟花朵肥硕壮大，粉、红、白三色交杂，香气扑鼻。故乡的黑土本来就是出奇的肥沃，所以物产丰饶，人种优良。民心高拔健迈，本是我故乡心态。墨水河盛产的白鳝鱼肥得像肉棍子一样，从头至尾一根刺。它们呆头呆脑，见钩就吞。父亲想着的罗汉大爷去年就死了，死在胶平公路上。他的尸体被割得零零碎碎，扔得东一块西一块。躯干上的皮被剥了，肉

155

跳，肉蹦，像只蜕皮后的大青蛙。父亲一想起罗汉大爷的尸体，脊梁沟就发凉。父亲又想起大约七八年前的一个晚上，我奶奶喝醉了酒，在我家烧酒作坊的院子里，有一个高粱叶子垛，奶奶倚在草垛上，搂住罗汉大爷的肩，呢呢喃喃地说："大叔……你别走，不看僧面看佛面，不看鱼面看水面，不看我的面子也看在豆官的面子上，留下吧，你要我……我也给你……你就像我的爹一样……"父亲记得罗汉大爷把奶奶推到一边，晃晃荡荡走进骡棚，给骡子拌料去了。我家养着两头大黑骡子，开着烧高粱酒的作坊，是村子里的首富。罗汉大爷没走，一直在我家担任业务领导，直到我家那两头大黑骡子被日本人拉到胶平公路修筑工作上去使役为止。

这时，从被父亲他们甩在身后的村子里，传来悠长的毛驴叫声。父亲精神一振，眼睛睁开，然而看到的，依然是半凝固半透明的雾气。高粱挺拔的秆子，排成密集的栅栏，模模糊糊地隐藏在气体的背后，穿过一排又一排，排排无尽头。走进高粱地多久了，父亲已经忘记，他的神思长久地滞留在远处那条喧响着的丰饶河流里，长久地滞留在往事的回忆里，竟不知这样匆匆忙忙拥拥挤挤地在如梦如海的高粱地里钻进是为了什么。父亲迷失了方位。他在前年有一次迷途高粱地的经验，但最后还是走出来了，是河声给他指引了方向。现在，父亲又谛听着河的启示，很快明白，队伍是向正东偏南开进，对着河的方向开进。方向辨清，父亲也就明白，这是去打伏击，打日本人，要杀人，像杀狗一样。他知道队伍一直往东南走，很快就要走到那条南北贯通，把偌大个低洼平原分成两半，把胶县、平度县两座县城连在一起的胶平公路。这条公路，是日本人和他们的走狗用皮鞭和刺刀催逼着老百姓修成的。

高粱的骚动因为人们的疲惫困乏而频繁激烈起来，积露连续落下，滴湿了每个人的头皮和脖颈。王文义咳嗽不断，虽连遭余司令辱骂也不改正。父亲感到公路就要到了，他的眼前昏昏黄黄地晃动着路的影子。不知不觉，连成一体的雾海中竟有些空洞出现，一穗一穗被露水打得精湿的高粱的雾洞里忧悒地注视着我父亲，父亲也虔诚地望着它们。父亲恍然大悟，明白了它们都是活生生的灵物。它们根扎黑土，受日精月华，得雨露滋润，上知天文下知地理。父亲从高粱的颜色上，猜到了太阳已经把被高粱遮挡着的地平线烧成一片可怜的艳红。

忽然发生变故，父亲先是听到耳边一声尖利呼啸，接着听到前边发出什么东西被迸裂的声响。

余司令大声吼叫："谁开枪？小舅子，谁开的枪？"

父亲听到子弹钻破浓雾，穿过高粱叶子高粱秆，一颗高粱头颅落地。一时间众人都屏气息声。那粒子弹一路尖叫着，不知落在哪里去了。芳香的硝烟迷散进雾。王文义惨叫一声："司令——我没有头啦——司令——我没有头啦——"

余司令一愣神，踢了王文义一脚，说："你娘个蛋！没有头还会说话！"

余司令撇下我父亲，到队伍前头去了。王文义还在哀号。父亲凑上前去，看清了王文义奇形怪状的脸。他的腮上，有一股深蓝色的东西在流动。父亲伸手摸去，触了一手粘腻发烫的液体。父亲闻到了跟墨水河淤泥差不多、但比墨水河淤泥要新鲜得多的腥气。它压倒了薄荷的幽香，压倒了高粱的甘苦，它唤醒了父亲那越来越迫近的记忆，一线穿珠般地把墨水河淤泥、把高粱下黑土、把永远死不了的过去和永远留不住的现在联系在一起，有时候，万物都会吐出人血的味道。

"大叔，"父亲说，"大叔，你挂彩了。"

"豆官，你是豆官吧，你看看大叔的头还在脖子上长着吗？"

"在，大叔，长得好好的，就是耳朵流血啦。"

王文义伸手摸耳朵，摸到一手血，一阵尖叫后，他就瘫了："司令，我挂彩啦！我挂彩啦，我挂彩啦。"

余司令从前边回来，蹲下，捏着王文义的脖子，压低嗓门说："别叫，再叫我就毙了你！"

王文义不敢叫了。

"伤着哪儿啦？"余司令问。

"耳朵……"王文义哭着说。

余司令从腰里抽出一块包袱皮样的白布，嚓一声撕成两半，递给王文义，说："先捂着，别出声，跟着走，到了路上再包扎。"

余司令又叫："豆官。"父亲应了，余司令就牵着他的手走。王文义哼哼唧唧地跟在后边。

适才那一枪，是扛着一架耙在头前开路的大个子哑巴不慎摔倒，背上的长枪走了火。哑巴是余司令的老朋友，一同在高粱地里吃过"拤饼"的草莽英雄，他的一只脚因在母腹中受过伤，走起来一颠一颠，但非常快。父亲有些怕他。

黎明前后这场大雾，终于在余司令的队伍跨上胶平公路时溃散下去。故乡八月，是多雾的季节，也许是地势低洼土壤潮湿所致吧。走上公路后，父亲顿时感到身体灵巧轻便，脚板利索有劲，他松开了抓住余司令衣角的手。王文义用白布捂着血耳朵，满脸哭相。余司令给他粗手粗脚包扎耳朵，连半个头也包住了。王文义痛得龇牙咧嘴。

余司令说："你好大的命！"

王文义说："我的血流光了，我不能去啦！"

余司令说："屁，蚊子咬了一口也不过这样，忘了你那三个儿子了吧！"

王文义垂下头，嘟嘟哝哝说："没忘，没忘。"

他背着一支长筒子鸟枪，枪托儿血红色。装火药的扁铁盒斜吊在他的屁股上。

那些残存的雾都退到高粱地里去了。大路上铺着一层粗砂，没有牛马脚踪，更无人的脚印。相对着路两侧茂密的高粱，公路荒凉、荒唐，令人感到不祥。父亲早就知道余司令的队伍连聋带哑连瘸带拐不过四十人，但这些人住在村里时，搅得鸡飞狗跳，仿佛满村是兵，队伍摆在大路上，三十多人缩成一团，像一条冻僵了的蛇。枪支七长八短，土炮、鸟枪、老汉阳，方六方七兄弟俩抬着一门能把小秤砣打出去的大抬杆子。哑巴扛着一盘长方形的平整土地用的、周遭二十六根铁尖齿的耙，另有三个队员也各扛着一盘。父亲当时还不知道打伏击是怎么一回事，更不知道打伏击为什么还要扛上四盘铁齿耙。

二

为了我的家族树碑立传，我曾经跑回高密东北乡，进行了大量的调查，调查的重点，就是这场我父亲参加过的、在墨水河边打死鬼子少将的著名战斗。我们村里一个九十二岁的老太太对我说:"东北乡,人万千,阵势列在墨河边。余司令,阵前站,一举手炮声连环。东洋鬼子魂儿散,纷纷落在地平川。女中魁首戴凤莲,花容月貌巧机关,调来铁耙摆连环,挡住鬼子不能前……"老太婆头顶秃得像一个陶罐,面孔都朽了,干手上凸着一条条丝瓜瓤子一样的筋,她是一九三九年八月中秋节那场大屠杀的幸存者,那时她因腿上生疽跑不动,被丈夫塞进地瓜窖子里藏起来,天凑地巧地活了下来。老太婆所唱快板中的戴凤莲,就是我奶奶的大号。听到这里,我兴奋异常。这说明,用铁耙挡住鬼子汽车退路的计谋竟是我奶奶这个女流想出来的。我奶奶也应该是抗日的先锋,民族的英雄。

提起我的奶奶,老太太话就多了。她的话破碎零乱,像一群随风遍地滚的树叶。她说起我奶奶的脚,是全村最小的脚。我们家的烧酒后劲好大。说到胶平公路时,她的话连贯起来:"路修到咱这地盘时哪……高粱齐腰深了……鬼子把能干活的人都赶去了……打毛子工,都偷懒磨滑……你们家里那两头大黑骡子也给拉去了……鬼子在墨水河上架石桥……罗汉,你们家那个老长工……他和你奶奶不大清白咧,人家都这么说……呵呀呀,你奶奶年轻时花花事儿多着咧……你爹爹能干,十五岁就杀人,杂种出好汉,十个九个都不善……罗汉去铲骡子腿……被捉住零刀子剐啦……鬼子糟害人呢,在锅里屙屎,盆里撒尿。那年,去挑水,挑上来一个什么呀,一个人头呀,扎着大辫子……"

刘罗汉大爷是我们家历史上的一个重要的人物。关于他与我奶奶之间是否有染,现已无法查清,诚然,从心里说,我不愿承认这是事实。

道理虽懂，但陶罐头老太太的话还是让我感到难堪。我想，既然罗汉大爷对待我父亲像对待亲孙子一样，那他就像我的曾祖父一样；假如这位曾祖父竟与我奶奶有过风流事，岂不是乱伦吗？这其实是胡想，因为我奶奶并不是罗汉大爷的儿媳而是他的东家，罗汉与我的家族只有经济上的联系而无血缘上的联系，他像一个忠实的老家人点缀着我家的历史而且确凿无疑地为我们家的历史增添了光彩。我奶奶是否爱过他，他是否上过我奶奶的炕，都与伦理无关。爱过又怎么样？我深信，我奶奶什么事都敢干，只要她愿意。她老人家不仅仅是抗日的英雄，也是个性解放的先驱，妇女自立的典范。

我查阅过县志，县志载：民国二十七年，日军捉高密、平度、胶县民夫累计四十万人次，修筑胶平公路。毁稼禾无数。公路两侧村庄中骡马被劫掠一空。农民刘罗汉，乘夜潜入，用铁锨铲伤骡蹄马腿无数，被捉获。翌日，日军在拴马桩上将刘罗汉剥皮零剐示众。刘面无惧色，骂不绝口，至死方休。

三

确实是这样，胶平公路修筑到我们这里时，遍野的高粱只长到齐人腰高。长七十里宽六十里的低洼平原上，除了点缀着几十个村庄，纵横着两条河流，曲折着几十条乡间土路外，绿浪般招展着的全是高粱。平原北边的白马山上，那块白色的马状巨石，在我们村头上看得清清楚楚。锄高粱的农民们抬头见白马，低头见黑土，汗滴禾下土，心中好痛苦！风传着日本人要在平原里修路，村里人早就惶惶不安，焦急地等待着大祸降临。

日本人说来就来。

日本鬼子带着伪军到我们村里抓民夫拉骡马时，我父亲还在睡觉。他是被烧酒作坊那边的吵闹声惊醒的。奶奶拉着父亲的手，颠着两只笋尖般的小脚，跑到烧酒作坊院里去。当时，我家烧酒作坊院子里，摆着十几口大瓮，瓮里满装着优质白酒，酒香飘遍全村。两个穿黄衣的日本人端着上了刺刀的步枪在院子里站着。两个穿黑衣的中国人背着枪，正在解拴在楸树上的两头大黑骡子。罗汉大爷一次一次地扑向那个解缰绳的小个子伪军，但一次一次地都被那个大个子伪军用枪筒子戳退。初夏天气，罗汉大爷只穿一件单衫，祖露的胸膛上布满被枪口戳出的紫红圆圈。

罗汉大爷说："弟兄们，有话好说，有话好说。"

大个子伪军说："老畜生，滚到一边去。"

罗汉大爷说："这是东家的牲口，不能拉。"

伪军说："再吵嚷就毙了你个小舅子！"

日本兵端着枪，像泥神一样。

奶奶和我父亲一进院，罗汉大爷就说："他们要拉咱的骡子。"

奶奶说："先生，我们是良民。"

日本兵眯着眼睛对奶奶笑。

小个子伪军把骡子解开，用力牵扯，骡子倔强地高昂着头，死死不肯移步。大个子伪军上去用枪戳骡子屁股，骡子愤怒起蹄，明亮的蹄铁趵起泥土，溅了伪军一脸。

大个子伪军拉了一下枪栓，用枪指着罗汉大爷，大叫："老混蛋，你来牵，牵到工地上去。"

罗汉大爷蹲在地上，一气不吭。

一个日本兵端着枪，在罗汉大爷眼前晃着，鬼子说："呜哩哇啦哑啦哩呜！"罗汉大爷看着在眼前乱晃的贼亮的刺刀，一屁股坐在地上。鬼子兵把枪往前一送，锋快的刺刀下刃在罗汉大爷光溜溜的头皮上豁开一条白口子。

奶奶哆嗦成一团，说："大叔，你，给他们牵去吧。"

一个鬼子兵慢慢向奶奶面前靠。父亲看到这个鬼子兵是个年轻漂亮的小伙子，两只大眼睛漆黑发亮，笑的时候，嘴唇上翻，露出一颗黄牙。奶奶跌跌撞撞地往罗汉大爷身后退。罗汉大爷头上的白口子里流出了血，满头挂色。两个日本兵笑着靠上来。奶奶在罗汉大爷的血头上按了两巴掌，随即往脸上两抹，又一把撕散头发，张大嘴巴，疯疯癫癫地跳起来。奶奶的模样三分像人七分像鬼。日本兵愕然止步。小个子伪军说："太君，这个女人，大大的疯了的有。"

鬼子兵咕噜着，对着我奶奶的头上开了一枪。奶奶坐在地上，呜呜地哭起来。

大个子伪军把罗汉大爷用枪逼起来。罗汉大爷从小个子伪军手里接过骡子缰绳。骡子昂着头，腿抖着，跟着罗汉大爷走出院子。街上乱纷纷跑着骡马牛羊。

奶奶没疯。鬼子和伪军刚一出院，奶奶就揭开一只瓮的木盖子，在平静如镜面的高粱烧酒里，看到一张骇人的血脸。父亲看到泪水在奶奶腮上流过，就变红了。奶奶用烧酒洗了脸，把一瓮酒都洗红了。

罗汉大爷跟骡子一起，被押上了工地。高粱地里，已开出一节路坯子。墨水河南边的公路已差不多修好，大车小车从新修好的路上挤过来，车上载着石头黄沙，都卸在河南岸。河上只有一座小木桥，日本人要在河上架一座大石桥。公路两侧，好宽大的两片高粱都被踩平，地上像铺了一层绿毡。河北的高粱地里，在刚用黑土弄出个模样的路两边，有几十匹骡马拉着碌碡，从海一样高粱地里，压出两大片平坦的空地，破坏着与工地紧密相连的青纱帐。骡马都有人牵着，在高粱地里来来回回地走。鲜嫩的高粱在铁蹄下断裂、倒伏，倒伏断裂的高粱又被带棱槽的碌碡和不带棱槽的石磙子反复镇压。各色的碌碡和磙子都变成了深绿色，高粱的汁液把它们湿透了。一股浓烈的青苗子味道笼罩着工地。

罗汉大爷被赶到河南往河北搬运石头。他极不情愿地把骡子缰绳交给了一个烂眼圈的老头子。小木桥摇摇晃晃，好像随时要塌。罗汉大爷过了桥，站在河南，一个工头模样的中国人，用手中持着的紫红色的藤条，轻轻戳戳罗汉大爷的头，说："去，往河北搬石头。"罗汉大爷抹一把眼睛——头上流下的血把眉毛都浸湿了。他搬着一块不大不小的石头，从河南到河北。那个接骡的老头还未走，罗汉大爷对他说："你珍贵着使唤，这两头骡子，是俺东家的。"老头儿麻木地垂着头，牵着骡子，走进开辟通道的骡马大队。黑骡子光滑的屁股上反映阳光点点。头上还在流血，罗汉大爷蹲下，抓起一把黑土，按在伤口上。头顶上沉重的钝痛一直下导到十个脚趾，他觉得头裂成了两半。

工地的边缘上稀疏地站着持枪的鬼子和伪军。手持藤条的监工，像鬼魂一样在工地上转来转去。罗汉大爷在工地上走，民夫们看着他血泥模糊的头，吃惊得眼珠乱颤。罗汉大爷搬起一块桥石，刚走了几步，就听到背后响起一阵利飕的小风，随即有一道长长的灼痛落到他的背上。他扔下桥石，见那个监工正对着他笑。罗汉大爷说："长官，有话好说，你怎么举手就打人？"

监工微笑不语，举起藤条又横着抽了一下他的腰。罗汉大爷感到这一藤条几乎把自己打成两半，两股热辣辣的泪水从眼窝里凸出来。血冲头顶，那块血与土凝成的血痂，在头上嘣嘣乱跳，似乎要迸裂。

罗汉大爷喊："长官！"

长官又给了他一藤条。

罗汉大爷说："长官，打俺是为了啥？"

长官抖着手里的藤条，笑眯眯地说："让你长长眼色，狗娘养的。"

罗汉大爷气噎咽喉，泪眼模糊，从石堆里搬起一块大石头，踉踉跄跄地往小桥上走。他的脑袋膨胀，眼前白花花一片。石头尖硬的棱角刺着他的肚腹和肋骨，他都觉不出痛了。

监工挂着藤条原地不动，罗汉大爷搬着石头，胆战心惊地从他眼前走过。监工在罗汉大爷脖子上抽了一藤条。大爷一个前趴，抱着大石，跪倒在地上。石头砸破了他的双手，他的下巴在石头上碰得血肉模糊。大爷被打得六神无主，像孩子一样糊糊涂涂地哭起来。一股紫红色的火苗，这时，也在他空白的脑子里缓缓地亮起来。

他费力地从石头下抽出手，站起来，腰半弓着，像一只发威的老瘦猫。

一个约有四十岁出头的中年人，满脸堆着笑，走到监工面前，从口袋里摸出一包烟，捏出一支，敬到监工嘴边。监工张嘴叼了烟，又等着那人替他点燃。

中年人说："您老，犯不着跟这根糟木头生气。"

监工把烟雾从鼻孔里喷出来，一句话也不说。大爷看到他握藤条的焦黄手指在紧急地扭动。

中年人把那盒烟装进监工口袋里。监工好像全无觉察，哼了一声，用手掌压压口袋，转身走了。

"老哥，你是新来的吧？"中年人问。

罗汉大爷说是。

他说："你没送他点见面礼？"

罗汉大爷说："不讲理，狗！不讲理，他们抓我来的。"

中年人说："送他点钱，送他盒烟都行，不打勤的，不打懒的，单打不长眼的。"

中年人扬长进入民夫队伍。

整整一个上午，罗汉大爷就跟没魂一样，死命地搬着石头。头上的血痂遭阳光晒着，干硬干硬地痛。手上血肉模糊。下巴上的骨头受了伤，口水不断流出来。那股紫红色的火苗时强时弱地在他脑子里燃着，一直没有熄灭。

中午，从前边那段修得勉可行车的公路上，颠颠簸簸地驶来一辆土黄色的汽车。他恍惚听到一阵尖利的哨响，眼见着半死不活的民工们摇摇摆摆地向汽车走过去。他坐在地上，什么念头也没有，也不想知道那汽车到来是怎么一回事。只有那簇紫红的火苗子灼热地跳跃着，冲击着他的双耳嗡嗡地响。

中年人过来，拉他一把，说："老哥，走吧，开饭啦，去尝尝东洋大米吧！"

大爷站起来，跟着中年人走。

从汽车上抬下了几大桶雪白的米饭，抬下了一个盛着蓝花白底洋瓷碗的大筐。桶边站着一个瘦中国人，操着一柄黄铜勺子；筐边站着一个胖中国人，端着一摞碗。来一个人他发给一个碗，黄铜勺子同时往这碗里扣进米饭。众人在汽车周围狼吞虎咽，没有筷子，一律用手抓。

那个监工又转过来，提着藤条，脸上还带着那种冷静的笑容。罗汉大爷脑子的火苗腾一声燃旺了，火苗把他丢去的记忆照耀得清清楚楚，他记起半天来噩梦般的遭际。持枪站岗的日本兵和伪军也聚拢过来，围着一只白铁皮桶吃饭。一只削耳长脸的狼狗坐在桶后，伸着吞头看着这边的民夫。

大爷数了数围着桶吃饭的十几个鬼子和十几个伪军，心里萌生了跑的念头。跑，只要钻到了高粱地里，狗日的就抓不到了。他的脚心里热乎乎地流出了汗。自从跑的念头萌动之后，他的心就焦躁不安。持藤条监工冷静的笑脸后仿佛隐藏着什么，罗汉大爷一见这笑脸，脑子立刻就糊涂了。

民夫们都没吃饱。胖子中国人收回洋碗。民夫们舔着嘴唇，眼巴巴地盯着那几只空桶里残存的米粒，但没人敢去动。河北岸有一头骡子嘶哑地叫起来。罗汉大爷听出来了，是我家的黑骡子在叫。在那片新开辟出的空地上，骡马都拴在碌碡或石磙子上。高粱尸横遍野。骡马无精打采地叼吃着被揉烂压扁的高粱茎叶。

下午，有一个二十多岁的小青年，瞅着监工不注意，飞一般窜向高粱地，一颗子弹追上了他。他趴在高粱边缘上，一动也不动。

太阳平西，那辆土黄色的汽车又来了。罗汉大爷吃完了那勺米饭。他吃惯了高粱米饭的肠胃，对这种充满霉气的白米进行着坚决的排斥。但他还是强忍着喉咙的痉挛把它吃了。跑的念头越来越强烈。他惦记着十几里外的村子里，属于他的那个酒香扑鼻的院落。日本人来，烧酒的伙计们都跑了，热气腾腾的烧酒大锅冷了。他更惦记着我奶奶和我父亲。奶奶在高粱叶子垛边给他的温暖令他终生难忘。

吃过晚饭，民夫们都被赶到一个用杉木杆子夹成的大栅栏里。栅栏上罩着几块篷布。杉木杆子都用绿豆粗的铁丝连成一体。栅栏门是用半把粗的铁棍烧成的。鬼子和伪军分住着两个帐篷，帐篷离栅栏几十步远。那条狗拴在鬼子的帐篷门口。栅栏门口，栽着一根高竿，竿上吊着两盏桅灯。鬼子和伪军轮流着站岗游动。骡马都集中地拴在栅栏西边那片高粱的废墟上。那里栽了几十根拴马桩。

栅栏里臭气熏天，有人在打呼噜，有人往栅栏边角上那个铁皮水桶里撒尿，尿打桶壁如珠落玉盘。桅灯的光暗淡地透进栅栏。游动哨的长影子不时在灯影里晃动。

夜渐深了，栅栏里凉气逼人。罗汉大爷无法入睡。他还是想跑。岗哨的脚步声绕着栅栏响。大爷躺着不敢动，竟迷迷糊糊地睡过去。梦中觉得头上扎着尖刀，手里握着烙铁。醒来，遍体汗湿，裤子尿得湿漉漉的。从遥远的村庄里传来一声尖细的鸡啼。骡马弹蹄吹鼻。破篷布上，漏出几颗鬼鬼祟祟的星辰。

白天帮助过罗汉大爷的那个中年人悄悄坐起来。虽然在幽暗中，大爷还是看到了他那两颗火球般的眼睛。大爷知道中年人来历不凡，静躺着看他的动静。

中年人跪在栅栏门口，两臂扬起，动作非常慢。大爷看着他的背，看着他带着神秘色彩的头。中年人运了一回气，猛一侧面，像开弓射箭一样抓住两根铁棍。他的眼里射出墨绿色的光芒，碰到物体，似乎还窸窣有声。那两根铁棍无声无息地张开了。更多的灯光和星光从栅栏门外射进来，照着不知谁的一只张嘴的破鞋。游动哨转过来了。大爷看到一条黑影飞出栅栏，鬼子哨兵咯了一声，便在中年人铁臂的扶持下无声倒地。中年人拎起鬼子的步枪，轻悄悄地消逝了。

大爷好半晌才明白了眼前发生了什么事。中年人原来是个武艺高强的英雄。英雄为他开辟了道路，跑吧！大爷小心翼翼地从那个洞里爬出去。那个死鬼子仰面躺着，一条腿还在抽抽搐搐地动。

大爷爬进了高粱地，直起腰来，顺着垄沟，尽量躲避着高粱，不发出响动，走上墨水河堤。三星正响，黎明前的黑暗降临。墨水河里星斗灿烂。局促地站在河堤上，罗汉大爷彻骨寒冷，牙齿频繁打击，下巴骨的疼痛扩散到腮上、耳朵上，与头顶上一鼓一鼓的化脓般的疼痛连成一气。清冷的掺杂着高粱汁液的自由空气进入他的鼻孔、肺叶、肠胃，那两盏鬼火般的桅灯在雾中亮着，杉木栅栏黑幢幢的，像个巨大的坟墓。罗汉大爷几乎不敢相信，这么容易就逃出来了。他的脚把他带上了那座腐朽的小木桥，鱼儿在水中翻花，流水潺潺有声，流星亮破一线天。好像什么事也没有发生呀，什么也没有发生。本来，罗汉大爷就可以逃回村子，藏起来，躲起来，养好伤，继续生活。可是，当他走到木桥上时，听到在河南岸，有个不安生的骡子嘶哑地叫了一声。罗汉大爷为了骡子重新返回，酿出了一出壮烈的悲剧。

骡马拴在离栅栏不远处的几十根木桩上，它们的身下，漾溢着尿臊屎臭。马打着响鼻，骡子啃着木桩，马嚼着高粱秸子，骡子拉着稀屎。罗汉大爷一步三跌，抢进骡马群。他嗅到我家那两头大黑骡子亲切的味道，他看到了我家那两头大黑骡子熟悉的身影。他扑上去，想去解救自己的患难的伙伴。骡子，这不通理论的畜生，竟疾速地调转屁股、飞起双蹄。罗汉大爷喃喃地说："黑骡，黑骡，咱一起跑了吧！"骡子暴怒地左旋右转，保护着自己的领地。它们竟然认不出主人啦，罗汉大爷不知道自己身上新鲜的陈旧的血腥味，自己身上新鲜的陈旧的伤痕，已经把自己改变了。罗汉大爷心中烦乱，一步跨进去，骡子飞起一个蹄子，打在了他的胯骨上。老头子侧身飞去，躺在地上，半边身子都麻木不仁。骡子还在撅着屁股打蹄，蹄铁像残月一样闪烁。罗汉大爷胯骨灼热胀大，有沉重的累赘感。他爬起来，歪倒了，歪倒了又爬起来。村里的那只嗓音单薄的公鸡又叫了一声。黑暗逐渐消退，三星愈加辉煌耀目，也辉耀着那亮晶晶的骡子屁股和眼球。

"好两个畜生！"

罗汉大爷，心头火起，一歪一斜地转着，想寻找一件利器。在开挖引水渠的工地上，他找到一柄锋利的铁锹。他毫无拘禁地走，叫骂，忘了百步之外的人与狗。他自由自在，不自由都是因为怕。东方那团渐渐上升的红晕在上升时同时散射，黎明前的高粱地里，静寂得随时都会爆炸。罗汉大爷迎着朝霞，向那两头大黑骡子走去。他对黑骡恨之入骨。骡子静立着不动，罗汉大爷把铁锹端平，对准一头黑骡的一条后腿，猛力铲过去。一道凉凉的阴影落到骡子的后腿上。骡子歪斜了两下，立即挺住，从骡子头那儿，响了粗犷豪烈惊愕愤怒的嘶鸣。随即，受伤的骡子把屁股高高扬起，一溜热血抛洒像雨点一样，淅淅沥沥淋了大爷满脸。大爷瞅准空当，又铲中了骡子的另一条后腿。黑骡叹息了一声，便屁股逐渐坠落，猛然坐在地上，两条前腿还立着，脖子被缰绳吊着，嘴巴朝着已是灰蓝色的苍天呼吁。铁锹被骡子沉重的屁股压住，大爷也蹲了窝。他用尽全力，把铁锹抽出。他感觉到铁锹刃儿牢牢地嵌在骡子的腿骨里。另一头黑骡，傻愣愣地看着瘫倒的同伴，像哭一样，像求饶一样哀鸣着。

大爷平托铁锹，向它逼过去，它用力后退着，缰绳几乎被拉断，木桩哗哗叭叭地响，它的拳大的双眼里，流着暗蓝的光。

"你怕了吗？畜生！你的威风呢？畜生！你这个忘恩负义吃里扒外的混账东西！你这个里通外国的狗杂种！"

罗汉大爷怒骂着，对着黑骡长方形的板脸铲出一锹。铁锹铲在木桩上，他上下左右晃动着锹柄，才把锹刃铲出。黑骡挣扎着，后腿曲成弓箭，秃尾巴扫地嚓啦有声。大爷瞄准骡脸，啪地一响，正中骡子宽广的脑门，坚固的头骨与锹刃相撞，一阵震颤，通过锹柄传导，使罗汉大爷双臂酸麻。黑骡闭口无言，蹄腿乱动，交叉杂错，到底撑不住。嗡隆一声倒下，像倒了一堵厚墙壁。缰绳被顿断，半截在木桩上垂着，半截在骡脸边曲着。大爷垂手默立。光滑的锹柄在骡头上斜立指着天。那边狗叫人喧，天亮了，从东边的高粱地里，露出了一弧血红的朝阳，阳光正正地照着罗汉大爷半张着的黑洞洞的嘴。

四

队伍走上河堤，一字儿排开，刚从雾里挣扎出来的红太阳照耀着他们。我父亲和大家一样都半边脸红半边脸绿，和他们一起观看着墨水河面上残破的雾团。把河南河北的公路连接起来的是跨越墨水河的十四孔大石桥。原来的小木桥在石桥西侧，桥面早断了三五节，几根棕色的桩子兀立在河水中，无可奈何地挡起一簇簇青白的浪花。破雾中的河面，红红绿绿，严肃恐怖。站在河堤上，抬眼就见到堤南无垠的高粱平整如板砥的穗面。它们都纹丝不动。每穗高粱都是一个深红的成熟的面孔，所有的高粱合成一个壮大的集体，形成一个大度的思想。——我父亲那时还小，想不到这些花言巧语，这是我想的。

高粱与人一起等待着时间的花朵结出果实。

公路笔直地往南通去，愈远愈窄，最后被高粱淹没。那最远的地方，与铁青色的穹窿边缘连接着的高粱上，也同样地，呈现出日出时动人的凄婉悲壮情景。

我父亲有几分好奇地看着痴呆呆的游击队员们，他们从哪里来？他们到哪里去？为什么要来打伏击？打了伏击以后还打什么？静穆中，断桥激起的水声节奏更加分明，声音更加清脆入耳。雾被阳光纷纷打落在河水中。墨河水由暗红渐渐燃烧成金红。满河流光溢彩。水边有棵孤独的水荇，黄叶低垂，曾经煊赫过的蚕虫状花序枯萎苍白地挂在叶权间。又是抓螃蟹的节令了！父亲想，秋风起，天气凉，

172

一群大雁往南飞……罗汉大爷说，抓、豆官……抓！螃蟹纤巧的脚爪把细软的河泥印满花纹。父亲从河水中闻到了螃蟹特有的那种淡雅的腥气。我家在抗战前种植的罂粟花用蟹酱喂过，花朵肥大，色彩斑斓，香气扑鼻。

余司令说："都下堤藏好。哑巴放耙。"

哑巴从肩上摘下几圈铁丝，把四盘耙绑在一起。他"啊"了两声，招呼着几个队员，把连环耙抬到公路与石桥相接处。

余司令说："弟兄们，藏好，等鬼子汽车上了桥，等冷支队的人把退路封住，听我的口号一齐开火，把畜生们打到河里去喂白鳝喂蟹子。"

余司令对哑巴打了几个手势，哑巴点点头，带着一半人枪，到路西边的高粱地里埋伏。王文义跟着哑巴往西走，被哑巴推了回来。余司令说："你别过去，你跟着我。害怕吗？"

王文义连连点头，说："不怕……不怕……"

余司令让方家兄弟把那尊大抬扛在河堤上架好。又对提着一只大喇叭的刘吹手说："老刘，接着火，你什么都别管，可着劲儿给我吹喇叭，鬼子怕响器，你听到了吗？"

刘吹手是余司令早年的伙伴，那时，司令是轿夫，刘是吹鼓手。他双手攥着喇叭筒子，像握着一杆枪。

余司令对大家说："丑话说到前头，到时候谁要草鸡了，我就崩了他。咱要打出个样子来给冷支队看看，那些王八蛋，仗着旗号吓唬人。老子不吃他的，他想改编我？我还想改编他呢！"

众人围坐在高粱地里，方六拿出烟袋装烟，摸出火镰火石打火。火镰乌黑，火石褚红，跟煮熟的鸡肝一样。火镰打击火石嚓嚓地响。

火星飞迸，每一个火星都很大。一个大火星溅到方六用食指和无名指捏住的高粱秆芯上，方六噘口吹气，火绒上冒出一缕白烟，红了。方六点燃烟袋，吸一口，余司令吐一口。抽抽鼻子，说："把烟磕了，鬼子闻到烟味还会上桥？"

方六紧着吸了两口，把烟袋磕了，把烟包装好。余司令说："都到河堤漫坡上趴着，省得鬼子来了措手不及。"

大家都有些紧张，卧在河堤上，手抱着枪，如临大敌。父亲趴在余司令身边。余司令问："你怕不怕？"父亲说："不怕！"

余司令说："好样的，是你干爹的种！你是我的传令兵，打起来别离开我，有什么命令我就给你说，你就给我往西边传。"

父亲点点头。他眼馋地盯着余司令腰里那两支枪。一支大，一支小。

大的是德国造自来得匣子枪，小的是法国造勃朗宁手枪。这两支枪各有来历。

父亲嘴里迸出一个字："枪！"

余司令说："你要枪？"

父亲点点头，说："枪。"

余司令说："你会使吗？"

"会！"父亲说。

余司令从腰里抽出勃朗宁手枪，在手里掂量着。手枪已老，烧蓝退尽。余司令拉动枪机，弹仓里跳出一颗黄铜壳的圆头子弹。他把子弹扔了一个高，伸手接住，又压进枪里。

"给你！"余司令说，"就像老子一样用它。"

父亲把枪抓了过来。父亲握着枪，想起前天晚上，余司令就用这支枪打碎了一个酒盅子。

那时候眉月初升，低低地压着枯树枝丫。父亲抱着一个酒坛子，捏着一柄铜钥匙，遵照奶奶的命令，到烧酒作坊里去盛酒，父亲拧开大门，院落里静悄悄的，骡棚里黑洞洞的，作坊里发散着腐烂酒糟的浊气。父亲揭开一个瓮盖子，借着星月光辉，看到清平的酒面上，自己干瘦的脸。父亲眉毛短促，嘴唇单薄，他觉得自己很丑，他把酒坛子按到瓮里。酒咕嘟咕嘟灌进坛。提坛出瓮时，坛上的酒滴滴答答落入瓮内。父亲改变了主意，他把坛里的酒倒进瓮里。父亲想起了奶奶洗过血脸的那瓮酒。奶奶在家里陪着余司令和冷支队长喝酒，奶奶和余司令都是大量，冷支队长却有些醉了。父亲走到那瓮酒前，见木制的瓮盖上压着一扇石磨。他放下酒坛，用尽全力把石磨掀掉。石磨在地上滚了两圈，撞到另一只酒瓮上，在瓮壁上撞出一个大洞，高粱酒哧哧地蹿出来，父亲不去管它。父亲揭开瓮盖，闻到了罗汉大爷的血腥气。他想起了罗汉大爷的血头和娘的血脸。罗汉大爷的脸和娘的脸在瓮里层出不穷。父亲把坛子按到瓮里，装满血酒，双手捧着，回到家中。

八仙桌上，明烛高烧，余司令和冷队长四目相逼，都咻咻喘气。奶奶站在他们二人当中，奶奶左手按着冷支队长的左轮枪，右手按着余司令的勃朗宁手枪。

父亲听到奶奶说："买卖不成仁义在么，这不是动刀动枪的地方，有本事对着日本人使去。"

余司令怒冲冲地骂："舅子，你打出王旅的旗号也吓不住我。老子就是这地盘上的王，吃了十年抹饼，还在乎王大爪子那个驴日的！"

冷支队长冷冷一笑，说："占鳌兄，兄弟也是为你好，王旅长也是为你好，只要你把杆子拉过来，给你个营长干。枪饷由王旅长发给，强似你当土匪。"

"谁是土匪？谁不是土匪？能打日本就是中国的大英雄。老子去年摸了三个日本岗哨，得了三支大盖子枪。你冷支队不是土匪，杀了几个鬼子？鬼子毛也没揪下一根。"

冷支队长坐下，抽出一支烟点燃。

趁着机会，父亲捧着酒坛上去。奶奶接过酒坛，脸色陡变，狠狠地看了父亲一眼。奶奶往三个碗里倒酒，每个碗都倒得冒尖。

奶奶说："这酒里有罗汉大叔的血，是男人就喝了，后日一起把鬼子汽车打了，然后你们就鸡走鸡道，狗走狗道，井水不犯河水。"

奶奶端起酒，咕咚咕咚喝了。

余司令端起酒，一仰脖灌了。

冷支队长端起酒，喝了半碗。放下碗，他说："余司令，兄弟不胜酒力，告辞啦！"

奶奶按着左轮手枪，问："打不打？"

余司令气哼哼地说："你甭求他，他不打，老子打！"

冷支队长说："打。"

奶奶松开手，冷支队长把左轮手枪抓过去，挂在腰带上。

冷支队长白净面皮，鼻子周围有十几颗黑麻子。他的腰带上别着一大圈子弹，挂上枪后，腰带垂成一轮下钩月。

奶奶说："占鳌，我把豆官交给你了，后日，你带着他去。"

余司令看看我父亲，笑着问："干儿子，有种吗？"

父亲轻蔑地看着余司令双唇间露出的土黄色坚固牙齿，一句话也不说。

余司令拿过一只酒盅，放在我父亲头顶上，让我父亲退到门口站定。他抄起勃朗宁手枪，走向墙角。

父亲看着余司令往墙角上跨了三步，每一步都那么大那么缓慢。奶奶脸色苍白。冷支队长嘴角上竖着两根嘲弄的笑纹。

余司令走到墙角后，立定，猛一个急转身，父亲看到他的胳膊平举，眼睛黑得出红光。勃朗宁枪口吐出一缕白烟。父亲头上一声巨响，酒盅炸成碎片。一块小瓷片掉进父亲的脖子上，父亲一耸头，那块瓷片就滑到了裤腰里。父亲什么也没说。奶奶的脸色更加苍白。冷支队长一屁股坐在板凳上，半晌才说："好枪法。"

余司令说："好小子！"

父亲握着勃朗宁手枪，感到它出奇地沉重。

余司令说："不用我教你，你知道该怎么打。传我的令给哑巴，让他们准备好！"

父亲提着手枪，钻进高粱地，跨过公路，走到哑巴面前。哑巴盘腿大坐，用一块绿油油的石头磨着一把修长的腰刀。其他队员坐的躺的都有。

父亲对哑巴说："让你们准备好。"

哑巴斜了父亲一眼，继续磨刀。磨一阵，他撕了几个高粱叶子，把刀口上的石末擦掉，又拔了一根细草，试着刀锋，小草一碰上刀刃就悄悄地断了。

父亲又说："让你们准备好！"

哑巴把腰刀入鞘，放在身旁。他的脸上绽开狰狞的笑容。他抬起一只大手，对着父亲招着。

"唔！唔！"哑巴说。

父亲蹑手蹑脚地走上前，离哑巴一步远停住。哑巴一探身，扯住了父亲的衣襟，用力一带，父亲伏在哑巴怀里。哑巴拧住父亲的耳朵，父亲的嘴咧到了腮上。父亲用勃朗宁手枪，戳着哑巴的脊梁骨。哑巴又按住了父亲的鼻子，用力一掀，父亲的眼泪噗噗冒出。哑巴怪声怪气地笑起来。

散坐在哑巴周围的队员们齐声哄笑。

"像不像余司令？"

"是余司令下的种子。"

"豆官，我想你娘。"

"豆官，我要吃你娘那两个插枣饽饽。"

父亲老羞成怒，举起手枪，对准那个妄想吃插枣饽饽的就搂了火。勃朗宁手枪里啪哒一响，子弹没有出膛。

那人脸色灰黄，快速跳起，来夺父亲的手枪。父亲怒火冲天，扑到那人身上，连踢带咬。

哑巴立起来，扯着父亲的脖子用力一摔，父亲的身体离地飘行，下落时砸断了几株高粱。父亲打了一个滚爬起来，破口大骂着，扑到哑巴面前。哑巴"唔唔"两声。父亲看着他铁青的脸，被镇在那儿。哑巴拿去勃朗宁手枪，拉动枪机，一粒子弹落在他的手里。他捏着子弹头，看着子弹屁股门上被撞针击出的小孔，对着父亲比画了几下。哑巴把枪插到父亲腰里，拍了拍父亲的头。

"你在那边闹什么？"余司令问。

父亲委屈地说："他们……要和俺娘困觉。"

余司令板着脸，问："你怎么说？"

父亲抬起胳膊擦擦眼，说："我给了他一枪！"

"你开枪了？"

"枪没响。"父亲把那粒金灿灿的臭火递给余司令。

余司令接过子弹，看看，轻松地摔出，子弹滑着漂亮的弧线，落到河里。

余司令说："好样的！枪子儿先向日本人身子打，打完日本人，谁要是再敢说要和你娘困觉，你就对着他的小肚子开枪。别打他的头，也别打他的胸，记住，打他的小肚子。"

父亲伏在余司令身边。他的右边是方家弟兄。大抬杠子架在河堤上，枪口对着石桥。枪口堵着一团破棉絮。抬杠的后部翘出一根引信。方七的身边，放着一把高粱秆芯制成的火绒，有一根正在燃烧。方六身边放着一个药葫芦，一个盛铁豆子的铁盒。

余司令左边是王文义。他双手攥着长苗子鸟枪，身体抖成一团。他的伤耳已经和白布凝结在一起。

太阳一竿子高了，雪白的核心外还镶着一圈浅淡的红。河水亮晶晶，一群野鸭子从高粱上空飞来，盘旋三个圈，大部分斜刺里扑到河滩的草丛中，小部分落到河里，随着河水漂流。河水中的野鸭子身体稳住不动，只把灵活的头颈转来转去。父亲身上暖洋洋的，被露水打湿的衣服彻底干了。又趴了一会儿，父亲感到有一粒石子硌得胸痛，便起身坐起，头和胸高出堤面。余司令说："趴下。"父亲又不情愿地趴下。方家老六鼻子里吹出鼾声。余司令抠起一块土坷垃，投到方六的脸上。方六懵懵懂懂地坐起来，打了一个哈欠，挤出两滴细小的泪珠。

"鬼子来了吗？"方六大声说。

"操你亲娘！"余司令说，"不许困觉。"

河南河北寂静无声，宽阔的公路死气沉沉地躺在高粱丛中。河上的大石桥那么漂亮。无边的高粱迎着更高更高的太阳，脸庞鲜红，不胜娇羞。野鸭子在浅水边，用扁嘴搜索着什么，发出一片呱呱唧唧的响声。父亲的目光停在野鸭子上，研究着它们美丽的羽毛和机灵的眼睛。他端着沉重的勃朗宁手枪，瞄着野鸭子平坦的背。他几乎要扣动扳机了。余司令按住他的手，说："小鳖羔子，你想干什么？"

父亲感到烦躁不安了，公路还是枯死地躺着。高粱更加鲜红。

"冷麻子这个畜生，他要是胆敢耍弄老子！"余司令恨恨地说。河南无声无息，冷支队连个影儿都不见。父亲知道鬼子汽车从这儿路过的情报是冷支队得到的，冷支队怕一家打不了，才来联合余司令的队伍。

父亲紧张了一会儿，又渐渐懈怠。他的目光一次又一次地被野鸭子吸引。他想起跟着罗汉大爷打鸭子的事。罗汉大爷有一支鸟枪，乌红的托子，牛皮的枪带。这支鸟枪正被王文义攥着。

父亲的眼里蒙着泪水，但不到流出眶外的数量。就像去年那天一样。在温暖的阳光里，父亲感到有一阵扎人的寒冷在全身扩散。

罗汉大爷和两头骡子一起被鬼子和伪军捉走，奶奶在酒瓮里洗净了满脸的血。奶奶满脸酒香，皮肤赤红，眼皮有些肿，月白色洋布褂子前胸被酒和血洇湿。奶奶伫立在瓮边，凝视着瓮里的酒。酒里映着奶奶的脸。父亲记得，奶奶扑地跪倒，对着酒瓮磕了三个头。然后，她站起来，双手掬起一捧酒喝了。奶奶满脸的红润，都集中到双腮上，额上和下巴却苍白无色。

"跪下！"奶奶命令父亲，"磕头。"

父亲跪下磕头。

"捧一口酒喝！"

父亲捧了酒喝下。

一道道血丝像线一样，垂直地往瓮底下沉着。瓮里飘着一朵小小的白云，并摆着奶奶和父亲的庄严面孔。奶奶两只细长的眼睛里射出灼人的光，父亲不敢看。父亲的心怦怦跳着，又伸出手，从瓮里掬上一捧酒，酒从指缝下落，打破了青天白云大脸小脸。父亲又喝了一口酒，一股血腥味死死粘在舌上。血丝都沉到瓮底，在凸起的瓮底中间集合成一个拳头大小的混浊的团体。父亲和奶奶看了它好久。奶奶拉上瓮盖，从墙角那儿把一扇磨盘滚过来，用力搬起，压在瓮盖上。

"你不要动它！"奶奶说。

父亲看着磨盘凹槽里潮湿的泥土和蠕蠕爬动的灰绿色潮湿虫，惊恐不安地点了点头。

这一夜，父亲躺在他的小床上，听着奶奶在院子里走来走去。奶奶格登格登的脚步声和着田野里的高粱绰缭，编织着父亲纷乱的梦境。父亲在梦中听到我家那两头秀丽的大黑骡子在鸣叫。

平明时分，父亲醒了一次。他赤着身体跑到院子里去撒尿，见奶奶还立在院子里望着天空发呆。父亲叫了一声娘，奶奶没搭腔。父亲撒完尿，扯着奶奶的手往屋里拉。奶奶软疲疲地随着父亲转身进屋。刚刚进屋，就听到从东南方向传来一阵浪潮般的喧闹，紧接着响了一枪，枪声非常尖锐，像一柄利刃，把挺括的绸缎豁破了。

父亲现在趴的地方，那时候堆满了洁白的石条和石块，一堆堆粗粒黄沙堆在堤上，像一排排大坟。去年初夏的高粱在堤外忧悒沉重地发着呆。被碌碡压倒高粱闪出来的公路轮廓，一直向北延伸。那时大石桥尚未修建，小木桥被千万只脚、被千万次骡马铁蹄踩得疲惫不堪、敲得伤痕累累。压断揉烂的高粱流出的青苗味道，被夜雾浸淫，在清晨更加浓烈。遍野的高粱都在痛哭。父亲和奶奶听到那声枪响不久，就和村里的若干老弱妇孺被日本兵驱赶到这里。那时候日头刚刚升上高粱梢头，父亲和奶奶与一群百姓站在河南岸路西边，脚下踩着高粱残骸。父亲们看着那个牛棚马圈般的巨大栅栏，一大群衣衫褴褛的民夫缩在栅栏外。后来，两个伪军又把这群民夫赶到路西边，与父亲他们相挨着，形成了另一个人团。在父亲们和民夫们的面前，就是后来令人失色的拴骡马的地方。人们枯枯地立着，不知过了多久，终于看到，一个肩上佩着两块红布、胯上挂着一柄拖地钢刀、牵着一匹狼狗、戴着两只白手套、面孔清癯的日本官儿从帐篷那边走过来。在他的身后，狼狗垂着鲜艳的舌头，在狼狗身后，两个伪军抬着一具硬邦邦的日本兵尸体，两个日本兵在最后，押着被两个伪军架着的血肉模糊的罗汉大爷。父亲使劲往奶奶身上靠，奶奶揽住了父亲。

日本官儿牵着狼狗停在骡马场附近的空地上。五十多只白鸟从墨水河道里扑棱棱飞出来，飞经人群上方青蓝蓝的天，又拐弯向东，飞向那个金子般的太阳。父亲看到骡马场上那些蓬毛垢面的牲畜，看到了躺在地上的我家那两头大黑骡子。一头骡子死了，它头上还斜立着那柄铁锹。黑血把地上的碎高粱，把骡子光洁的脸，都弄得肮脏不堪。另一头骡子坐在地上，血乎乎的尾巴拂着大地，两腹厚皮抖得索索有声。两个时开时合的鼻孔里，吹出口哨一样的响声。

父亲不知道自己多么喜爱这两头黑骡子。奶奶挺胸扬头骑在骡背上，父亲坐在奶奶怀里，骡子驮着母子俩，在高粱夹峙下的土路上奔驰，骡子跑得前仰后合，父亲和奶奶被颠得上蹿下跳。细细的骡腿腾起一路烟尘。父亲兴奋得吱哇乱叫。稀稀疏疏的农人，立在高粱地边上，手扶锄头或是别的什么农具，盯着高粱作坊女掌柜艳丽的粉脸，满脸嫉妒仇恨。我家那两头大黑骡子，一头倒在地上死了，嘴唇咧开，一排雪白的长方形大牙齿啃着地。另一头坐着，比死了还难受。父亲对奶奶说："娘，咱的骡子。"奶奶伸手捂住父亲的嘴。

日本兵的尸体停放在拄刀牵狗而立的日本官面前。两个伪军拖着血肉模糊的罗汉大爷向一根拴马高桩走。父亲并没有立刻认出罗汉大爷。父亲看到了一个被打烂了的人形怪物。他被架着，一颗头忽而歪向左，忽而歪向右，头顶上的血痂像落水的河滩上沉淀下那层光滑的泥，又遭阳光曝晒，皱了边儿，裂了纹儿。他的双脚划着地面，在地上划出一些曲曲折折的花纹。人群悄悄地聚缩。父亲感到奶奶的手牢牢捏住他的肩膀。所有的人都变矮了，有的面如黄土，有的面如黑土。一时间鸦雀无声，听得清那条大狼狗哈达哈达的喘气声，那个牵狼狗的日本官儿放了一个嘹亮的屁。父亲看到伪军把那个人形怪物拖到一根高高的拴马桩前，一松手，怪物就像一堆剔了骨的肉瘫在地上。

父亲惊叫一声："罗汉大爷！"

奶奶又捂住了父亲的嘴。

罗汉大爷在马桩下慢慢动着，先把屁股高高地撅起来，造了一个拱桥形状，又双膝跪地，双手按地，竖起了头。他的脸肿胀得透亮，双眼成了两条细缝。两道深绿色的光线，从他的眼缝里射出。

父亲正对着罗汉大爷，他相信大爷一定看到了自己。他的胸膛里的器官砰砰啪啪地碰撞着，他说不出是惊恐还是愤怒，他想用力号叫，但嘴巴被奶奶的手掌牢牢地捂住了。

牵狼狗的日本官儿对着人群喊了一阵，一个留着小平头的中国人，把日本官儿的话翻给大家听。

翻译说的话，我父亲没听全。他被我奶奶捂住嘴巴，憋得眼冒金花，耳朵嗡嗡响。

两个黑衣中国人把罗汉大爷剥得一丝不挂，拴在木桩上。鬼子官儿挥挥手，又有两个黑衣人把我们村的也是高密东北乡有名的杀猪匠孙五，从木栅栏里，推推搡搡地押过来。

孙五个子矮小，浑身是肉，腆着肚子，头上无毛，脸色通红，一双小眼间距很小，深陷在鼻子两侧。他左手提着一把尖刀，右手提出一桶净水，哆哆嗦嗦地走到罗汉大爷面前。

翻译官说："太君说，让你好好剥，剥不好就让狼狗开了你的膛。"

孙五诺诺连声，眼皮紧急眨动。他用口叼着刀，提起水桶，从罗汉大爷头上浇下去。罗汉大爷被冷水一激，头猛然抬起，血水顺着他的脸、脖子，混浊地流到脚跟。一个监工从河里又提来一桶水，孙五用一块破布蘸着水，把罗汉大爷擦洗得干干净净。孙五擦净大爷，屁股扭动着，说："大哥……"

罗汉大爷说："兄弟，一刀捅了我吧，黄泉之下不忘你的恩德。"

日本官儿吼叫一声。

翻译说："快点动手！"

孙五脸色一变，伸出粗短的手指，捏住大爷的耳朵，说："大

184

哥，兄弟没法子……"

父亲看到孙五的刀子在大爷的耳朵上像锯木头一样锯着。罗汉大爷狂呼不止，一股焦黄的尿水从两腿间一蹿一蹿地滋出来。父亲的腿瑟瑟战抖。走过一个端着白瓷盘的日本兵，站在孙五身旁，孙五把罗汉大爷那只肥硕敦厚的耳朵放在瓷盘里。孙五又割掉罗汉大爷另一只耳朵放进瓷盘。父亲看到那两只耳朵在瓷盘里活泼地跳动，打击得瓷盘叮咚叮咚响。

日本兵托着瓷盘，从民夫面前，从男女老幼们面前慢慢走过。父亲看到大爷的耳朵苍白美丽，瓷盘的响声更加强烈。

日本兵把耳朵端到日本军官面前，军官点点头。日本兵把瓷盘放在日本兵的尸体旁，静默片刻，又端起来，放到狼狗嘴下。

狼狗收起舌头，用尖尖的、乌黑的鼻子去嗅那两只耳朵。它摇摇头，又吐出舌头，蹲坐起来。

翻译对孙五说："喂，再割！"

孙五在原地转着圈，嘴里咕咕噜噜地说着什么，父亲看到他满脸油汗，眼睛眨着像鸡啄米一样迅速。

罗汉大爷的双耳底根上，只流了几滴血，大爷双耳一去，整个头部变得非常简洁。

鬼子军官又吼了一声。

翻译说："快点割！"

孙五弯下腰，把罗汉大爷的男性器官一刀旋下来，放进日本兵托着的瓷盘里。日本兵两根胳膊僵硬地伸着，两眼平视，像木偶一样从人群前走。父亲觉得奶奶冰冷的手指几乎抠进自己肩头肉里。

日本兵把瓷盘放到狼狗嘴下，狼狗咬了两口，又吐出来。

罗汉大爷凄厉地大叫着，瘦骨嶙峋的身体在拴马桩上激烈扭动。

孙五扔下刀子，跪在地上，号啕大哭。

日本官儿把皮带一松，狼狗扑上来，两只前爪按着孙五的肩头，一嘴利齿在孙五面前晃。孙五躺在地上，双手捂住脸。

日本官打一个唿哨，狼狗拖着皮带颠颠地跑回去。

翻译官说："快剥！"

孙五爬起来，捏着刀子，一高一低地走到罗汉大爷面前。

罗汉大爷破口大骂，所有的人在大爷的骂声中昂起了头。

孙五说："大哥……大哥……你忍着点吧……"

罗汉大爷把一口血痰吐到孙五脸上。

"剥吧，操你祖宗，剥吧！"

孙五操着刀，从罗汉大爷头顶上外翻着的伤口剥起，一刀刀细嗦嗦发响。他剥得非常仔细。罗汉大爷的头皮蜕下。露出了青紫的眼珠。露出了一棱棱的肉……

父亲对我说，罗汉大爷脸皮被剥掉后，不成形状的嘴里还呜呜噜噜地响着，一串一串鲜红的小血珠从他的酱色的头皮上往下流。孙五已经不像人，他的刀法是那么精细，把一张皮剥得完整无缺。大爷被剥成一个肉核后，肚子里的肠子蠢蠢欲动，一群群葱绿的苍蝇漫天飞舞。人群里的女人们全都跪到地上，哭声震野。当天夜里，天降大雨，把骡马场上的血迹冲洗得干干净净，罗汉大爷的尸体和皮肤无影无踪。村里流传来罗汉大爷尸体失踪的消息，一传十，十传百，一代传一代，竟成了一个美丽的神话故事。

"他要是胆敢耍弄老子，我拧下他的脑袋做尿壶！"太阳越升越小，发出白炽的光线，高粱上的露水晞了，野鸭子飞走了一批，又飞来一批。冷支队的人还没到，公路上除了偶尔窜过野兔外，再无一个活物。后来又鬼鬼祟祟地跳出来一只火红的狐狸。余司令骂完冷支队长，喊一声："喂，都起来吧，八成是上了冷麻子这个狗娘养的当啦。"

队员们早就趴累了，巴不得这声喊。司令一声令下，就应声爬起，有的坐在河堤上，嚓嚓地打火吸烟，有的站在河堤上，用力往堤下撒尿。

父亲跳上河堤后，还在想着去年的一些情景，罗汉大爷被剥皮后的头颅在他眼前不停地晃动。野鸭子被突然冒出来的人群惊吓，齐飞起，又陆续落到不远处的河滩上，蹒蹒跚跚地行走，翠绿的鸭羽和黄褐的鸭羽在草丛中闪烁。

哑巴提着他的腰刀和老汉阳步枪，来到余司令面前。他面色沮丧，眼珠子发直。抬手指太阳，太阳已东南晌；低手指公路，公路空荡荡；哑巴指指肚子，嗷嗷地叫着，挥动着胳膊，对准村庄的方向。余司令沉思片刻，对路西边的人喊："都过来!"

队员们跨过公路，聚到河堤上。

余司令说："弟兄们，冷麻子要是敢耍弄咱，我就去把他的脑袋揪来! 天还没响呢，咱再等一会儿，等到过了响午头，汽车还不来，咱就直奔谭家洼，跟冷麻子算账。大家先到高粱地里歇着去，我让豆官回去催饭。豆官!"

父亲仰脸看着余司令。

余司令说："回家告诉你娘，让她找人擀拤饼，正响午时，一定送到，让你娘亲自来送。"

我父亲点点头，提一把裤子，插好勃朗宁手枪，飞快地跑下河

187

堤，沿着公路往北跑了一小段，就一头钻进了高粱地，向着西北方向，哧哧溜溜地游动。父亲在海水一样的高粱地里，碰到了几个长方形的骡马头骨。他用脚踢了一下，从骷髅里跳出了两只短尾巴的、毛茸茸的田鼠，并不怎么吃惊地望他一会儿，又钻进骷髅里去。父亲又想起了我家那两头大黑骡子，想起了公路修成后很久了，每逢刮东南风，村子里还能闻到刺喉的尸臭。墨水河里，去年曾经泡胀沤烂了几十具骡马的尸体，它们就停泊在河边的生满杂草的浅水里，肚子着了阳光，胀到极点，便迸然炸裂，华丽的肠子，像花朵一样溢出来，一道道暗绿色的汁液，慢慢地流进墨水河里。

五

我奶奶刚满十六岁时，就由她的父亲做主，嫁给了高密东北乡有名的财主单廷秀的独生子单扁郎。单家开着烧酒锅，以廉价高粱为原料酿造优质白酒，方圆百里都有名。东北乡地势低洼，往往秋水泛滥，高粱高秆防涝，被广泛种植，年年丰产。单家利用廉价原料酿酒谋利，富甲一方。我奶奶能嫁给单扁郎，是我曾外祖父的荣耀。当时，多少人家都渴望着和单家攀亲，尽管风传着单扁郎早就染上了麻风病。单廷秀是个干干巴巴的小老头，脑后翘着一支枯干的小辫子。他家里金钱满柜，却穿着破衣烂袄，腰里常常扎一条草绳。奶奶嫁到单家，其实也是天意。那天，我奶奶在秋千架旁与一些尖足长辫的大闺女耍笑游戏，那天是清明节，桃红柳绿，细雨霏霏，人面桃花，女儿解放。奶奶那天身高一米六零，体重六十公斤，上穿碎花洋布褂子，下穿绿色缎裤，脚脖子上扎着深红色的绸带子。由于下小雨，奶奶穿了一双用桐油浸泡过十几遍的绣花油鞋，一走克郎克郎地响。奶奶脑后垂着一根油光光的大辫子，脖子上挂着一个沉甸甸的银锁——我曾外祖父是个打造银器的小匠人。曾外祖母是个破落地主的女儿，知道小脚对于女人的重要意义。奶奶不到六岁就开始缠脚，日日加紧。一根裹脚布，长一丈余，曾外祖母用它，勒断了奶奶的脚骨，把八个脚趾，折断在脚底，真惨！我的母亲也是小脚，我每次看到她的脚，就心中难过，就恨不得高呼：打倒封建主义！人脚自由万岁！奶奶受尽苦难，终于裹就一双三寸金莲。十六岁那年，奶奶已经出落得丰满秀丽，走起路来双臂挥舞，身腰扭动，好似风中招飐的杨柳。单廷秀那天撅着粪筐子到我曾外祖父村里转圈，从众多的花朵中，一眼看中了我奶奶。三个月后，一乘花轿就把我奶奶抬走了。

奶奶坐在憋闷的花轿里，头晕眼眩。罩头的红布把她的双眼遮住，红布上散着一股强烈的霉馊味。她滑起手，掀起红布——曾外祖母曾千叮咛万嘱咐，不许她自己揭动罩头红布——一只沉甸甸的绞丝银镯子滑到小臂上，奶奶看着镯子上的蛇形花纹，心里纷乱如麻。温暖的熏风吹拂着狭窄的土路两侧翠绿的高粱。高粱地里传来鸽子咕咕咕咕的叫声。刚透出来的银灰色的高粱穗子飞扬着清淡的花粉。迎着她的面的轿帘上，刺绣着龙凤图案，轿帘上的红布因轿子经年赁出，已经黯淡失色，正中间油渍了一大片。夏末秋初，轿外阳光茂盛，轿夫们轻捷的运动使轿子颤颤悠悠，拴轿杆的生牛皮吱吱扭扭地响，轿帘轻轻掀动，把一缕缕的光明和一缕缕比较清凉的风闪进轿里来。奶奶浑身流汗，心跳如鼓，听着轿夫们均匀的脚步声和粗重的喘息声，脑海里交替着出现卵石般的光滑寒冷和辣椒般的粗糙灼热。

自从奶奶被单廷秀看中后，不知有多少人向曾外祖父和曾外祖母道过喜。奶奶虽然也想过上上马金下马银的好日子，但更盼着有一个识字解文、眉清目秀、知冷知热的好女婿。奶奶在闺中刺绣嫁衣，绣出了我未来的爷爷的一幅幅精美的图画。她曾经盼望着早日成婚，但从女伴的话语中隐隐约约听到单家公子是个麻风病患者，奶奶的心凉了。奶奶向她的父母诉说心中的忧虑。曾外祖父遮遮掩掩不回答，曾外祖母把奶奶的女伴们痛骂一顿，其意大概是说狐狸吃不到葡萄就说葡萄是酸的之类。曾外祖父后来又说单家公子饱读诗书，足不出户，白白净净，一表人才。奶奶恍恍惚惚，不知真假，心想着天下无有狠心的爹娘，也许女伴真是瞎说。奶奶又开始盼望早日完婚。奶奶丰腴的青春年华辐射着强烈的焦虑和淡淡的孤寂，她渴望着躺在一个伟岸的男子怀抱里缓解焦虑消除孤寂。婚期终于熬到了，奶奶被装进了这乘四人大轿，大喇叭小唢呐在轿前轿后吹得凄凄惨惨，奶奶止不住泪流面颊。轿子起行，忽悠悠似腾云驾雾，偷懒的吹鼓手在出村不远处就停止了吹奏，轿夫们的脚下也快起来。高粱的味道深入人心。高粱地里的奇鸟珍禽高鸣低啭。在一线一线阳光射进昏暗的轿内时，奶奶心中丈夫的形象也渐渐清晰起来。她的心像被针锥扎着，疼痛深刻有力。

"老天爷，保佑我吧！"奶奶心中的祷语把她的芳唇冲动。奶奶的唇上有一层纤弱的茸毛。奶奶鲜嫩茂盛，水分充足。她出口的细语被厚重的轿壁和轿帘吸收得干干净净。她一把撕下那块酸溜溜的罩头布，放在膝上。奶奶按着出嫁的传统，大热的天气，也穿着三成新的棉袄棉裤。花轿里破破烂烂，肮脏污浊。它像具棺材，不知装过了多少个必定成为死尸的新娘。轿壁上衬里的黄缎子脏得流油，五只苍蝇有三只在奶奶头上方嗡嗡地飞翔，有两只伏在轿帘上，用棒状的黑腿擦着明亮的眼睛。奶奶受闷不过，悄悄地伸出笋尖状的脚，把轿帘顶开一条缝，偷偷地往外看。她看到轿夫们肥大的黑色衫绸裤里依稀可辨的、优美颀长的腿，和穿着双鼻梁麻鞋的肥大的脚。轿夫的脚踏起一股股噗噗作响的尘土。奶奶猜想着轿夫粗壮的上身，忍不住把脚尖上移，身体前倾。她看到了光滑的紫槐木轿杆和轿夫宽阔的肩膀。道路两边，板块般的高粱坚固凝滞，连成一体，拥拥挤挤，彼此打量，灰绿色的高粱穗子睡眼未开，这一穗与那一穗根本无法区别，高粱永无尽头，仿佛潺潺流动的河流。道路有时十分狭窄，沾满蚜虫分泌物的高粱叶子擦得轿子两侧沙沙地响。

轿夫身上散发出汗酸味，奶奶有点痴迷地呼吸着这男人的气味，她老人家心中肯定漾起一圈圈春情波澜。轿夫抬轿从街上走，迈的都是八字步，号称"踩街"，这一方面是为讨主家欢喜，多得些赏钱；另一方面，是为了显示一种优雅的职业风度。踩街时，步履不齐的不是好汉，手扶轿杆的不是好汉，够格的轿夫都是双手叉腰，步调一致，轿子颠动的节奏要和上吹鼓手们吹出的凄美音乐，让所有的人都能体会到任何幸福后面都隐藏着等量的痛苦。轿子走到平川旷野，轿夫们便撒了野，这一是为了赶路，二是要折腾一下新娘。有的新娘被轿子颠得大声呕吐，脏物吐满锦衣绣鞋；轿夫们在新娘的呕吐声中，获得一种发泄的快乐。这些年轻力壮的男子，为别人抬去洞房里的牺牲，心里一定不是滋味，所以他们要折腾新娘。

那天抬着我奶奶的四个轿夫中，有一个成了我的爷爷——他就是余占鳌余司令。那时候他二十郎当岁，是东北乡打棺抬轿这行当里的佼佼者——我爷爷辈的好汉们，都有高密东北乡人高粱般鲜明的性格，非我们这些屠弱的后辈能比——当时的规矩，轿夫们在路上开新娘子的玩笑，如同烧酒锅上的伙计们喝烧酒，是天经地义的事，天王老子的新娘他们也敢折腾。

高粱叶子把轿子磨得嚓嚓响，高粱深处，突然传来一阵悠扬的哭声，打破了道路上的单调。哭声与吹鼓手们吹出的曲调十分相似。奶奶想到乐曲，就想到那些凄凉的乐器一定在吹鼓手们手里提着。奶奶用脚撑着轿帘能看到一个轿夫被汗水漯湿的腰，奶奶更多的是看到自己穿着大红绣花鞋的脚，它尖尖瘦瘦，带着凄艳的表情，从外边投进来的光明罩住了它们，它们像两枚莲花瓣，它们更像两条小金鱼埋伏在澄澈的水底。两滴高粱米粒般晶莹微红的细小泪珠跳出奶奶的睫毛，流过面颊，流到嘴角。奶奶心里又悲又苦，往常描绘好的、与戏台上人物同等模样、峨冠博带、儒雅风流的丈夫形象在泪眼里先模糊后湮灭。奶奶恐怖地看到单家扁郎那张开花绽彩的麻风病人脸，奶奶透心地冰冷。奶奶想这一双乔乔金莲，这一张桃腮杏脸，千般的温存，万种的风流，难道真要由一个麻风病人去消受？如其那样，还不如一死了之。高粱地里悠长的哭声里，夹杂着疙疙瘩瘩的字眼：青天哟——蓝天哟——花花绿绿的天哟——棒槌哟亲哥哟你死了——可就塌了妹妹的天哟——我不得不告诉您，我们高密东北乡女人哭丧跟唱歌一样优美，民国元年，曲阜县孔夫子家的"哭丧户"专程前来学习过哭腔。大喜的日子碰上女人哭亡夫，奶奶感到这是不祥之兆，已经沉重的心情更加沉重。这时，有一个轿夫开口说话：

"轿上的小娘子，跟哥哥们说几句话呀！远远的路程，闷得慌。"

奶奶赶紧拿起红布，蒙到头上，顶着轿帘的脚尖也悄悄收回，轿里又是一团漆黑。

"唱个曲儿给哥哥们听，哥哥抬着你哩！"

吹鼓手如梦方醒，在轿后猛地吹响了大喇叭，大喇叭说：

"嗨咚——嗨咚——"

"猛捅——猛捅——"轿前有人模仿着喇叭声说，前前后后响起一阵粗野的笑声。

奶奶身上汗水淋漓。临上轿前，曾外祖母反复叮咛过她，在路上，千万不要跟轿夫们磨牙斗嘴，轿夫、吹鼓手，都是下九流，奸刁古怪，什么样的坏事都干得出来。

轿夫们用力把轿子抖起来，奶奶的屁股坐不安稳，双手抓住座板。

"不吱声？颠！颠不出她的话就颠出她的尿！"

轿子已经像风浪中的小船了，奶奶死劲抓住座板，腹中翻腾着早晨吃下的两个鸡蛋，苍蝇在她耳畔嗡嗡地飞，她的喉咙紧张，蛋腥味冲到口腔，她咬住嘴唇。不能吐，不能吐！奶奶命令着自己，不能吐啊，凤莲，人家说吐在轿里是最大的不吉利，吐了轿一辈子没好运……

轿夫们的话更加粗野了，他们有的骂我曾外祖父是个见钱眼开的小人，有的说鲜花插到牛粪上，有的说单扁郎是个流白脓淌黄水的麻风病人，他们说站在单家院子外，就能闻到一股烂肉臭味，单家的院子里，飞舞着成群结队的绿头苍蝇……

"小娘子，你可不能让单扁郎沾身啊，沾了身你也烂啦！"

193

大喇叭小唢呐呜呜咽咽地吹着，那股蛋腥味更加强烈，奶奶牙齿紧咬嘴唇，咽喉里像有只拳头在打击，她忍不住了，一张嘴，一股奔突的脏物蹿出来，涂在了轿帘上，五只苍蝇像子弹一样射到呕吐物上。

"吐啦吐啦，颠呀！"轿夫们狂喊着，"颠呀，早晚颠得她开口说话。"

"大哥哥们……饶了我吧……"奶奶在呃嗝中，痛不欲生地说着，说完了，便放声大哭起来。奶奶觉得委屈，奶奶觉得前途险恶，终生难脱苦海。爹呀，娘呀，贪财的爹，狠心的娘，你们把我毁了。

奶奶放声大哭，高粱深深震动。轿夫们不再颠狂，推波助澜、兴风作浪的吹鼓手们也停嘴不吹。只剩下奶奶的呜咽，又和进了一支悲泣的小唢呐，唢呐的哭声比所有的女人哭泣都优美。奶奶在唢呐声中停住哭，像聆听天籁一般，听着这似乎从天国传来的音乐。奶奶粉面凋零，珠泪点点，从悲婉的曲调里，她听到了死的声音，嗅到了死的气息，看到了死神的高粱般深红的嘴唇和玉米般金黄的笑脸。

轿夫们沉默无言，步履沉重。轿里息声的哽咽和轿后唢呐的伴奏，使他们心中萍翻桨乱，雨打魂幡。走在这高粱小径上的，已不像迎亲的队伍，倒像送葬的仪仗。在奶奶脚前的那个轿夫——我后来的爷爷余占鳌，他的心里，有一种不寻常的预感，像熊熊燃烧的火焰一样，把他未来的道路照亮了。奶奶的哭声，唤起他心底早就蕴藏着的怜爱之情。

轿夫们中途小憩，花轿落地。奶奶哭得昏昏沉沉，不觉把一只小脚露到了轿外。轿夫们看着这玲珑的、美丽无比的小脚，一时都忘魂落魄。余占鳌走过去，弯腰，轻轻地，轻轻地握住奶奶那只小脚，像握着一只羽毛未丰的鸟雏，轻轻地送回轿内。奶奶在轿内，被这温柔感动，她非常想撩开轿帘，看看这个生着一只温暖的年轻大手的轿夫是个什么样的人。

——我想，千里姻缘一线穿，一生的情缘，都是天凑地合，是毫无挑剔的真理。余占鳌就是因为握了一下我奶奶的脚唤醒了他心中伟大的创造新生活的灵感，从此彻底改变了他的一生，也彻底改变了我奶奶的一生。

花轿又起行，喇叭吹出一个猿啼般的长音，便无声无息。起风了，东北风，天上云朵麇集，遮住了阳光，轿子里更加昏暗。奶奶听到风吹高粱，哗哗哗啦啦啦，一浪赶着一浪，响到远方。奶奶听到东北方向有隆隆雷声响起。轿夫们加快了步伐。轿子离单家还有多远，奶奶不知道，她如同一只被绑的羔羊，愈近死期，心里愈平静。奶奶胸口里，揣着一把锋利的剪刀，它可能是为单扁郎准备的，也可能是为自己准备的。

奶奶的花轿行走到蛤蟆坑被劫的事，在我的家族的传说中占有一个显要的位置。蛤蟆坑是大洼子里的大洼子，土壤尤其肥沃，水分尤其充足，高粱尤其茂密。奶奶的花轿行到这里，东北天空抖了一个血红的闪电，一道残缺的杏黄色阳光，从浓云中，嘶叫着射向道路。轿夫们气喘吁吁，热汗涔涔。走进蛤蟆坑，空气沉重，路边的高粱乌黑发亮，深不见底，路上的野草杂花几乎长死了路。有那么多的矢车菊，在杂草中高扬着细长的茎，开着紫、蓝、粉、白四色花。高粱深处，蛤蟆的叫声忧伤，蝈蝈的唧唧凄凉，狐狸的哀鸣惆怅。奶奶在轿里，突然感到一阵寒冷袭来，皮肤上凸起一层细小的鸡皮疙瘩。奶奶还没明白过来是怎么一回事，就听到轿前有人高叫一声：

"留下买路钱！"

奶奶心里咯噔一声，不知忧喜，老天，碰上吃抺饼的了！

高密东北乡土匪如毛，他们在高粱地里鱼儿般出没无常，结帮拉伙，拉驴绑票，坏事干尽，好事做绝，结果肚子饿了，就抓两个人，扣一个，放一个，让被放的人回村报信，送来多少张卷着鸡蛋大葱一把粗细的两拃多长的大饼。吃大饼时要用双手抺住往嘴里塞，故曰"抺饼"。

"留下买路钱！"那个吃抺饼的人大吼着。轿夫们停住，呆呆地看着劈腿横在路当中的劫路人。那人身材不高，脸上涂着黑墨，头戴一顶高粱篾片编成的斗笠，身披一件大蓑衣，蓑衣敞着，露出密扣黑衣和拦腰扎着的宽腰带。腰带里别着一件用红绸布包起的鼓鼓囊囊的东西。那人用一只手按着那布包。

奶奶在一转念间，感到什么事情也不可怕了，死都不怕，还怕什么？她掀起轿帘，看着那个吃抺饼的人。

那人又喊："留下买路钱！要不我就崩了你们！"他拍了拍腰里那件红布包裹着的家伙。

吹鼓手们从腰里摸出曾外祖父赏给他们的一串串铜钱，扔到那人脚前。轿夫放下轿子，也把新得的铜钱掏出，扔下。

那人把钱串子用脚踢拢成堆，眼睛死死地盯着坐在轿里的我奶奶。

"你们，都给我滚到轿子后边去，要不我就开枪啦！"他用手拍拍腰里别着的家伙大声喊叫。

轿夫们慢慢吞吞地走到轿后。余占鳌走在最后，他猛回转身，双目直逼吃拤饼的人。那人瞬间动容变色，手紧紧捂住腰里的红布包，尖叫着："不许回头，再回头我就毙了你！"

劫路人按着腰中家伙，脚不离地蹭到轿子前伸手捏捏奶奶的脚。奶奶粲然一笑，那人的手像烫了似的紧着缩回去。

"下轿，跟我走！"他说。

奶奶端坐不动，脸上的笑容像凝固了一样。

"下轿！"

奶奶欠起身，大大方方地跨过轿杆，站在烂漫的矢车菊里。奶奶右眼看着吃拤饼的人，左眼看着轿夫和吹鼓手。

"往高粱地里走！"劫路人按着腰里用红布包着的家伙说。

奶奶舒适地站着，云中的闪电带着铜音嗡嗡抖动，奶奶脸上粲然的笑容被分裂成无数断断续续的碎片。

劫路人催逼着奶奶往高粱地里走，他的手始终按着腰里的家伙。奶奶用亢奋的眼睛，看着余占鳌。

余占鳌对着劫路人笔直地走过去，他薄薄的嘴唇绷成一条刚毅的直线，两个嘴角一个上翘，一个下垂。

"站住！"劫路人有气无力地喊着，"再走一步我就开枪！"他的手按在腰里用红布包裹着的家伙上。

余占鳌平静地对着吃拤饼的人走，他前进一步，吃拤饼者就缩一点。吃拤饼的人眼里跳出绿火花，一行行雪白的清明汗珠从他脸上惊惶地流出来。当余占鳌离他三步远时，他惭愧地叫了一声，转身就跑，余占鳌飞身上前，对准他的屁股，轻捷地踢了一脚。劫路人的身体贴着杂草梢头，蹭着矢车菊花朵，平行着飞出去，他的手脚在低空中像天真的婴孩一样抓挠着，最后落到高粱棵子里。

"爷们儿，饶命吧！小人家中有八十岁的老母，不得已才吃这碗饭。"劫路人在余占鳌手下熟练地叫着。余占鳌抓着他的后颈皮，把他提到轿子前，用力摔在路上，对准他吵嚷不休的嘴巴踢了一脚。劫路人一声惨叫，半截吐出口外，半截咽到肚里，血从他鼻子里流出来。

余占鳌弯腰，把劫路人腰里那个家伙拔出来，抖掉红布，露出一个弯弯曲曲的小树疙瘩，众人嗟叹不止。

那人跪在地上，连连磕头求饶。余占鳌说："劫路的都说家里有八十岁的老母。"他退到一边，看着轿夫和吹鼓手，像狗群里的领袖看着群狗。

轿夫吹鼓手们发声喊，一拥而上，围成一个圈圈，对准劫路人，花拳绣腿齐施展。起初还能听到劫路人尖利的哭叫声，一会儿就听不见了。奶奶站在路边，听着七零八落的打击肉体沉闷声响，对着余占鳌顿眸一瞥，然后仰面看着天边的闪电，脸上凝固着的，仍然是那种粲然的，黄金一般高贵辉煌的笑容。

一个吹鼓手挥动起大喇叭，在劫路者的当头心里猛劈了一下，喇叭的圆刃劈进颅骨里去，费了好大劲才拔出。劫路人肚子里咕噜一声响，痉挛的身体舒展开来，软软地躺在地上。一线红白相间的液体，从那道深刻的裂缝里慢慢地挤出来。

"死了？"吹鼓手提着打瘪了的喇叭说。

"打死了，这东西，这么不经打！"

轿夫吹鼓手们俱神色惨淡，显得惶惶不安。

余占鳌看看死人，又看看活人，一语不发。他从高粱上撕下一把叶子，把轿子里奶奶呕吐出的脏物擦掉，又举起那块树疙瘩看看，把红布往树疙瘩上缠几下，用力摔出，飞行中树疙瘩抢先，红包布落后，像一只赤红的大蝶，落到绿高粱上。

余占鳌把奶奶扶上轿："上来雨了，快赶！"

奶奶撕下轿帘，塞到轿子角落里，她呼吸着自由的空气，看着余占鳌的宽肩细腰。他离着轿子那么近，奶奶只要一跷脚，就能踢到他青白色的结实头皮。

风利飕有力，高粱前推后拥，一波一波地动。路一侧的高粱把头伸到路当中，向着我奶奶弯腰致敬。轿夫们飞马流星，轿子出奇的平稳，像浪尖上飞快滑动的小船。蛙类们兴奋地鸣叫着，迎接着即将来临的盛夏的暴雨。低垂的天幕，阴沉地注视着银灰色的高粱脸庞，一道压一道的血红闪电在高粱头上裂开，雷声强大，震动耳膜，奶奶心中亢奋，无畏地注视着黑色的风掀起的绿色的浪潮，云声像推磨一样旋转着过来，风向变幻不定，高粱四面摇摆，田野凌乱不堪。最先一批凶狠的雨点打得高粱颤抖，打得野草觳觫，打得道上的细土凝聚成团后又立即迸裂，打得轿顶啪啪响，打在奶奶的绣花鞋上，打在余占鳌的头上，斜射到奶奶的脸上。

余占鳌他们像兔子一样疾跑，还是未能躲过这场午前的雷阵雨。雨打倒了无数的高粱，雨在田野里狂欢，蛤蟆躲在高粱根下，哈达哈达地抖着颌下雪白的皮肤，狐狸蹲在幽暗的洞里，看着从高粱上飞溅而下的细小水珠，道路很快就泥泞不堪，杂草伏地，矢车菊清醒地擎着湿漉漉的头。轿夫们肥大的黑裤子紧贴在肉上，人都变得苗条流畅。余占鳌的头皮被冲刷得光洁明媚，像奶奶眼中的一颗圆月。雨水把奶奶的衣服也打湿了，她本来可以挂上轿帘遮挡雨水，她没有挂，她不想挂。奶奶通过敞亮的轿门，看到了纷乱不安的宏大世界。

六

父亲分拨着高粱，向着西北方向，我们的村庄，飞快地钻。人脚獾沿着高粱垄沟笨拙地逃窜，父亲顾不上理它。父亲上了那条土路，没了高粱的羁绊，跑得像野兔一样快，沉重的勃朗宁手枪把他的红布腰带坠成一牙残月。手枪颠打着他的胯骨，在麻辣的痛楚中，父亲觉得自己成了举刀跃马的男子汉。村庄遥遥在望，村头那棵郁郁青青已逾百年的白果树，严肃地迎接着父亲。父亲把枪拔出，举在手里，边跑，边瞄着在天空中滑来滑去的优雅的鸟影。

街道上空无一人，不知谁家的一条瘸腿瞎眼的毛驴，拴在一堵灰泥剥落的土墙边上，毛驴垂头而立，一动不动。露天的石碾上，落着两只深蓝的乌鸦。村里的人，都集中在我家烧酒作坊前一个土场上。这场上曾经铺红叠丹，堆满了我家收购的红高粱。那时候奶奶常常手持白尾拂尘，姗姗移动着小脚，看着我家醉醺醺的伙计，用木斗收购高粱，奶奶的脸上染着灿烂的朝霞。场上的人都面向东南方，听着随时可能传来的枪响。一些和我父亲年龄相仿的顽童，虽然手脚发痒，但也不敢打闹。

父亲和去年用杀猪刀把罗汉大爷零剐活剥了的孙五从两个方向跑到场内。孙五干了那事后，就精神错乱，手舞足蹈，眼睛笔直，腮上肉跳，胡言乱语，口吐白沫，扑地跪倒，喊着："大哥大哥大哥，太君让我干，我不敢不干……你死后升了天，骑白马，佩雕鞍，穿蟒袍，坠金鞭……"村里人见他这样，也就把恨他的心淡了。孙五疯了几个月，又添了新症候：他在一阵喊叫之后，突然口眼㖞斜，鼻涕口水淋淋漓漓，话也说不清了。村里人说这是上天报应。

父亲手提勃朗宁，气喘吁吁，一头皮高粱上的白粉红尘。孙五衣衫成缕，大肚子上布满皱纹，左腿梆硬，右腿软弱，蹦跶进场子，没人理他。人们都看我英气勃勃的父亲。

奶奶走到父亲面前。奶奶刚过三十岁，扎着盘头髻，刘海五绺，像稀疏的珠帘遮着光洁的额头。奶奶的眼睛里永远秋水汪汪，有人说是被高粱酒熏的。十五年风雨狂心魂激荡，我奶奶由黄花姑娘变成了风流少妇。

奶奶问："怎么啦？"

父亲呼呼喘着气，把勃朗宁手枪插进腰带。

"鬼子没来？"奶奶问。

父亲说："冷支队，狗娘养的，我们饶不了他！"

"怎么回事？"奶奶问。

父亲说："擀拤饼。"

"没听到打呀！"奶奶说。

父亲说："擀拤饼，多卷鸡蛋大葱。"

奶奶问："鬼子没有来？"

"余司令让擀拤饼，要你亲自送去！"

奶奶说："乡亲们，回去凑面拤饼吧。"

父亲转身要跑，被奶奶伸手拉住，奶奶说："豆官，告诉娘，冷支队是怎么回事？"

父亲挣开奶奶的手，气汹汹地说："冷支队没见影，余司令饶不了他们。"

父亲跑了。奶奶追着父亲瘦小的背影，叹了一口气。空阔的场上，孙五歪立着，僵着眼望着奶奶，他的手比画着，口水吐噜吐噜地在嘴上流。

奶奶不理孙五，向倚在墙边上的一个长脸姑娘走去。长脸姑娘对着奶奶哧哧地笑。奶奶走到她眼前时，她忽然蹲下身，双手紧紧地捂住裤腰，尖声哭起来。她的两只深潭般的眼睛里，跳出疯傻的火星。奶奶摸着她的脸说："玲子，好孩子，别怕。"

十七岁的玲子姑娘，当时是我们村第一号美女。余司令初挑大旗招兵买马，聚起了一支五十多人的队伍，队伍里有一个穿一身黑制服，穿一双白皮鞋，面色苍白，留着乌黑长发的瘦削青年。据说玲子爱上了这个青年。他操着一口漂亮的京腔，从来不笑，眉毛日日紧蹙，双眉之间有三条竖纹，人们都叫他任副官。玲子觉得任副官冷俏的外壳里，有一股逼人的灼热，烧燎得她坐立不安。那时候余司令的队伍每天上午都在我家收购高粱的空场上练习步伐。吹大喇叭的吹鼓手刘四山是余司令队伍里的号兵，大喇叭权充军号。每次训练前，刘四山就吹喇叭集合队伍。玲子一听到喇叭响，就从家里风快地跑出来，跑到土场边，趴到土墙上，等着看任副官。任副官是训练教官，他腰扎牛皮宽腰带，皮带上挂着一支勃朗宁手枪。

任副官挺胸凹腹，走到队伍前，喊一声立正，那两行人的脚跟就使劲碰在一起。

任副官说："立正时，要双腿绷直，肚子回收，胸脯挺出，眼睛睁圆，像豹子吃人一样。"

"看你这个屌样!"任副官踢了王文义一脚,说,"看你劈腿拉胯,好像骡马撒尿,揍你都揍不上个劲。"

玲子喜欢看任副官打人,喜欢听任副官骂人。任副官潇洒的神态令她如痴似醉。任副官没事时,常在我家的空场上背着手散步,玲子躲在墙后偷偷看他。

任副官问:"你叫什么名字?"

"玲子。"

"你躲在墙后看什么?"

"看你哩。"

"你识字吗?"

"不识。"

"你想当兵吗?"

"不想。"

"噢,不想。"

玲子后来感到后悔,她对我父亲说,要是任副官再问她,她就说想当兵。但任副官没有再问。

玲子和我父亲他们趴在墙头上,看着任副官在空场上教唱革命歌曲,父亲身矮,脚下垫了三块土坯才能看到墙里的情景。玲子把秀挺的下巴支在土墙上,紧盯着沐着朝霞的任副官。任副官教着队伍唱:高粱红了,高粱红了,东洋鬼子来了,东洋鬼子来了。国破了,家亡了,同胞们快起来,拿起刀拿起枪,打鬼子保家乡……

队伍里的人拙嘴笨舌,总学不出正调。趴在墙外的孩子们,把这首歌儿学得滚瓜溜熟。我父亲生前,还牢牢记着这首歌的曲词。

玲子姑娘有一天大着胆子去找任副官,误入了军需股长的房子。

军需股长是余司令的亲叔余大牙，四十多岁，嗜酒如命，贪财好色，那天他喝了个八成醉，玲子闯进去，正如飞蛾投火，正如羊入虎穴。

任副官命令几个队员，把糟蹋玲子姑娘的余大牙捆了起来。

那时，余司令落宿在我家，任副官去向他报告时，余司令正在我奶奶炕上睡觉。奶奶已梳洗停当，正准备烧几条柳叶鱼下酒，任副官怒冲冲闯进来，吓了奶奶一大跳。

任副官问奶奶："司令呢？"

"在炕上睡觉哩！"奶奶说。

"叫起来他。"

奶奶叫起余司令。

余司令睡眼惺忪地走出来，伸一个懒腰，打一个哈欠，说："有什么事？"

"司令，要是日本人奸淫我姐妹，当不当杀？"任副官问。

"杀！"余司令回答。

"司令，要是中国人奸淫自己姐妹，该不该杀？"

"杀！"

"好，司令，就等着你这句话。"任副官说，"余大牙奸污了民女曹玲子，我已经让弟兄们把他捆起来了。"

"有这种事？"余司令说。

"司令，什么时候执行枪决？"

余司令打了一个嗝，说："睡个女人，也算不了大事。"

"司令，王子犯法，一律同罪！"

"你说该治他个什么罪？"余司令阴沉沉地问。

"枪毙！"任副官毫不犹豫地说。

余司令哼了一声，焦躁地跺着脚，满脸怒气。后来，他脸上又漾出笑容，说："任副官，当众打他五十马鞭，给玲子家二十块大洋，怎么样？"

任副官刻薄地说："就因为他是你亲叔叔？"

"打他八十马鞭，罚他娶了玲子，老子也认个小婶婶！"

任副官解下腰带，连同勃朗宁手枪，摔到余司令怀里。任副官拱手一揖，道一声："司令，两便了！"便大踏步走出我家院子。

余司令提着枪，看着任副官的背影，咬牙切齿地说："滚你娘的，一个学生娃娃，也想管辖老子，老子吃了十年拤饼，还没有人敢如此张狂。"

奶奶说："占鳌，不能让任副官走，千军易得，一将难求。"

"妇道人家懂得什么！"余司令心烦意乱地说。

"原以为你是条好汉，想不到也是个窝囊废！"奶奶说。

余司令拉开手枪，说："你是不是活够了？"

奶奶一把撕开胸衣，露出粉团一样的胸脯，说："开枪吧！"

父亲高叫一声娘，扑到了我奶奶胸前。

余占鳌看着我父亲的端正头颅，看着我奶奶的花容月貌，不知有多少往事涌上心头。他叹一口气，收起了枪，说："弄好你的衣裳！"便手提马鞭，走到院里，从拴马桩上解下他那匹精致的小黄马，不及备鞍，骑到了训练场。

队员们懒散地倚在墙上，见到余司令来了，便立正站好，没有一个人吭气。

余大牙被绑住双臂，拴在一棵树上。

余司令跳下马，走到余大牙面前，说："你真干啦？"

余大牙说："鳖子，给老子松绑，老子不在你这儿干啦！"

队员们瞪着大小不一的眼，看着余司令。

余司令说："叔，我要枪毙你。"

余大牙吼叫着："杂种，你敢毙你亲叔？想想叔叔待你的恩情，你爹死得早，是叔叔挣钱养活你娘俩，要是没有我，你小子早就喂了狗啦！"

余司令扬手一鞭，打在余大牙脸上，骂一声："混账！"接着便双膝跪地，说："叔，占鳖永远不忘您的养育之恩，您死之后，我给您披麻戴孝，逢年过节，我给您祭扫坟墓。"

余司令翻身跳上马背，在马腚上打了一鞭，向着任副官走去的方向，飞马追去，嘚嘚嗒嗒的马蹄声，把一个世界都震动了。

枪毙余大牙时，父亲在场观看。余大牙被哑巴和两个队员押到村西头，刑场选在一个积着一汪汪乌黑臭水，孳生着大量蚊虻蛆虫的半月形湾子边。湾崖上孤零零地站着一棵叶子焦黄的小柳树。湾子里扑扑通通地跳着蛤蟆，一堆乱头发渣子边上，躺着一只女人的破鞋。

两个队员把余大牙架到湾崖上，松开手，看着哑巴。哑巴从肩上抡下步枪，拉动枪栓，子弹清脆地上了膛。

余大牙转过身，面对着哑巴，笑了笑。父亲发现他的笑容慈祥善良，像一轮惨淡的夕阳。

"哑巴兄弟，给我松了绑，我不能带着绳子死！"

哑巴想了想，提枪上前，从腰里拔出刺刀，噌噌噌三五下，把细麻绳挑断。余大牙舒展着胳膊，回转身，大喊："打吧，哑巴兄弟，打准穴位，别让我受罪！"

父亲认为人在临死前的一瞬间，都会使人肃然起敬。余大牙毕竟是我们高密东北乡的种子，他犯了大罪，死有余辜，但临死前却表现出了应有的英雄气概，父亲被他感动得脚底生热，恨不得腾跳。

　　余大牙面向臭水湾子，望着在他脚下的水汪汪里，野生的一枝绿荷，一枝瘦小洁白的野荷花，又望着湾子对面光芒四射的高粱，吐口高唱："高粱红了，高粱红了，东洋鬼子来了，东洋鬼子来了，国破了，家亡了……"

　　哑巴的枪举起放下，放下举起。

　　两个队员说："哑巴，向司令说说情，饶了他吧！"

　　哑巴挂着枪，听着余大牙把那首歌子杂乱无章地唱。

　　余大牙回转身，怒目圆睁，大叫："开枪呀，兄弟！难道还要我自己崩了自己吗？"

　　哑巴托起枪，瞄了瞄余大牙瓦块般的额头，勾动了扳机。

　　父亲看到余大牙的额头像碎瓦片一样迸裂了，紧跟眼见的情景耳朵听到沉闷的枪声。哑巴在枪声中低下头，一缕雪白的硝烟，从枪筒里吐出来。余大牙的身体静止了两眨眼的工夫，就像一节木头，疾速地跌到湾子里。

　　哑巴拖枪便走，两个队员尾随着。

　　父亲和一群孩子，胆战心惊地涌到湾子边，居高临下地看着仰面朝天躺在湾子里的余大牙。他的脸上只剩下一张完好无缺的嘴，脑盖飞了，脑浆糊满双耳，一只眼球被震到眶外，像粒大葡萄，挂在耳朵旁。他在身体落下时，把松软的淤泥砸得四溅，那株瘦弱的白荷花断了茎，牵着几缕白丝丝，摆在他的手边。父亲闻到了荷花的幽香。

后来，任副官搞来了一口黄缎子挂里、外刷了铜钱厚清油的柏木棺材，把余大牙盛装厚葬，坟墓建在湾子边那棵小柳树下。出殡那天，任副官黑衣挺括，毛发灿烂。他的左臂上缠了一块红绸子。余司令披麻戴孝，大声号哭。一出村头，他用力把一个新瓦盆摔在砖头上。

那天，奶奶给我父亲缠了一道白孝布——奶奶自己也是披麻戴孝，父亲手持一根新鲜的柳木棍子，跟在余司令和奶奶后边走。父亲亲眼见到瓦盆的碎片从砖头上迸起的情景，接着想起余大牙的脑壳也像瓦片一样迸裂的情景。父亲隐隐约约地预感到这两件极端相似的破碎之间有一种内在的必然性联系。这件事情与那件事情碰到一起，还会出现第三个情景。

父亲一颗眼泪也没掉，冷眼观察着送葬的人。送葬队伍在柳树下围成一个圆圈站定时，那口沉重的棺木，由十六个精壮的小伙子，扯着八根一把粗的麻辫子的两头，轻轻地送下深深的墓穴。余司令抓起一把土，冷酷地打在锃亮的棺盖上，砰然一响，人心动摇。几个持锨的人，扎起大块的黑土，填到墓穴里，棺材愤怒地叫着，渐渐隐没在黑土之中。黑土上长，填平了墓穴，隆出了地面，凸成一个馒头状的大丘。余司令掏出枪来，对着柳树上面的天，连放三响。子弹鱼贯着穿过树冠，冲掉几片细眉般的黄叶，在空中旋转着飞。三颗亮晶晶的弹壳，弹到腐臭的湾子里，一个男孩子跳下湾子，噗噗哧哧地踩着绿色的淤泥，把弹壳捡走了。任副官掏出勃朗宁手枪，断断续续地放了三枪。勃朗宁子弹出膛，打着鸡鸣般的呼哨，冲向高粱上空。余司令与任副官各提着冒烟的手枪，四目对视。任副官点点头，说："是大英雄自风流!"然后就插枪进腰，大步往村里走去。

父亲发现余司令提着枪的手臂缓缓地举起来，枪口追踪着任副官的背影。送葬的人惊讶万分，但无人敢吱声。任副官全无知觉，昂首阔步，有条不紊，迎着齿轮般旋转的太阳，向着村子走。父亲看到手枪在余司令手里抖了一下。父亲几乎没有听到这一声枪响，它是那么微弱，那么遥远。父亲看到这粒子弹在低空悠闲地飞翔，贴着任副官乌黑的头发滑过去。任副官头也不回，保持着均匀协调的步子继续前行。父亲听到从任副官那儿，传来噘唇吹出的口哨声，曲调十分熟悉，是"高粱红了，高粱红了！"我父亲热泪盈了眶。任副官越走越远，身影愈高大。余司令又开了一枪。这一枪惊天动地，子弹的飞行与枪声的飞行同时被我父亲感知。子弹打在一棵高粱茎上，高粱落地。在高粱穗子落地的缓慢行程中，又一颗子弹把它打碎。父亲恍惚觉得，任副官弯腰从路边揪了一朵金黄色的苦菜花，放在鼻下久久地嗅着。

父亲对我说过，任副官八成是个共产党，除了共产党里，很难找这样的纯种好汉。只可惜任副官英雄命短，他在昂首阔步，走出了大英雄八面威风之后三个月，竟在擦洗那支勃朗宁手枪时，自己走火把自己打死。枪弹从右眼进去，从右耳出来，他的半边脸上沾满了钢蓝色的粉末，右耳流出了三五滴黑血，人们听到枪声扑进去，他已经歪倒在地死了。

余司令捡起任副官那支勃朗宁手枪，良久不语。

七

奶奶挑着一担拤饼，王文义的妻子挑着两桶绿豆汤，匆匆地往墨水河大桥赶。她们本来想斜穿高粱地，直插东南方向。但走进高粱地后，才发现挑着担子寸步难行。奶奶说："嫂子，走直路吧，慢就是快。"

奶奶和王文义的妻子，像两只飞翔的大鸟，在非常空虚的大气里，极端充实地移动。奶奶换上了一件深红上衣，头上的黑发用梳头油抹得乌亮。王文义的妻子精悍短小，手脚利索。余司令招兵买马时，她把王文义送到我家，让奶奶帮着说情，留下王文义当游击队员。奶奶一口答应。余司令碍着奶奶的情面，就收留了王文义。余司令问王文义："你怕死不怕？"王文义说："怕。"他妻子说："司令，他说怕就是不怕，日本飞机把俺的三个儿子全炸成了碎块。"王文义天生不是当兵的料，他反应迟钝，不分左右，在操场练习步伐时，不知道挨了任副官多少揍。他妻子帮他出了个主意，让他在右手里握着一节高粱秆，听到向右转的口令时，就往握着高粱秆的手这边转。王文义当兵后没武器，奶奶把我们家那支鸟枪给他。

她们走上弯弯曲曲的墨水河堤，顾不上看堤坡上盛开着的黄花和堤外密密匝匝的血红高粱，一个劲地往东赶。王文义妻子受惯了苦，奶奶享惯了福。奶奶汗水淋淋，王文义妻子一滴汗珠也不出。

父亲早就跑回桥头。父亲向余司令报告，说拤饼一会就到，余司令满意地在他头上打了一巴掌。队员们多半躺在高粱地里，对着

210

太阳晒鼻孔。父亲闲得发闷，便转到路西边高粱地里，去看哑巴他们在干什么。哑巴精心地磨着腰刀，父亲手按着腰里的勃朗宁，站在哑巴跟前，脸上挂着胜利者的笑容。看到我父亲，哑巴龇牙一笑。有一个队员睡着了，打着很响的呼噜。没睡觉的人也无精打采地躺着，无人和父亲讲话。父亲又跳到公路上来，公路黄中透出白来，疲惫不堪。那四盘横断了道路的连环耙，尖锐的齿尖朝着天，父亲想它们也一定等得不耐烦了。石桥伏在水面上，像一个大病初愈的病人。后来父亲就到河堤上坐着了。他看一会东，看一会西，看一会河中流水，看一会野鸭子。河里的景色很美，每一棵水草都活着，每一朵小小的浪花里，都隐藏着秘密。父亲看到了几堆被特别茂密的水草包围着的不知是骡子还是马的白骨。父亲又想起我家那两头大黑骡子了。春天时，田野里奔驰着成群的野兔子，奶奶骑着骡子，手持猎枪遍逐野兔，父亲坐在骡子上，搂着奶奶的腰。骡子把野兔惊起，奶奶开枪把野兔打倒。回家时，骡子的脖子上，总是挂着一串野兔子。奶奶的后槽牙缝里，夹着一粒高粱米粒大的铁砂子，那是吃野兔肉时塞进去的，怎么抠也抠不出来。父亲又看到了堤上的蚂蚁。一队暗红色的蚂蚁，匆匆搬运着泥土。父亲在蚂蚁中放了一块土坷垃，被阻的蚂蚁不绕道，奋力登攀。父亲把坷垃拿起，投到河里去，河水被坷垃打破，河水却不响。日头正晌了，河里泛起热烘烘的腥气，到处都闪烁光亮，到处都滋滋地响。父亲觉得，天地之间弥漫着高粱的红色粉末，弥漫着高粱酒的香气。父亲一仰身子躺在堤上，就在这一瞬间，他心里一阵猛跳，后来他才明白，原来一切等待都会有结果的，这结果出现时，是那么普通平常，随便自然。父亲发现，被红高粱夹峙的公路上，有四个深绿色的甲虫状的怪物，无声无息地爬过来了。

"汽车。"我父亲含含糊糊地说了一句，没有人理他。

"鬼子的汽车！"我父亲跳起来，怔怔地望着那些像流星一样射过来的汽车。汽车的尾部拖着一条长长的焦黄的尾巴，车头上噼噼啪啪地晃动着白炽的光芒。

"汽车来啦！"父亲的话像一把刀，仿佛把所有的人斩了似的，高粱地里笼罩着痴呆呆的平静。

余司令高兴地吼一声："小舅子们，到底来了，弟兄们，准备好，我说开火就开火。"

路西边，哑巴拍着屁股跳高。几十个队员，都哈着腰，提着武器，趴到河堤漫坡上。

已经听到了汽车嗡嗡的吼叫声。父亲伏在余司令身边，擎着沉重的勃朗宁手枪，手腕灼热酸麻，手掌汗水粘湿，手虎口那儿有一块肉突然跳了一下，接着便突突地乱跳起来。父亲惊讶地看着那块杏核大的皮肉有节奏地跳动，好像里边藏着一只破壳欲出的小鸟。父亲不想让它跳，却因为用力，连带得整条胳膊都哆嗦起来。余司令在他背上按了一下，那块肉跳动猛停，父亲把勃朗宁手枪换到左手，右手五指痉挛，半天伸不直。

汽车飞快地驶近，增大，车头前那两只马蹄大的眼睛射出一道道白光，轰轰的马达声像急雨前的风响，带着一种陌生的、压迫人心的激动。父亲是平生第一次看到汽车，父亲猜想着这种怪物是吃草还是吃料，是喝水还是喝血，它们比我家那两头年轻力壮的细腿骡子跑得还要快。月亮般的车轮飞速旋转，黄尘飞腾。渐渐看到车上的东西了，临近石桥时，汽车慢慢减速，黄烟从车后漫过车头，

212

朦胧地遮掩着第一辆车上二十几个穿杏黄色衣服、头上扣着乌亮铁帽子的人，父亲后来知道了铁帽子名叫钢盔—— 一九五八年大炼钢铁时，我们家的铁锅被征收走了，我哥哥从钢铁堆里偷回一个钢盔，吊在炭火上烧水做饭。父亲凝视着在烟火中变幻颜色的钢盔，绿色的眼睛里，流露出伏枥老马的悲壮神色。中间两辆汽车上，装着小山一样高的雪白口袋，最后一辆汽车上，跟第一辆车一样，站着二十几个头戴钢盔的日本兵。

汽车逼近河堤，缓缓转动的轮子显得高大笨重，方方正正的汽车头，在父亲看来，像一个硕大无比的蚂蚱头。黄尘慢慢淡薄，汽车尾部，一屁一屁打出深蓝色的烟雾。

父亲把头使劲缩着，一种从未有过的冰冷从脚底上升到腹部，在腹部集合成团，产生强大压力，父亲感到尿急，尿水激得鸡头乱点，他用力扭动着臀部，来克制即将洒出的水。余司令严厉地说："兔崽子，别动！"

父亲万般无奈，叫了一句干爹，请求下去撒尿。

父亲得到余司令的允许，退到高粱地里，费劲撒出一泡红高粱颜色、烧灼得鸡头热辣辣发痛的尿。这时他感到轻松多了。他无意中看了一眼队员们的脸色，都如庙中塑像一般狰狞可怖。王文义舌尖吐出，目光好似蜥蜴，呆板不转。

汽车像警觉的大兽，屏住呼吸往前爬，父亲闻到了它们身上那股香喷喷的味道。这时，汗透红罗衫的我奶奶和气喘吁吁的王文义妻子出现在蜿蜒的墨水河堤上。

我奶奶挑着一担拤饼，王文义妻子挑着一担绿豆汤，轻松地望见了墨水河中凄惨的大石桥。奶奶欣慰地对王文义妻子说："嫂子，总算挨到了。"奶奶出嫁之后，一直养尊处优，这一担沉重的拤饼，把她柔嫩的肩膀压出了一道深深紫印，这紫印伴随着她离开了人世，升到了天国，这道紫印，是我奶奶英勇抗日的光荣的标志。

还是我的父亲最先发现我的奶奶，父亲靠着某种神秘力量的启示，在大家都目不转睛地盯着缓缓逼近的汽车时，他往西一歪头，看到奶奶像鲜红的大蝴蝶一样款款地飞过来。父亲高叫一声："娘——"

父亲的叫声，像下达了一道命令，从日本人的汽车上，射出了一阵密集的子弹。日本人的三顶歪把子机枪架在汽车顶上。枪声沉闷，像雨夜中阴沉的狗叫。父亲眼见着我奶奶胸膛上的衣服啪啪裂开两个洞。奶奶欢快地叫了一声，就一头栽倒，扁担落地，压在她的背上。两笸斗拤饼，一笸斗滚到堤南，一笸斗滚到堤北。那些雪白的大饼，葱绿的大葱，揉碎的鸡蛋，散在绿草茵茵的草坡上。奶奶倒地后，王文义妻子那颗长方形的头颅上，迸出了红黄相间的液体，溅得好远好远，溅到了堤下的高粱上。父亲看到这个小个子女人中弹之后，后退一步，身体一侧，歪在了堤南边，又滚到河床上。她挑来的那担绿豆汤，一桶倾倒，另一桶也倾倒，汤汁淋漓，如同英雄血。铁桶中的一只，跌跌撞撞跳进河，在乌黑的河水中，慢慢地向前漂着，从哑巴的面前漂过，在石桥墩上碰撞几下，钻过桥洞，又从余司令从我父亲从王文义从方六方七兄弟面前漂过。

"娘——"我父亲撕肝裂胆地高叫一声，身体弹到堤上。余司令扯了一把我父亲，没扯住。余司令吼一声："回来!"我父亲没听见余司令的命令，他什么也听不到。父亲瘦小孱弱的身体跑在狭窄的河堤上，父亲身上阳光斑斓，他在弹上堤的同时，就扔掉了手枪，手枪落在一棵叶子折断的金色苦菜花上。父亲张着两只手，像飞腾的小鸟，向奶奶扑去。河堤上安静，落尘有声，河水只亮不流。堤外的高粱安详庄重。父亲瘦弱的身体在河堤上跑着，父亲高大雄伟漂亮，父亲高叫着："娘——娘——娘——"这一声声"娘"里渗透了人间的血泪，骨肉的深情，崇高的缘由。父亲跑完东边的河堤，跳过连环的铁耙，攀上西边的河堤。堤下，哑巴们化石般的面孔从父亲身边擦过。父亲扑到奶奶身上，又叫一声娘。奶奶平卧堤上，脸贴着堤边的野草。奶奶背上，有两个翻边的弹洞，一股新鲜的高粱酒的味道，从那洞里涌出来。父亲扳着奶奶的肩头，把奶奶翻过来。奶奶脸上没有受伤，面容整肃，头发纹丝不乱，五绺刘海下，两条眉梢儿下垂，奶奶半睁着眼，苍翠的脸上双唇鲜红。父亲抓住奶奶温暖的手，又叫一声娘。奶奶睁开眼，满脸绽开天真的笑容。奶奶又伸出一只手，交给父亲。

鬼子汽车停在桥头，马达高一阵低一阵轰鸣着。

一个高大的人影在河堤上一闪，我父亲和我奶奶被拉下河堤，是哑巴干的好事。父亲未及思想，又一阵狂风般的子弹，把他们头上的无数棵高粱，打断了，打碎了。

四辆汽车紧挨着，在桥外不动，第一辆车上和最后一辆车上，八挺歪把子机枪，射出的子弹，织成一束束干硬的光带，交叉出一个破碎的扇面，又交叉成一个破碎的扇面，时而在路东，时而在路西，高粱齐声哀鸣，高粱的残破肢体成直线下落成弧线飞升，钻到堤上的子弹，激起一泡泡黄烟，发出一串串噗噗声。

堤漫坡上的队员们身体紧贴着野草和黑土，一动不动。机枪扫射持续了三分钟，突然停止，汽车周围布满了金灿灿的弹壳。

余司令压低声音说："不许开枪！"

鬼子沉默着。河面上一缕缕淡薄的硝烟，随着轻俏的小风向东飘去。

父亲告诉我，在这片刻的宁静里，王文义摇摇晃晃地走上河堤，他站在河堤上，手提长苗子鸟枪，目瞪口张，痛苦万分，高叫一声："孩子他娘！"不及挪步，就被几十颗子弹把腹部打成了一个月亮般透明的大窟窿。那些沾带着肠子的子弹从余司令头上渐渐沥沥地飞过去。

王文义一头栽下河堤，也滚到了河床上，与他的妻子隔桥相望，他的心脏还在跳，他的头完整无缺，他感到一种异常清晰的透彻感涌上心头。

父亲告诉过我，王文义的妻子生了三个阶梯式的儿子。这三个儿子被高粱米饭催得肥头大耳，生动茂盛。有一天，王文义和妻子下地锄高粱，三个孩子在院里玩耍，一架双翅日本飞机，嗡嗡怪叫着，从村子上空飞过。飞机下了一蛋，落在王文义家院子里，把三个孩子炸得零零碎碎，弃置房脊，挂胃树梢，涂之墙壁……余司令一树起抗日旗，王文义就被妻子送去……

余司令咬牙瞪眼，恨恨地瞅着半个头颅扎进河水的王文义，又低吼一声："不要动！"

八

飞散的高粱米粒在奶奶脸上弹跳着，有一粒竟蹦到她微微翕开的双唇间，搁在她清白的牙齿上。父亲看着奶奶红晕渐褪的双唇，哽咽一声娘，双泪落胸前。在高粱织成的珍珠雨里，奶奶睁开了眼，奶奶的眼睛里射出珍珠般的虹彩。她说："孩子……你爹呢……"父亲说："他在打仗，我爹。""他就是你的亲爹……"奶奶说。父亲点了点头。

奶奶挣扎着要坐起来，她的身体一动，那两股血就汹涌地蹿出来。

"娘，我去叫他来。"父亲说。

奶奶摇摇手，突然折坐起来，说："豆官……我的儿……扶着娘……咱回家，回家啦……"

父亲跪下，让奶奶的胳膊揽住自己的脖颈，然后用力站起，把奶奶也带了起来。奶奶胸前的血很快就把父亲的头颈弄湿了，父亲从奶奶的鲜血里，依然闻到一股浓烈的高粱酒味。奶奶沉重的身躯，倚在父亲身上，父亲双腿打颤，趔趔趄趄，向着高粱深处走，子弹在他们头上屠戮着高粱。父亲分拨着密密匝匝的高粱秸子，一步一步地挪，汗水泪水掺和着奶奶的鲜血，把父亲的脸弄得残缺不全。父亲感到奶奶的身体越来越沉重，高粱秸子毫不留情地绊着他，高粱叶子毫不留情地锯着他，他倒在地上，身上压着沉重的奶奶。父亲从奶奶身下钻出来，把奶奶摆平，奶奶仰着脸，呼出一口长气，对着父亲微微一笑，这一笑神秘莫测，这一笑像烙铁一样，在父亲的记忆里，烫出一个马蹄状的烙印。

奶奶躺着，胸脯上的灼烧感逐渐减弱。她恍然觉得儿子解开了自己的衣服，儿子用手捂住她乳房上的一个枪眼，又捂住她乳下的一个枪眼。奶奶的血把父亲的手染红了，又染绿了；奶奶洁白的胸脯被自己的血染绿了，又染红了。枪弹射穿了奶奶高贵的乳房，暴露出了淡红色的蜂窝状组织。父亲看着奶奶的乳房，万分痛苦。父亲揾不住奶奶伤口的流血，眼见着随着鲜血的流失，奶奶脸愈来愈苍白，奶奶的身体愈来愈轻飘，好像随时都会升空飞走。

奶奶幸福地看着在高粱阴影下，她与余司令共同创造出来的、我父亲那张精致的脸，逝去岁月里那些生动的生活画面，像奔驰的走马掠过了她的眼前。

奶奶想起那一年，在倾盆大雨中，像坐船一样乘着轿，进了单廷秀家住的村庄，街上流水洸洸，水面上漂浮着一层高粱的米壳。花轿抬到单家大门时，出来迎亲的只有一个梳着豆角辫的干老头子。大雨停后，还有一些零星落雨打在地面上的水汪汪里。尽管吹鼓手也吹着曲子，但没有一个人来看热闹，奶奶知道大事不妙，扶我奶奶拜天地的是两个男人，一个五十多岁，一个四十多岁。五十多岁的就是刘罗汉大爷，四十多岁的是烧酒锅上的一个伙计。

轿夫、吹鼓手们落汤鸡般站在水里，面色严肃地看着两个枯干男子把一抹酥红的我奶奶架到了幽暗的堂房里。奶奶闻到两个男人身上那股强烈的烧酒气息，好像他们整个人都在酒里浸泡过。

奶奶在拜堂时，还是蒙上了那块臭气熏天的盖头布。在蜡烛燃烧的腥气中，奶奶接住一根柔软的绸布，被一个人牵着走。这段路程漆黑憋闷，充满了恐怖。奶奶被送到炕上坐着。始终没人来揭罩头红布，奶奶自己揭了。她看到在炕下方凳上蜷曲着一个面孔痉挛的男人。那个男人生着一个扁扁的长头，下眼睑烂得通红。他站起来，对着奶奶伸出一只鸡爪状的手，奶奶大叫一声，从怀里摸一把剪刀，立在炕上，怒目逼视着那男人。男人又萎萎缩缩地坐到凳子上。这一夜，奶奶始终未放下手中的剪刀，那个扁头男人也始终未离开方凳。

第二天一早，趁着那男人睡着，奶奶溜下炕，跑出房门，开开大门，刚要飞跑，就被一把拉住。那个梳豆角辫的干瘦老头子抓住她的手腕，恶狠狠地看着她。

单廷秀干咳了两声，收起恶容换笑容，说："孩子，你嫁过来，就像我的亲女儿一样，扁郎不是那病，你别听人家胡说。咱家大业大，扁郎老实，你来了，这个家就由你当了。"单廷秀把一大串黄铜钥匙递给奶奶，奶奶未接。

第二夜，奶奶手持剪刀，坐到天明。

第三天上午，我曾外祖父牵着一匹小毛驴，来接我奶奶回门，新婚三日接闺女，是高密东北乡的风俗。曾外祖父与单廷秀一直喝到太阳过晌，才动身回家。

奶奶偏坐毛驴，驴背上搭着一条薄被子，晃晃荡荡出了村。大雨过后三天，路面依然潮湿，高粱地里白色蒸气腾腾升集，绿高粱被白气缭绕，具有了仙风道骨。曾外祖父褡裢里银钱叮当，人喝得东倒西歪，目光迷离。小毛驴蹙着长额，慢吞吞地走，细小的蹄印清晰地印在潮湿的路上。奶奶坐在驴上，一阵阵头晕眼花，她眼皮红肿，头发凌乱，三天中又长高了一节的高粱，嘲弄地注视着我奶奶。

奶奶说："爹呀，我不回他家啦，我死也不去他家啦……"

曾外祖父说："闺女，你好大的福气啊！你公公要送我一头大黑骡子，我把毛驴卖了去……"

毛驴伸出方方正正的头，啃了一口路边沾满细小泥点的绿草。

奶奶哭着说："爹呀，他是个麻风……"

曾外祖父说："你公公要给咱家一头骡子……"

曾外祖父已醉得不成人样，他不断地把一口口的酒肉呕吐到路边草丛里。污秽的脏物引逗得奶奶翻肠搅肚。奶奶对他满心仇恨。

毛驴走到蛤蟆坑，一股扎鼻的恶臭，刺激得毛驴都垂下耳朵。奶奶看到了那个劫路人的尸体。他的肚子鼓起老高，一层翠绿的苍蝇，盖住了他的肉皮。毛驴驮着奶奶，从腐尸跟前跑过，苍蝇愤怒地飞起，像一团绿云。曾外祖父跟着毛驴，身体似乎比道路还宽，他忽而擦动左边高粱，忽而踩倒右边野草。在倒尸面前，曾外祖父嘀嘀连声，嘴唇哆嗦着说："穷鬼……你这个穷鬼……你躺在这里睡着了吗……"奶奶一直不能忘记劫路人南瓜般的面孔，在苍蝇惊起的一瞬间，死劫路人雍容华贵的表情与活劫路人凶狠胆怯的表情形成鲜明的对照。走了一里又一里，白日斜射，青天如涧，曾外祖父被毛驴摔在后面，毛驴认识路径，驮着奶奶，徜徉前行。道路拐了个小弯，毛驴走到弯上，奶奶身体后仰，脱离驴背，一只有力的胳膊挟着她，向高粱深处走去。

奶奶无力挣扎，也不愿挣扎，三天新生活，如同一场大梦惊破，有人在一分钟内成了伟大领袖，奶奶在三天中参透了人生禅机。她甚至抬起一只胳膊，揽住了那人的脖子，以便他抱得更轻松一些。高粱叶子嚓嚓响着。路上传来曾外祖父嘶哑的叫声："闺女，你去哪儿啦？"

石桥附近传来大喇叭凄厉的长鸣和机枪分不清点儿的射击声。奶奶的血还在随着她的呼吸，一线一线往外流。父亲叫着："娘啊，你的血别往外流啦，流完了血你就要死啦。"父亲从高粱根下抓起黑土，堵在奶奶的伤口上，血很快洇出，父亲又抓上一把。奶奶欣慰地微笑着，看着湛蓝的、深不可测的天空，看着宽容温暖的、慈母般的高粱。奶奶的脑海里，出现了一条绿油油的缀满小白花的小路，在这条小路上，奶奶骑着小毛驴，悠闲地行走，高粱深处，那个伟岸坚硬的男子，顿喉高歌，声越高粱。奶奶循声而去，脚踩高粱梢头，像腾着一片绿云……

那人把奶奶放到地上，奶奶软得像面条一样，眯着羊羔般的眼睛。那人撕掉蒙面黑布，显出了真像。是他！奶奶暗呼苍天，一阵类似幸福的强烈震颤冲激得奶奶热泪盈眶。

余占鳌把大蓑衣脱下来，用脚踩断了数十棵高粱，在高粱的尸体上铺上了蓑衣。他把我奶奶抱到蓑衣上。奶奶神魂出舍，望着他脱裸的胸膛，仿佛看到强劲慓悍的血液在他黝黑的皮肤下川流不息。高粱梢头，薄气袅袅，四面八方响着高粱生长的声音。风平，浪静，一道道炽目的潮湿阳光，在高粱缝隙里交叉扫射。奶奶心头撞鹿，潜藏了十六年的情欲，迸然炸裂。奶奶在蓑衣上扭动着。余占鳌一截截地矮，双膝啪嗒落下，他跪在奶奶身边，奶奶浑身发抖，一团黄色的、浓香的火苗，在她面上哔哔剥剥地燃烧。余占鳌粗鲁地撕开我奶奶的胸衣，让直泻下来的光束照耀着奶奶寒冷紧张，密密麻麻起了一层小白疙瘩的双乳上。在他的刚劲动作下，尖刻锐利的痛楚和幸福磨砺着奶奶的神经，奶奶低沉暗哑地叫了一声："天哪……"就晕了过去。

奶奶和爷爷在生机勃勃的高粱地里相亲相爱，两颗蔑视人间法规的不羁心灵，比他们彼此愉悦的肉体贴得还要紧。他们在高粱地里耕云播雨，为我们高密东北乡丰富多彩的历史上，抹了一道酥红。我父亲可以说是秉领天地精华而孕育，是痛苦与狂欢的结晶。毛驴高亢的叫声，钻进高粱地里来，奶奶从迷荡的天国回到了残酷的人世。她坐起来，六神无主，泪水流到腮边。她说："他真是麻风。"爷爷跪着，不知从什么地方抽出一柄二尺多长的小剑，噌一声拔出鞘，剑刃浑圆，像一片韭叶。爷爷手一挥，剑已从高粱秸秆间滑过，两棵高粱倒地，从整齐倾斜的茬口里，渗出墨绿的汁液。爷爷说："三天之后，你只管回来！"奶奶大惑不解地看着他。爷爷穿好衣。奶奶整好容。奶奶不知爷爷又把那柄小剑藏到什么地方去了。爷爷把奶奶送到路边，一闪身便无影无踪。

三天后，小毛驴又把奶奶驮回来。一进村就听说，单家父子已经被人杀死。尸体横陈在村西头的湾子里。

奶奶躺着，沐浴着高粱地里清丽的温暖，她感到自己轻捷如燕，贴着高粱穗子潇洒地滑行。那些走马转蓬般的图像运动减缓，单扁郎、单廷秀、曾外祖父、曾外祖母、罗汉大爷……多少仇视的、感激的、凶残的、敦厚的面容都已经出现过又都消逝了。奶奶三十年的历史，正由她自己写着最后的一笔，过去的一切，像一颗颗香气馥郁的果子，箭矢般坠落在地，而未来的一切，奶奶只能模模糊糊地看到一些稍纵即逝的光圈。只有短暂的又粘又滑的现在。奶奶还拼命抓住不放。奶奶感到我父亲那两只兽爪般的小手正在抚摸着她，父亲胆怯地叫娘声，让奶奶恨爱湮灭、恩仇并泯的意识里，又溅出几束眷恋人生的火花。奶奶极力想抬起手臂，爱抚一下我父亲的脸，手臂却怎么也抬不起来了。奶奶正向上飞奔，她看到了从天国射下来的一束五彩的强光，她听到了来自天国的，用唢呐、大喇叭、小喇叭合奏出的庄严的音乐。

奶奶感到疲乏极了，那个滑溜溜的现在的把柄、人生世界的把柄，就要从她手里滑脱。这就是死吗？我就要死了吗？再也见不到这天、这地、这高粱、这儿子、这正在带兵打仗的情人？枪声响得那么遥远，一切都隔着一层厚重的烟雾。豆官！豆官！我的儿，你来帮娘一把，你拉住娘，娘不想死，天哪！天……天赐我情人，天赐我儿子，天赐我财富，天赐我三十年红高粱般充实的生活。天，你既然给了我，就不要再收回，你宽恕了我吧，你放了我吧！天，你认为我有罪吗？你认为我跟一个麻风病人同枕交颈，生出一窝癞皮烂肉的魔鬼，使这个美丽的世界污秽不堪是对还是错？天，什么叫贞节？什么叫正道？什么是善良？什么是邪恶？你一直没有告诉过我，我只有按着我自己的想法去办，我爱幸福，我爱力量，我爱美，我的身体是我的，我为自己做主，我不怕罪，不怕罚，我不怕进你的十八层地狱。我该做的都做了，该干的都干了，我什么都不怕。但我不想死，我要活，我要多看几眼这个世界，我的天哪……

奶奶的真诚感动了上天，她的干涸的眼睛里，又滋出了新鲜的津液，奇异的来自天国的光辉在她的眼里闪烁，奶奶又看到了父亲金黄的脸蛋和酷似爷爷的那两只眼睛。奶奶嘴唇微动，叫一声豆官，父亲兴奋地大叫："娘，你好了！你不要死，我已经把你的血堵住了，它已经不流了！我就去叫俺爹，叫他来看看你，娘，你可不能死，你等着我爹！"

父亲跑走了。父亲的脚步声变成了轻柔的低语，变成了方才听到过的来自天国的音乐。奶奶听到了宇宙的声音，那声音来自一株株红高粱。奶奶注视着红高粱，在她蒙眬的眼睛里，高粱们奇谲瑰丽，奇形怪状，它们呻吟着，扭曲着，呼号着，缠绕着，时而像魔鬼，时而像亲人，它们在奶奶眼里盘结成蛇样的一团，又呼喇喇地伸展开来，奶奶无法说出它们的光彩了。它们红红绿绿，白白黑黑，蓝蓝绿绿，它们哈哈大笑，它们号啕大哭，哭出的眼泪像雨点一样打在奶奶心中那一片苍凉的沙滩上。高粱缝隙里，镶着一块块的蓝天，天是那么高又是那么低。奶奶觉得天与地、与人、与高粱交织在一起，一切都在一个硕大无朋的罩子里罩着。天上的白云擦着高粱滑动，也擦着奶奶的脸。白云坚硬的边角擦得奶奶的脸綷縩作响。白云的阴影和白云一前一后相跟着，闲散地转动。一群雪白的野鸽子，从高空中扑下来，落在了高粱梢头。鸽子们的咕咕鸣叫，唤醒了奶奶，奶奶非常真切地看清了鸽子的模样。鸽子也用高粱米粒那么大的、通红的小眼珠来看奶奶。奶奶真诚地对着鸽子微笑，鸽子用宽大的笑容回报着奶奶弥留之际对生命的留恋和热爱。奶奶高喊：我的亲人，我舍不得离开你们！鸽子们啄下一串串的高粱米粒，回答着奶奶无声的呼唤。鸽子一边啄，一边吞咽高粱，它们的胸前渐渐隆起来，它们的羽毛在紧张的啄食中奓起，那扇状的尾羽，像风雨中翻动着的花序。我家的房檐下，曾经养过一大群鸽子。秋天，奶奶在院子里摆一个盛满清水的大木盆，鸽子从田野里飞回来，整齐地蹲在盆沿上，面对着清水中自己的倒影，把嗉子里的高粱吐噜吐噜吐出来。鸽子们大摇大摆地在院子里走着。鸽子！和平的沉甸甸的高粱头上，站着一群被战争的狂风暴雨赶出家园的鸽子，它们注视着奶奶，像对奶奶进行沉痛的哀悼。

奶奶的眼睛又蒙眬起来，鸽子们扑棱棱一起飞起，和着一首相当熟悉的歌曲的节拍，在海一样的蓝天里翱翔，鸽翅与空气相接，发出飕飕的风响。奶奶飘然而起，跟着鸽子，划动新生的羽翼，轻盈地旋转。黑土在身下，高粱在身上。奶奶眷恋地看着破破烂烂的村庄，弯弯曲曲的河流，交叉纵横的道路；看着被灼热的枪弹划破的混沌的空间和在死与生的十字路口犹豫不决的芸芸众生。奶奶最后一次嗅着高粱酒的味道，嗅着腥甜的热血味道，奶奶的脑海里忽然闪过了一个从未见过的场面：在几万发子弹的钻击下，几百个衣衫褴褛的乡亲，手舞足蹈躺在高粱地里……

最后一丝与人世间的联系即将挣断，所有的忧虑、痛苦、紧张、沮丧都落在了高粱地里，都冰雹般打在高粱梢头，在黑土上扎根开花，结出酸涩的果实，让下一代又一代承受。奶奶完成了自己的解放，她跟着鸽子飞着，她的缩得只如一只拳头那么大的思维空间里，盛着满溢的快乐、宁静、温暖、舒适、和谐。奶奶心满意足，她虔诚地说：

"天哪！我的天……"

九

汽车顶上的机枪持续不断地扫射着，汽车轮子转动着，爬上了坚固的大石桥。枪弹压住了爷爷和爷爷的队伍。有几个不慎把脑袋露出堤面的队员已经死在了堤下。爷爷怒火填胸。汽车全部上了桥，机枪子弹已飞得很高。爷爷说："弟兄们，打吧！"爷爷啪啪啪连放三枪，两个日本兵趴到了汽车顶棚上，黑血涂在了车头上。随着爷爷的枪声，道路东西两边的河堤后，响起了几十响破烂不堪的枪声，又有七八个日本兵倒下了。有两个日本兵栽到车外，腿和胳膊扑动着，直扎进桥两边的黑水里。方家兄弟的大抬杠怒吼一声，喷出一道宽广的火舌，吓人地在河道上一闪，铁砂子、铁蛋子全打在第二辆汽车上载着的白口袋上，烟火升腾之后，从无数的破洞里，哗哗啦啦地流出了雪白的大米。我父亲从高粱地里，蛇行到河堤边，急着要对爷爷讲话，爷爷紧急地往自来得手枪里压着子弹。鬼子的第一辆汽车加足马力冲上桥头，前轮子扎在朝天的耙齿上。车轮破了，咻咻地泄着气。汽车轰轰地怪叫着，连环铁耙被推得咔嗒咔嗒后退，父亲觉得汽车像一条吞食了刺猬的大蛇，在痛苦地甩动着脖颈。第一辆汽车上的鬼子纷纷跳下。爷爷说："老刘，吹号！"刘大号吹起大喇叭，声音凄厉恐怖。爷爷喊："冲。"爷爷抢着手枪跳起，他根本不瞄准，一个个日本兵在他的枪口前弯腰俯背。西边的队员们也冲到了车前，队员们跟鬼子兵搅和在一起，后边车上的鬼子把子弹都射到天上去。汽车上还有两个鬼子，爷爷看到哑巴一纵身飞上汽车，两个鬼子兵端着刺刀迎上去，哑巴用刀背一磕，格开一柄刺刀，刀势一顺，一颗戴着钢盔的鬼子头颅平滑地飞出，在空中拖着悠长的号叫，扑通落地之后，嘴里还吐出半句响亮的鸣叫。父亲想哑巴的腰刀真快。父亲看到鬼子头上凝着脱离脖颈前那种惊愕的表情，它腮上的肉还在颤抖，它的鼻孔还在抽动，好像要打喷嚏。哑巴又削掉了一颗鬼子头，那具尸体倚在车栏上，脖颈上的皮肤突然褪下去一节，血水咕嘟咕嘟往外冒。这时，后边那辆车上的鬼子把机枪压低，打出了不知多少发子弹，爷爷的队员像木桩一样倒在鬼子的尸体上。哑巴一屁股坐在汽车顶棚上，胸膛上有几股血窜出来。

父亲和爷爷伏在地上，爬回高粱地，从河堤上慢慢伸出头。最后边那辆汽车吭吭吭吭地倒退着，爷爷喊："方六，开炮！打那个狗娘养的！"方家兄弟把装好火药的大抬杠顺上河堤，方六弓腰点引火绳，肚子上中了一弹，一根青绿的肠子，滋溜滋溜地钻出来。方六叫了一声娘，捂着肚子滚进了高粱地。汽车眼见着就要退出桥，爷爷着急地喊："放炮！"方七拿着火绒，哆哆嗦嗦地往引火绳上触，却怎么也点不着。爷爷扑过去，夺过火绒，放在嘴边一吹，火绒一亮。爷爷把火绒触到引火绳上，引火绳嗞嗞地响着，冒着白烟消逝了。大抬杠沉默地蹲踞着，像睡着了一样。父亲想它是不会响了。鬼子汽车已经退出桥头，第二辆第三辆汽车也在后退。车上的大米哗哗啦啦地流着，流到桥上，流到水里，把水面打出了那么多的斑点。几具鬼子尸体慢慢向东漂，尸体散着血，成群结队的白鳝在血水中转动。大抬杠沉默片刻之后，呼隆一声响了。钢铁枪身在河堤上跳起老高，一道宽广的火焰，正中了那辆还在流大米的大米车。汽车下部，刮刺刺地着起了火。

那辆退出大桥的汽车停住了，车上的鬼子乱纷纷跳下，趴到对面河堤上，架起机枪，对着这边猛打。方六的脸上中了一弹，鼻梁被打得四分五裂，他的血溅了父亲一脸。

起火汽车上的两个鬼子，推开车门跳出来，慌慌张张蹦到河里。中间那辆流大米的汽车，进不得退不得，在桥上吭吭怪叫，车轮子团团旋转。大米像雨水一样哗哗流。

对面鬼子的机枪突然停了，只剩下几支盖子枪在叽哽叽哽响。十几个鬼子，抱着枪，弯着腰，贴着着火汽车的两边往北冲。爷爷喊一声打，响应者寥寥。父亲回头看到堤下堤上躺着队员们的尸体，受伤的队员们在高粱地里呻吟喊叫。爷爷连开几枪，把几个鬼子打下桥。路西边也稀疏地响了几枪，打倒几个鬼子。鬼子退了回去。河南堤飞起一颗枪弹，打中了爷爷的右臂，爷爷的胳膊一蜷，手枪落下，悬在脖子上。爷爷退到高粱地里，叫着："豆官，帮帮我。"爷爷撕开袖子，让父亲抽出他腰里那条白布，帮他捆扎在伤口上。父亲趁着机会，说："爹，俺娘想你。"爷爷说："好儿子！先跟爹去把那些狗娘养的杀光！"爷爷从腰里拔出父亲扔掉的勃朗宁手枪，递给父亲。刘大号拖着一条血腿，从河堤边爬过来，他问："司令吹号吗？"

"吹吧！"爷爷说。

刘大号一条腿跪着，一条腿拖着，举起大喇叭，仰天吹起来，喇叭口里飘出暗红色的声音。

"冲啊，弟兄们！"爷爷高喊着。

路西边高粱地里有几个声音跟着喊。爷爷左手举着枪，刚刚跳起，就有几颗子弹擦着他的腮边飞过。爷爷就地一滚，回到了高粱地。路西边河堤上响起一声惨叫。父亲知道，又一个队员中了枪弹。

刘大号对着天空吹喇叭，暗红色的声音碰得高粱棵子索索打抖。

爷爷抓住父亲的手，说："儿子，跟着爹，到路西边与弟兄们会合去吧。"

桥上的汽车浓烟滚滚，在哔哔叭叭的火焰里，大米像冰霰一样满河飞动。爷爷牵着父亲，飞步跨过公路，子弹追着他们，把路面打得噗噗作响。两个满面焦糊、皮肤开裂的队员见到爷爷和父亲，嘴咧了咧，哭着说："司令，咱们完了！"

爷爷颓丧地坐在高粱地里，好久都没抬起头来，河对岸的鬼子也不开枪了。桥上响着汽车燃烧的爆裂声，路东响着刘大号的喇叭声。

父亲已经不感到害怕，他沿着河堤，往西出溜了一段，从一蓬枯黄的衰草后，他悄悄伸出头。父亲看到从第二辆尚未燃烧的汽车棚里，跳出一个日本兵，日本兵又从车厢里拖出了一个老鬼子。老鬼子异常干瘦，手上套着雪白的手套，腚上挂着一柄长刀，黑色皮马靴装到膝盖。他们沿着汽车边，把着桥墩，哧溜哧溜往下爬。父亲举起勃朗宁手枪，他的手抖个不停，那个老鬼子干瘪的屁股在父亲枪口前跳来跳去。父亲咬牙闭眼开了一枪，勃朗宁嗡的一声响，子弹打着呼哨钻到水里，把一条白鳝鱼打翻了肚皮。鬼子官跌到水中。父亲高叫着："爹，一个大官！"

父亲的脑后一声枪响，老鬼子的脑袋炸裂了，一团血在水里噗啦啦散开了。另一个鬼子手脚并用，钻到了桥墩背后。

鬼子的枪弹又压过来，父亲被爷爷按住。子弹在高粱地里唧唧咕咕乱叫。爷爷说："好样的，是我的种！"

父亲和爷爷不知道，他们打死的老鬼子，就是有名的中岗尼高少将。

刘大号的喇叭声不断，天上的太阳，被汽车的火焰烤得红绿间杂，萎萎缩缩。

父亲说："爹，俺娘想你啦，叫你去。"

爷爷问："你娘还活着？"

父亲说："活着。"

父亲牵着爷爷的手，向着高粱深处走。

奶奶躺在高粱下，脸上印着高粱的暗影，脸上留着为我爷爷准备的高贵的笑容。奶奶的脸空前白净，双眼尚未合拢。

父亲第一次发现，两行泪水，从爷爷坚硬的脸上流下来。

爷爷跪在奶奶身旁，用那只没受伤的手，把奶奶的眼皮合上了。

一九七六年，我爷爷死的时候，父亲用他的缺了两个指头的左手，把爷爷圆睁的双眼合上。爷爷一九五八年从日本北海道的荒山野岭中回来时，已经不太会说话，每个字都像沉重的石块一样从他口里往外吐。爷爷从日本回来时，村里举行了盛大的典礼，连县长都来参加了。那时候我两岁。我记得在村头的白果树下，一字儿排开八张八仙桌，每张桌子上摆着一坛酒，十几个大白碗。县长搬起坛子，倒出一碗酒，双手捧给爷爷。县长说："老英雄，敬您一碗酒，您给全县人民带来了光荣！"爷爷笨拙地站起来，灰白的眼珠子转动着，说："喔——喔——枪——枪。"我看到爷爷把那杯酒放在唇边，他的多皱的脖子梗着，喉结一上一下地滑动，酒很少进口，多半顺着下巴，哗哗啦啦地流到了他的胸膛上。

　　我记得爷爷牵着我，我牵着一匹小黑狗，在田野里转。爷爷最喜欢去看墨水河大桥，他站在桥头上，手扶着桥墩石，一站就是半个上午或半个下午。我看到爷爷的眼睛常常定在桥石上那些坑坑洼洼的痕迹上。高粱长高时，爷爷带我到高粱地里去，他喜欢去的地方也离着墨水河大桥不远，我猜想，那儿就是奶奶升天的地方，那块普普通通的黑土地上，浸透奶奶的鲜血。那时候，我们家的老房子还没拆，爷爷有一天操起一把镢头，在那棵楸树下刨起土来。他刨出了几个蝉的幼虫，递给我，我扔给狗，狗把蝉的幼虫咬死，却不吃。"爹，您刨什么？"我的要去公共食堂做饭的娘问。爷爷抬起头，用恍若隔世的目光看着娘。娘走了，爷爷继续刨土。爷爷刨出了一个大坑，斩断了十几根粗细不一的树根，揭开了一块石板，从一个阴森森的小砖窖里，搬出了一个锈得不成形的铁皮匣子。铁匣子一落地就碎了。一块破布里，露出了一条锈得通红的、比我还要

230

长的铁家伙，我问爷爷是什么，爷爷说："喔——喔——枪——枪。"

爷爷把枪放在太阳下晒着，他坐在枪前，睁一会儿眼，闭一会儿眼，又睁一会儿眼，又闭一会儿眼。后来，爷爷起身，找来一柄劈木柴的大斧，对着枪乱砍乱砸。爷爷把枪砸成一堆碎铁，然后，一件件拿开扔掉，扔得满院子都是。

"爹，俺娘死了?"父亲问爷爷。

爷爷点点头。

父亲说："爹!"

爷爷摸了一下父亲的头，从屁股后掏出一柄小剑，砍倒高粱，把奶奶的身体遮起来。

堤南响起激烈的枪声，喊杀声和炸弹爆炸声。父亲被爷爷拽着，冲上桥头。

桥南的高粱地里，冲出一百多个穿灰布军衣的人。十几个日本鬼子跑上河堤，有的被枪打死，有的被刺刀捅穿。父亲看到，腰扎宽皮带，皮带上挂着左轮手枪的冷支队长在几个高大卫兵的簇拥下，绕过着火的汽车，向桥北走来。爷爷一见冷支队长，怪笑一声，持枪立在桥头不动了。

冷支队长大模大样地走过来，说："余司令，打得好!"

"狗娘养的!"爷爷骂。

"兄弟晚到了一步!"

"狗娘养的!"

"不是我们赶来，你就完了!"

"狗娘养的!"

爷爷的枪口对准了冷支队长。冷支队长一使眼色，两个虎背熊腰的卫兵就以麻利的动作把爷爷的枪下了。

父亲举起勃朗宁，一枪打中了撕掳爷爷那个卫兵的屁股。

一个卫兵飞起一脚，把父亲踢翻，用大脚在父亲手腕上踩了一下，弯腰把勃朗宁捡到手里。

爷爷和父亲被卫兵架起来。

"冷麻子，你睁开狗眼看看我的弟兄!"

公路两侧的河堤上，高粱地里，横七竖八地躺着死尸和伤兵。刘大号断断续续地吹着喇叭，鲜血从他的嘴角鼻孔往外流。

冷支队长脱掉军帽，对着路东边的高粱地鞠了一躬，对着西边的高粱地鞠了一躬。

"放开余司令和余公子!"冷支队长说。

卫兵放开爷爷和父亲。那个挨枪的卫兵手捂着屁股，血从他的指缝里滴滴答答往下流。

冷支队长从卫兵手里接过手枪，还给爷爷和父亲。

冷支队长和队伍络绎过桥，他们扑向汽车和鬼子尸体，他们拿走了机枪和步枪、子弹和弹匣、刺刀和刀鞘、皮带和皮靴、钱包和刮胡刀。有几个兵跳下河，抓上来一个躲在桥墩后的活鬼子，抬上了一个死老鬼子。

"支队长，是个将军!"一个小头目说。

冷支队长兴奋地靠前看了看，说："剥下军衣，收好他的一切东西。"

冷支队长说："余司令，后会有期!"

一群卫兵簇拥着冷支队长往桥南走。

爷爷吼叫一声："立住，姓冷的!"

冷支队长回转身，说："余司令，谅你不会打我的黑枪吧！"

爷爷说："我饶不了你！"

冷支队长说："王虎给余司令留下一挺机枪！"

几个兵把一挺机枪放在爷爷脚前。

"这些汽车，汽车上的大米，也归你了。"

冷支队长的队伍全部过了桥，在河堤上整好队，沿着河堤，一直向东走去。

夕阳西下。汽车烧毕，只剩下几具乌黑的框架，胶皮轱辘烧出的臭气令人窒息。那两辆未着火的汽车一前一后封锁着大桥。满河血一样的黑水，遍野血一样的红高粱。

父亲从河堤上捡起一张未跌散的抍饼，递给爷爷，说："爹，您吃吧，这是俺娘擀的抍饼。"

爷爷说："你吃吧！"

父亲把饼塞到爷爷手里，说："我再去捡。"

父亲又捡来一张抍饼，狠狠地咬了一口。

谨以此文召唤那些游荡在我的故乡无边无际的通红的高粱地里的英魂和冤魂。我是你们的不肖子孙，我愿扒出我的被酱油腌透了的心，切碎，放在三个碗里，摆在高粱地里。伏惟尚飨！尚飨！

选自《人民文学》1986 年第 8 期

作家的话 ◈

当代文学是一颗双黄的鸡蛋，一个黄是渎神精神，一个黄是自我意识。渎神精神与自我意识好像互不相干，实际上紧密相连，它们共存于文学这个蛋里。现在对神的批判实际上就是对官僚的批判，对官僚的批判实际上就是对政治的批判，而对政治的批判实际上是唤起自我意识的响亮号角，于是对神的批判也就变成了民主政治的催化剂。

如果连渎神的勇气都没有，哪有批判神的勇气？

压在我们头上的神太多了，有天上的，有人间的；但无一例外不是我们自造的。打破神像，张扬人性（有特定意义），一个古老又崭新的口号。

总有一天，神圣的祭坛被推翻，解放了的儿孙们，干出了胜过祖先的业绩。

《我痛恨所有的神灵》

评论家的话 ◈

红高粱精神，作为生命的图腾，作为"高密东北乡传统精神的象征"，是莫言高高擎起的生命的旗帜，是他的农民式理想主义的深刻写照。也许，在他塑造红高粱精神的时候，他带有过于浓重的愤世嫉俗的苦闷，也更多地给红高粱精神加上了主观的理想色彩；也许它并不是他寻找失落家园的最后归宿……也许它多少有些被图腾化了，但它毕竟给人一次强悍的冲击，迫使人们去思考生命的真谛，唤起人们正视现实生命的萎靡不振，唤起人们追求充实丰厚生命的热情。

张志忠：《莫言论》

莫言选择了红色作为他做这一试验的样品是对的，因为这与他的创作相吻合。在莫言最成功的作品里，我清楚地体会到一颗焦灼不安、痛苦不堪的心灵在挣扎，在宣泄，在呼喊。强烈的情感总是在大爱大憎里左冲右突，一大批意象如飞蝗纷沓而至，挤在他的文字里跳跃而起，他急不择言，紧张地捕捉着一个又一个的意象。这种捕斗式的写作思绪无法被置于从容不迫的节奏之下悠悠地活动。它必然是匆忙的、纷乱的、骚动不安的。在这种心境下的文体不可能典雅，语言不可能精雕细琢，风格也不可能淡远，如汪曾祺，如贾平凹，如何立伟与韩少功。这也决定了莫言只能选择一种红色为其作品的主要基调，是"红高粱"，而不是"青纱帐"。

……它让你读完这篇小说时，眼前无法回避那一大片无边无际、红得如血的高粱世界。它辉煌得使你炫目，残酷得让你心底发颤。一股股血腥气从高粱地里喷散出来，令你不能不感到恶心。这部小说，让我们留下深刻印象的不是高粱，而是高粱所代表的色彩：红色。《红高粱》的整体意象是通过一系列具体、局部的意象构筑起来的，如高粱世界，如战争与血，如残酷的剥人皮，如夕阳下的花轿，如酒与性，等等，所有这些意象又统一在一种基本色调里，那就是红色。

陈思和：《声色犬马，皆有境界》

李 锐

◈ 合 坟
　　——吕梁印象之三

　　李锐，原籍四川自贡，1950 年生于北京。1966 年中学毕业，1969 年到山西蒲县插队。1975 年在临汾钢铁公司当工人。1977 年到《山西文学》编辑部工作。1984 年毕业于辽宁大学中文系函授部。1974 年发表第一篇小说。著有中短篇小说集《丢失的长命锁》《红房子》《厚土》及长篇小说《旧址》等。

院门前，一只被磨细了的枣木纺锤，在一双苍老的手上灵巧地旋转着，浅黄色的麻一缕一缕地加进旋转中来，仿佛不会终了似的，把丝丝缕缕的岁月也拧在一起，缠绕在那只枣红色的纺锤上。下午的阳光被漫山遍野的黄土揉碎了，而后，又慈祥地铺展开来。你忽然就觉得，下沉的太阳不是坠向西山，而是落进了她那双昏花的老眼。

不远处，老伴带了几个人正在刨开那座坟。锹和镢不断地碰撞在砖石上，于是，就有些金属的脆响冷冷地也揉碎到这一派夕阳的慈祥里来。老伴以前是村里的老支书，现在早已不是了，可那坟里的事情一直是他的心病。

那坟在这里孤零零地站了整整十四个春秋了。那坟里的北京姑娘早已变了黄土。

"恓惶的女子要是不死，现在腿下娃娃怕也有一堆了……"

一丝女人对女人的怜惜随着麻缕紧紧绕在了纺锤上——今天是那姑娘的喜日子，今天她要配干丧。乡亲们犹豫再三，商议再三，到底还是众人凑钱寻了一个"男人"，而后又众人做主给这孤单了十四年的姑娘捏和了一个家，请来先生看过，这两人属相对，生辰八字也对。

坟边上放了两只描红画绿的干丧盒子，因为是放尸骨用的，所以都不大，每只盒子上都系了一根红带。两只被彩绘过的棺盒，一只里装了那个付钱买来的男人的尸骨；另一只空着，等一会儿人们把坟刨开了，就把那十四年前的姑娘取出来，放进去，然后就合坟。再然后，村里一户出一个人头，到村长家的窑里吃荞麦面饸饹，浇羊肉炖胡萝卜块的臊子——这一份开销由村里出。这姑娘孤单得叫人心疼，爹妈远在千里以外的北京，一块来的同学们早就头也不回地走得一个也不剩，只有她留下走不成了。在阳世活着的时候她一个人孤零零走了，到了阴间捏和下了这门婚事，总得给她做够，给她尽到排场。

锹和镢碰到砖和水泥砌就的坟包上，偶或有些火星迸射进干燥的空气中来。有人忧心地想起了今年的收成：

"再不下些雨，今年的秋就旱塌了……"

明摆着的旱情，明摆着的结论，没有人回话，只有些零乱的叮当声。

"要是照着那年的样儿下一场，啥也不用愁。"

有人停下手来："不是恁大的雨，玉香也就死不了。"

众人都停下来，心头都升起些往事。

"你说那年的雨是不是那条黑蛇发的？"

老支书正色道："又是迷信！"

"迷信倒是不敢迷信，就是那条黑蛇太日怪。"

老支书再一次正色道："迷信！"

对话的人不服气："不迷信，学堂里的娃娃们这几天是咋啦？一病一大片，连老师都捎带上。我早就不愿意用玉香的陈列室做学堂，守着个孤鬼尽是晦气。"

"不用陈列室做教室，谁给咱村盖学堂？"

"少修些大寨田啥也有了……不是跟上你修大寨田，玉香还不一定就能死哩!"

这话太噎人。

老支书骤然愣了一刻,把正抽着的烟卷从嘴角上取下来,一丝口水在烟蒂上亮闪闪地拉断了,突然,涨头涨脸地咳嗽起来。老支书虽然早已经不是支书了,只是人们和他自己都忘不了,他曾经做过支书。

有人出来圆场:"话不能这么说,死活都是命定的,谁能管住谁?那一回,要不是那条黑蛇,玉香也死不了。那黑蛇就是怪,偏偏绳甩过去了,它给爬上来了……"

这个话题重复了十四年,在场的人都没有兴趣再把那事情重复一遍,叮叮当当的金属声复又冷冷地响起来。

那一年,老支书领着全村民众,和北京来的学生娃娃们苦干一冬一春,在村前修出平平整整三块大寨田,为此还得了县里发的红旗。没想到,夏季的头一场山水就冲走两块大寨田。第二次发山洪的时候,学生娃娃们从老支书家里拿出那面红旗来插在地头上,要抗洪保田。疯牛一样的山洪眨眼冲塌了地堰,学生娃娃们照着电影上演的样子,手拉手跳下水去。老支书跪在雨地里磕破了额头,求娃娃们上来。把别人都拉上岸来的时候,新塌的地堰将玉香裹进水里去。男人们拎着麻绳追出几十丈远,玉香在浪头上时隐时现地乱挥着手臂,终于还是抓住了那条抛过去的麻绳。正当人们合力朝岸上拉绳的时候,猛然看见一条胳膊粗细的黑蛇,一头紧盘在玉香的腰间,一头正沿着麻绳风驰电掣般地爬过来,长长的蛇芯子在高举着的蛇头上左右乱弹,水淋淋的身子寒光闪闪,眨眼间展开丈把来长。正在拉绳的人们发出一声惨叫,全都抛下了绳子,又粗又长的麻绳带着黑蛇在水面上击出一道水花，转眼被吞没在浪谷之间。一直到三十里外的转弯处，山水才把玉香送上岸来。追上去的几个男人说山水会给人脱衣服，玉香赤条条的没一丝遮盖；说从没有见过那么白嫩的身子；说玉香的腰间被那黑蛇生生地缠出一道乌青的伤痕来。

后来，玉香就上了报纸。后来，县委书记来开过千人大会。后来，就盖了那排事迹陈列室。后来，就有了那座坟和坟前那块碑。碑的正面刻着：知青楷模，吕梁英烈。碑的反面刻着：陈玉香，女，一九五三年五月五日生于北京铁路工人家庭，一九六八年毕业于北京第三十七中学，一九六九年一月赴吕梁山区岔上公社土腰大队神峪村插队落户，一九七二年八月十七日为保卫大寨田，在与洪水搏斗中英勇牺牲。

报纸登过就不再登了，大会开过也不再开了。立在村口的那座孤坟却叫乡亲们心里十分忐忑：

"正村口留一个孤鬼，怕村里不干净呢。"

可是碍着玉香的同学们，更碍着县党委会的决定，那坟还是立在村口了。报纸上和石碑上都没提那条黑蛇，只有乡亲们忘不了那摄人心魄的一幕，总是认定这砖和水泥砌就的坟墓里，聚集了些说不清道不白的哀愁。荏苒便是十四年。玉香的同学们走了，不来了；县委书记也换了不知多少任；谁也不再记得这个姑娘，只是有些个青草慢慢地从砖石的缝隙中长出来。

除去了砖石，铁锹在松软的黄土里自由了许多。渐渐地，一伙人都没在了坑底，只有银亮的锹头一闪一闪地扬出湿润的黄色来。随着一脚蹬空，一只锹深深地落进了空洞里，尽管是预料好的，可人们的心头还是止不住一震：

"到了？"

"到了。"

"慢些，不敢碰坏她。"

"知道。"

老支书把预备好的酒瓶递下去：

"都喝一口，招呼在坑里阴着。"

会喝的，不会喝的，都吞下一口，浓烈的酒气从墓坑里荡出来。

木头不好，棺材已经朽了，用手揭去腐烂的棺板，那具完整的尸骨白森森地露了出来。墓坑内的气氛再一次紧绷绷地凝冻起来。这一幕也是早就预料的，可大家还是定定地在这副白骨前怔住了。内中有人曾见过十四年前附在这尸骨外面的白嫩的身子，大家也都还记得，曾被这白骨支撑着的那个有说有笑的姑娘。洪水最后吞没了她的时候，两只长长的辫子还又漂上水来，辫子上红毛线扎的头绳还又在眼前闪了一下。可现在，躺在黄土里的那副骨头白森森的，一股尚可分辨的腐味，正从墓底的泥土和白骨中阴冷地渗透出来。

老支书把干丧盒子递下来：

"快，先把玉香挪进来，先挪头。"

人们七手八脚地蹲下去，接着，是一阵骨头和木头空洞洞的碰撞声。这骨头和这声音，又引出些古老而又平静的话题来：

"都一样，活到头都是这么一场……做了真龙天子他也就是这个样。"

"黄泉路上没老少，恓惶的，为啥挣死挣活非要从北京跑到咱这老山里来死呢？"

"北京的黄土不埋人？"

"到底不一样。你死的时候保险没人给你开大会。"

"我不用开大会。有个孝子举幡，请来一班响器就行。"

老支书正色道："又是封建。"

有人揶揄着："是了，你不封建。等你死了学公家人的样儿，用火烧，用文火慢慢烧。到时候我圪上大车送你去。"

一阵笑声从墓坑里轰隆隆地爆发出来，冷丁，又刀切一般地止住。老支书涨头涨脸地咳起来，有两颗老泪从血红的眼眶里颠出来。忽然有人喊：

"呀，快看，这营生还在哩！"

四五个黑色的头扎成一堆，十来只眼睛大大地睁着，把一块红色的塑料皮紧紧围在中间：

"是玉香的东西！"

"是玉香平日用的那本《毛主席语录》。"

"呀呀，还在哩，书烂了，皮皮还是好好的。"

"呀呀……"

"嘿呀……"

一股说不清是惊讶，是赞叹，还是恐惧的情绪，在墓坑的四壁之间涌来荡去。往日的岁月被活生生地挖出来的时候竟叫人这样毛骨悚然。有人疑疑惑惑地发问：

"这营生咋办？也给玉香挪进去？"

猛地，老支书爆发起来，对着坑底的人们一阵狂喊：

"为啥不挪？咋，玉香的东西，不给玉香给你？你狗日还惦记着发财哩？挪！一根头发也是她的，挪！"

墓坑里的人被镇住，蔫蔫的再不敢回话，只有些粗重的喘息声显得很响，很重。

大约是听到了吵喊声，院门前的那只纺锤停下来，苍老的手在眼眉上搭个遮阴的凉棚：

"老东西，今天也是你发威的日子？"

挖开的坟又合起来。原来包坟用的砖石没有再用。黄土堆就的新坟朴素地立着，在漫天遍野的黄土和慈祥的夕阳里显得宁静，平和，仿佛真的再无一丝哀怨。

老支书把村里买的最后一包烟撕开来，数了数，正好，每个人还能摊两支，他一份一份地发出去；又晃晃酒瓶，还有个底子；于是，一伙人坐在坟前的土地上，就着烟喝起来。酒过一巡，每个人心里又都升起暖意来。有人用烟卷戳点着问道：

"这碑咋办？"

"啥咋办？"

"碑呀。以前这坟底埋的玉香一个人，这碑也是给她一个人的。现在是两个人，那男人也有名有姓，说到哪去也是一家之主呀！"

是个难题。

一伙人闷住头，有许多烟在头顶冒出来，一团一团的。透过烟雾有人在看老支书。老人吞下一口酒，热辣辣的一直烧到心底：

"不用啦，他就委屈些吧。这碑是玉香用命换来的，别人记不记扯淡，咱村的人总得记住！"

没有人回话，又有许多烟一团一团地冒出来。老支书站起身，拍打着屁股上的尘土：

"回吧，吃饸饹。"

看见坟前的人散了场，那只旋转的纺锤再一次停下来。她扯过一根麻丝放进嘴里，缓缓地用口水抿着，心中慢慢思量着那件老伴交代过的事情。沉下去的夕阳，使她眼前这寂寥的山野又空旷了许多，沉静的思绪从嘴角的麻丝里慢慢扯出来，融在黄昏的灰暗之中。

吃过饸饹，两个老人守着那只旋转的纺锤熬到半夜，而后纺锤停下来：

"去吧？"

"去。"

她把准备好的一只荆篮递过去：

"都有了，烟、酒、馍、菜，还有香，你看看。"

"行了。"

"去了告给玉香，后生是属蛇的，生辰八字都般配。咱们阳世的人都是血肉亲，顶不住他们阴间的人，他们是骨头亲，骨头亲才是正经亲哩！"

"又是迷信！"

"不迷信，你躲到三更半夜是干啥？"

"我跟你们不一样！"

"啥不一样？反正我知道玉香恓惶哩，在咱窑里还住过两年，不是亲生闺女也差不多……"

女人的眼泪总是比话要流得快些。

男人不耐烦女人的眼泪，转身走了。

没有星星，也没有月亮，很黑。

那只枣红色的纺锤又在油灯底下旋转起来，一缕一缕的麻又款款地加进去。蓦地，一阵剧烈的咳嗽声从坟那边传过来，她揪心地转过头去。"吭——吭"的声音在阴冷的黑夜深处骤然而起，仿佛一株朽空了的老树从树洞里发出来的，像哭，又像是笑。

村中的土窑里，又有人被惊醒了，僵直的身子深深地淹埋在黑暗中，怵然支起耳朵来。

选自《上海文学》1986 年第 11 期

作家的话 ◇◇

"中国是什么？中国是一个成熟得太久了的秋天。"数年前的一个晚上，我把这句话写在日记上。写完了，盯着它半晌无语，眼里浮上来的都是吕梁山苍老疲惫的面孔……从十八岁到二十四岁，我曾把六年多的黄金岁月变成汗水，淌在那些苍老疲惫的皱纹里。我没想到这些汗水有一天会变成小说，我没想到我竟会如此久远地在精神上生活在那六年之中，我没想到对那六年生命意义的思考，对那六年生命过程的重复和延伸，竟又变成我的事业，变成我的第二条生命。深陷在这第二条生命中的我已是不能自拔了，即便是看透了它的软弱和无用，深解了它的虚幻和诱惑，也还是不能自拔了。我知道，此生所余的汗水是注定了要涂满在这些软弱和无用，虚幻和诱惑的上面。涂满了便又会觉得陌生，觉到深深的失落。于是，又伸出干涩的舌，如一头情深的老牛，一口一口地去舔，企望着从那软弱和无用，虚幻和诱惑的下面，舔出一条鲜活而真实的生命来……多少次了，当把这件事情做到底的时候，眼里看见的却总是这个成熟得太久了的秋天，苍老，疲惫，风尘满身。无端的，便想把那乏力的太阳挪得亲近些。可又知道这是绝不可能的，那太阳分明是远去了……于是，汗水顿然化作了泪水……于是，便又把这泪水再涂上去。于是，在深痛的绝望中就会有深痛的幸福相伴生……记不得是谁说的了，作家、艺术家都是些精神和情感的软弱者，当他们面对着一个成熟得太久的秋天的时候就更是。因为在这个太久的秋天里，每一个人都毫无例外地注定了是这片秋色的一部分，也是这苍老、疲惫的一部分，即便有满腔热血涂洒在地，洇染出来的也还是一片触目的秋红……

有时，我想，你这是自找的，你完全可以不必如此，你这样只能说明你迂阔和无用，你可以去幽默去轻松，去把一切都玩得"很油"。可我又看见幽默和轻松连同它们的"很油"被秋风横扫着落进遍地的枯黄之中。

"天地不仁，以万物为刍狗。圣人不仁，以百姓为刍狗。"这些话，我是后来才领会的。可胸膛里的热血们却又逼着，不让我相信这冷冰冰的自欺。血们在心里吵嚷着：你不能相信这自欺，我们给了你绝望的时候，不也给了你幸福吗？我嘲讽它们：怎么，你们也想拿这绝望的幸福来骗我？它们顿时语塞……接着它们哭了：不错，若说欺骗！这也是欺骗。可这欺骗是属于你的，它带着你所有的一切，带着你的欢乐和幸福，带着你的痛苦和绝望，带着你的青春和衰老，它甚至带着你的体温。它纯粹是你的，独属于你自己的，它是用你的骨肉所造就的，它是你的过程，它是你的生命……有了这一切难道还不够吗？还不够给你的补偿吗？你难道竟是这样贪心？它们说，它们哭。于是，我也说，我也哭：

我相信，我相信，我真的相信，我宁要这绝望的欺骗！

1988 年 4 月 7 日

《自语——浙江文艺出版社〈厚土〉前言》

评论家的话 ◈

好一个李锐——据说才三十多岁的年轻人，管你喜欢与否，硬塞给你一个活生生的、真实的，半点不掺假的吕梁山。他颇善浓缩，写得干净利落，用有限的笔墨，尽量表现无限的时空。

我以为《厚土》的艺术追求，更是着意于人的灵魂的剖析，探讨根植于这块土壤中的民族素质和国民性格。这厚土，倒是我们这个民族的传统精神、文化心理、道德规范，民风民俗的所有好与坏的方面，乃至于更坏的如劣根性、惰性、奴性、兽性和一切肮脏污秽丑恶的沉淀物。千百年来无数人在这块贫瘠的土地上，几乎毫无变化的劳作挣扎，生息繁衍的刻板的生活程式，所形成的说是习惯也好，说是麻木也好的心理状态，除了最低的求生本能外，无欲无望，无爱无憎，一辈子浑浑噩噩。正因为不以严酷为严酷，不以苦痛为苦痛，同样，也不以正常为正常，人的存在本身便是扭曲和荒谬。在李锐笔下，这一切写得那样沉重，像铅块一样坠住读者的心，读后，一股悲哀，由不得地涌上来。

李国文：《好一个李锐》